比較社会文化叢書 Vol.43

斎藤茂吉研究

── 詩法におけるニーチェの影響 ──

前田 知津子／著

花書院

目次

【凡例】

一　茂吉作品の引用は、特に断らない限り、『斎藤茂吉全集』（全三六巻、昭和四八年一月〜五一年七月、岩波書店）による。本論文中、単に『全集』とある場合は、同集を指す。

一　ニーチェ作品の引用は、特に断らない限り、*Nietzsche's Werke. Taschen-Ausgabe*, 10 Bde. C.G.Naumann. Leipzig 1906. による。

一　『権力への意志』を単著として扱う。『権力への意志』は、厳密な校訂を経たグロイター版においては解体され、遺稿断簡として整理されているが、同書を単著扱いするのは、茂吉所有のニーチェ全集が、『権力への意志』を単著として収める版であったことによる。

一　引用文の漢字表記については、文意を損なわない限り、適宜現在通用の字体に改めた。

序章

西洋の衝撃[1]と比喩される事態を明治期の日本は体験した。精神科医として当時日本一の私立病院といわれた青山脳病院・院長を務め、歌人としては結社アララギの中心的存在として歌壇に一時代を築いた斎藤茂吉（明治一五年～昭和二八年）の第一高等学校時代（明治三五年九月～三八年七月）は、近代化への道を突き進んだ国の文化の青春期にあたる[2]。個人の生涯の青春期が、一国の文化の青春期に重なることの意義は小さくはない。この時期に作歌の道に入った（明治三八年一月）[3]茂吉の作品には、短歌、歌論、随想を問わず、当然のこととして西洋的なものが認められる。しかし、手にした表現手段が短歌であり、それに生涯をかけたという事実が示すように、茂吉は盲目的に西洋的なものの方へ流れたのではない。西洋による激しいゆさぶりを鮮烈な泉として感受しながら、東洋的なものをも慕った。西洋を知ったゆえにみずからの足場への関心を深めたと見ることもできる。そして、おそらく、十分に意識してのことであったろうが、茂吉の文章は次のような形態をとる。初期の歌論書『童馬漫語』[4]から引用する。

　ワシレウスキーがマレースの絵を論じたなかに『感覚の充実と健康』といふ言葉がある。この『健康《ゲズントハイト》』といふ語は面白いと思つてゐる。賀茂真淵の『丈夫ぶり』といふ語も畢竟はここ迄行くべき筈のものであつたのだ。

（『童馬漫語』31「寸言」）

作品の「健康」について述べるとき、ドイツ語の Gesundheit と真淵の説く「丈夫ぶり」が併記される。西洋から発せられた意見と日本（東洋）からのそれとを織りまぜて、文章は構成されるのである。作歌にのぞむ態度を述べては、

　いはゆる『人性の究竟多力』の境に至らねばだめである。„menschliche Machtvollkommenheit“ の大緊張、大威力がなければだめである。あるひは、『焼き亡ぼさん天の火もがも』の切実がなければだめである。

（『童馬漫語』97「土岐哀果の「秋風裡」」）

という表現となり、のちに、茂吉のことばとしてよく引用される「深処の生」を説明しては次のように書く。

　己は嘗て歌を論ずるのに、『深処の生』といふ詞語を使つた。これは、Tiefpunkt des Lebens といふ誰やらの洋語（翻して生の深点と謂ふべきか）を思ひだして、そして側ら、自臨㆓釣石㆒汲㆓深清㆒といふ東坡の煎茶詩を解いた文中に、『深処取㆑清』といふのから暗指を受けて、自分で作つてみたのである。

（『童馬漫語』105「深処の生」）

次に引く、芥川龍之介のよく知られた茂吉論は、茂吉の文章が右に述べた形態をとることの必然性に触れている。

　近代の日本の文芸は横に西洋を模倣しながら、竪《たて》には日本の土に根ざした独自性の表現に志してゐる。（中略）茂吉はこの両面を最高度に具へた歌人である。[5]

もう一つ、のちに茂吉歌論の主要項目となる「単純化」について書いた文章を見ておきたい。

　賀茂真淵は万葉を心読して、『なほくひたぶるなるものは、ことば多からず』と云つたのは正に云ふべきことを云つたのであつて、また後進の予の言もこれに過ぎないのである。いや予は自ら悟入したやうな面持をしようより先進の蹤跡をさぐりそこに共鳴の魂を得るのを楽しむのである。ひとり日本国とは限らない。

Die echte Lyrik muss ein Abdruck des kernhaften, innersten Empfindens einer kraftvolle r《ママ》 Persönlichkeit sein.

といふ独逸人のことばもそのなかの „kernhaft“ の語の如きもおなじく共鳴の魂であるに相違ない。

（『童馬漫語』62「単純化」）

真淵の言を引き、併せて、「真の抒情詩は、力強い個性の内なる感情の核心（本質）の表現であらねばならない」というような「独逸人のことば」を引く。この文章において茂吉は、自身が予感あるいは予想として抱いていたものが、先行者によって、すでに言表されているのを見出すことのよろこびを洩らしている。「共鳴の魂」に国境や民族が関係あろうはずもなく、その魂との邂逅は茂吉にとって無上の愉悦であった。それが上掲のような文章の態をとって現われるということなのだろう。

右の傾向を、東洋的と西洋的とに二分すると、東洋的側面としては、万葉集や仏典からの影響が指摘できる。アララギが万葉集を規範としたこともあり、茂吉における万葉集に着目した論考は多く、仏教思想の影響についても、茂吉の幼少年期の精神形成に影響を与えた父母の篤い信仰心や、守谷家の菩提寺である宝泉寺の住職・佐《さ》原窿応《わらりゅうおう》の存在を視野に入れ、作品における仏教的なものを指摘した論考が書かれている。これらの側面に留意した論文は、行きがかり上、触れたものまで数えると枚挙にいとまがない。

西洋的なものとしては、ゲーテやニーチェなど、詩文や芸術論を著した幾人かの詩人や思想家からの受容と、彼らを通じての異文化への接近があげられる。(6) これらは、いわゆる大正教養主義の時代に、多くの青年たちが接近した「教養」範疇であり、その作品や人物への言及行為は、茂吉に固有の現象ではなかった。だが、質に注目すれば、茂吉におけるニーチェのありようは状況が違っていることに気づく。単に知識の摂取、語彙や発想を借用する対象としてのみあったのではなく、「深処の生」の深みにおいてつながり、茂吉の内面の変化に寄り添うように、出会いから晩年までその傍らにありつづけた。ニーチェは茂吉が触れた魂のうち、もっともよく共鳴する魂だったのである。

茂吉がニーチェの著作から得た発想や形式は、端的にあるいは渾然として茂吉の作品に揺曳している。茂吉は、ニーチェの詩語や用語を引用した。短歌に例をとれば、大正五年の「汗《あせ》いでてなほ目《め》ざめゐる夜《よ》は暗《くら》しうつつは深《ふか》し蠅《はへ》の飛《と》ぶおと」(「深夜」、『あらたま』所収)がよく知られている。この第四句「うつつは深し」に、「*ニイチエは"Die Welt ist tief."と謂へり。」と注記した。これは、『ツァラトゥストラ』第三部「日の出前」や第四部の「酔歌」の章に、「世界は深い、昼が考え及ばなかったほどに深い」という文脈であらわれる。ただし、早さで言えば、茂吉はこれ以前にすでにニーチェを念頭においた歌を発表していた。明治四四年一月の「アララギ」

に掲載された次の歌がそれである。

しきしまのやまとの国のいづべにか病《やみ》ほほけたるニーチエもゐむ

これは第一歌集『赤光』（大正二年一〇月）には収められず、『全集』の「短歌拾遺」によって知れるばかりで一般の読者の目には留まりにくいが、茂吉におけるニーチェ受容史の観点からは注目すべき一首である。このように短歌に詠み込んだばかりでなく、みずからニーチェの語句に訳語をあてて愛用し、留学中には墓参を果たし[7]、のちには病誌を書くほどの関心を寄せている[8]。そうした行為や引用のさいの筆致・口吻から、茂吉の内部に深く関わる存在として、ニーチェそのひとがあることは感じられるが、しかし、その具体的な関わりあい方、すなわち、自身の問題がニーチェの問題とどのような形で交錯し、影響を受けたかということについては、ほとんど書き残していない。

茂吉におけるニーチェ受容に関する研究は、茂吉研究者の立場から、短歌観形成に果たしたニーチェの役割を指摘した論文（本林勝夫、昭和三八年[9]）、ニーチェ研究者の立場から、茂吉歌論中のニーチェ語彙を調査し、そこからニーチェ著作に関する茂吉の読書傾向と受容の態度を導いた論文（氷上英広、昭和四一年[10]）、茂吉のニーチェ受容の経路に目を配りつつ、ニーチェが茂吉の精神的支柱として機能していたと考察した論文（小堀桂一郎、昭和四八年[11]）が主なものである。

本林は、茂吉の短歌観の形成にニーチェの『権力への意志』の関与をみとめ、それによって「一切の悲歎が根源的快楽、絶対肯定への必然的現象に他ならないという悲劇の秘教を学び、形式の抵抗感を通じてのみ達成される近代的抒情のありかたを自覚した」（五二頁）と考察する。

氷上は、茂吉がもっとも親しんだニーチェ著作は『曙光』であり、論文風のものは敬遠していたと見る。また、茂吉とニーチェの血縁性を指摘し、「思想的な考察とは別のみちによって、かれはニーチェ的根源を直感し、それによって終始親近感を抱きつづけた」（一〇三頁）と分析する。

小堀は、茂吉のニーチェ受容の経路として、専攻の精神病学と森鷗外主宰の観潮楼歌会、そして歌誌「アカネ」の三方面に注目し、茂吉におけるニーチェを「泰西の詩人中では茂吉が真剣につきあった唯一の人」（三六六頁）と位置づける。それらを踏まえて、『あらたま』（大正二年九月〜大正六年制作歌を収める）期の苦悩（家庭不和など）のとき、そして大正一三年、一四年の苦難（青山脳病院の全焼と病院の再建）のときに、「ニーチェは茂吉の「支柱」になっていた」（三七三頁）と結論する。

以上の三論文いずれも茂吉におけるニーチェ存在の重要性を述べている。実際、青春期に接触したニーチェの影響は歌人茂吉の生涯にわたって確認できる。しかし、その全体像を俯瞰できる研究はこれまでのところ出ていない。

本研究は、諸家の研究を踏まえつつ、茂吉における西洋という観点から、もっとも茂吉の精神的比率を占めた思想家ニーチェ（Nietzsche, Friedrich Wilhelm 1844-1900）に照準を定め、その受容のあり方、すなわち茂吉においてはニーチェがどのように現われてくるのかを考究するものである。具体的には、茂吉の書いたものからニーチェに関わる文章や語句を抽出し、それを端緒として考察を進める。記されたニーチェの名前やニーチェに由来する用語こそ、「共鳴」の端的な痕跡であろう。その痕跡は、短歌の上にも、歌論や随想の上にも確認できるが、本論文は、個々の短歌の作例に、ニーチェの影響を辿ることよりも、ニーチェの考え方の、茂吉の短歌理論への影響を考察することを主たる目的としている。この試みは、従来の研究で明らかにされている茂吉における東洋的な要素とは別の、西洋的な要素の側面を闡明し、茂吉の全体像の構築に寄与する。その結果、展望として、ニーチェを念頭においた茂吉作品の読みが可能となり、読みの可能性の拡大が期待される。

本論文は、序章・本論（第一章〜第七章）・結章の構成である。本論部の目次の排列は、各章で取り上げる主要な茂吉作品の執筆年代順とし、初期と中期、あるいは初期と後期にまたがって論じるものについては、後者の時期に配置した。初期・中期・後期の区分については、山本健吉の説にしたがう。日本現代文学全集51『斎藤茂吉集』（昭和四一年五月、講談社）に、茂吉一七冊の歌集の中から七冊を選出し解説を書いた山本は、生涯歌集数五冊程度ならばすべて収めることができるが（島木赤彦や中村憲吉など）、茂吉はそれができず全貌を尽し得なかったと嘆息を洩らし、しかし長い生涯の作歌歴を見わたせば「おのづから波の起伏があり、その起の部分にあたる歌集を選ぶことで」了としたと述べている。要点を述べると、山本は、歌集一七冊に三大の「起」を見出し、第一の「起」を『赤光』（第一歌集）と『あらたま』（第二歌集）、第二を『白桃』（第一〇歌集）と『暁紅』（第一一歌集）、第三を『白き山』（第一六歌集）と『つきかげ』（第一七歌集）とした。[12] 山本の分析によるこの所見は、茂吉研究一般に引き継がれている。[13]

本論部の論点を歌集に移すと、山本の述べる各期の「起」に位置する『赤光』『暁紅』『つきかげ』を取り上げることになる。これによって、茂吉においては、ニーチェの影響が決して一過性のものではなく、受容の初期から晩年まで及んでいることが確認されるであろう。

以下、各章の概要を述べる。

序章では、茂吉作品にみられる東洋的なものと西洋的なものの混淆について概説し、茂吉におけるニーチェの重要性を述べたあと、ニーチェを視野に入れた茂吉研究の状況を取りまとめる。その上で、本研究の目的、研究方法などを提示し、各章の概要を述べる（本章）。

第一章「写生説の形成――ニーチェの芸術観の関与――」では、大正九年九月の「アララギ」に発表された「短歌に於ける写生の説」の、

実相に観入して自然・自己一元の生を写す。

（「第四 「短歌と写生」一家言」[14]）

という茂吉の説が、ニーチェの芸術観を踏まえて構想されたことを検証する。短歌が生命表現であるという考え[15]は、茂吉が歌論を発表しはじめたころに、すでに主張されていた（「アララギ」明治四四年五月。のちに『童馬漫語』４「いのちのあらはれ」）。それが大正九年に右の定義となったのである。この、自然と自己との一体化という考え方は、ニーチェ固有の思想というわけではないが、茂吉の書いた他の文章が、その写生説の根底にニーチェの色調を読み取ることを許している。ここでは、「抒情詩人」と「Rausch」（陶酔）の語を考察する。

第二章「茂吉におけるディオニュソス」では、茂吉の使用する「ディオニュソス的」について、以下の二つの資料を軸に考察する。一つは「雑俎」（「アララギ」明治四五年四月）[16]、いま一つは「柿本人麿私見覚書」（昭和八年一〇月起筆）である。前者は、「ディオニュソス的」の語を茂吉が明確に意識する契機となった阿部次郎の言述の引用からなり、茂吉のディオニュソス理解を知るうえで注目すべきものである。ここで得られた理解が、後者の論文、すなわち柿本人麻呂を論じた「柿本人麿私見覚書」に流れ込んでいく。この覚書で強調された「ディオニュソス的」の語の意味と役割を明らかにする。ここで役割というのは、いかなる理由から人麻呂を論じるのにこの語が用いられ、その使用がいかなる効力を発揮するのか、ということである。精神的にも深い交流のあった芥川龍之介の死（昭和二年）の問題が茂吉に与えた影響と、執筆当時の社会状況を考慮する。

第三章「Wille zur Macht――茂吉の訳語「多力に向ふ意志」を視座に――」では、茂吉の「力」への憧憬に注目する。茂吉ほど「力」という語を多用した歌人はいない。明治四四年六月の「アララギ」に、アララギ批判者に対して「僕らは力で行く」（「アララギに対する評」）と書いて以降、その使用は顕著である。[17]「力」への憧憬の念は、勇猛な表現を取りながらときには一抹の悲愴感をともなって現われる。ここでは、特に、大正二年三月の「アララギ」に掲載された、

短歌の形式をいとほしむ心は力に憬るる心である。短小なる短歌の形式に紅血を流通せしめんとする努力は

まさに障礙に向ふ多力者の意力である。『多力に向ふ意志《ウイルレツールマハト》』である。（『童馬漫語』35「歌の形式と歌壇」）

に注目し、「多力」「多力者」について考察する。「多力に向ふ意志」とは、ニーチェのWille zur Machtを茂吉が独自に訳したものである。この訳語創出の背景に、読書を通じての幸田露伴受容があったことを踏まえる。

第四章「歌集名「暁紅」に込められたもの――*Morgenröthe* を機縁として――」では、大正二年に茂吉の筆にのぼり、昭和一五年に第一一歌集の書名として採用された「暁紅」という語に注目する。これは茂吉自身語っているように、ニーチェの著作 *Morgenröthe* の書名の茂吉訳である。*Morgenröthe* には、この表題詞章 Es giebt so viele Morgenröthen, die noch nicht geleuchtet haben.（「いまだ光を放たざるいとあまたの曙光あり」氷上英広訳）が、リグ・ヴェーダと明記され扉に掲げられている。茂吉はこの題辞によって、リグ・ヴェーダ（古代インド思想）へと導かれ、その諸神中の一女神ウシャスに魅了されていく。以上のことと、昭和九年における一女性との出会いとを考量し、「暁紅」という歌集名には、単なる自然現象にとどまらない人の形象をもった女神のイメージが付与されていることを明らかにする。その際、日本におけるリグ・ヴェーダの紹介に目をくばる。また、『暁紅』[18]期に書かれた、ニーチェ的なものの認められる書簡や随想をあわせて考察する。

第五章「「古代芸術の讃」における茂吉の操作――保存された「多力にむかふ意志」――」では、昭和二一年一月の「アララギ」に掲載された「古代芸術の讃」（『童馬山房夜話』）に注目する。これは著者みずから述べているように、ニーチェの『偶像の黄昏』を踏まえて書かれている。大正二年に著者が与えた訳語「多力に向ふ意志」（大正二年における表記）が、時を経てあらわれる当該文章を、生田長江の翻訳と対照しつつ分析し、茂吉におけるこの語の重要性を強調する。

第六章「回帰する茂吉――『つきかげ』から『赤光』へ――」では、明治四五年と昭和二四年作中にあらわれた〈犬の長鳴き〉という題意の歌に注目する。前者の時期には、

長鳴《ながな》くはかの犬族《けんぞく》のなが鳴くは遠街《をんがい》にして火かもおこれる

（「ある夜」。『赤光』初版では改作され「犬の長鳴」の題のもとに収録）

があり、後者の時期には、

よるの犬長鳴くきこゆ箱根なる強羅の山にめざむるときに

（「檜あふぎ」、『つきかげ』）

という歌がある。あまり顧みられることのなかったこれらの歌が『ツァラトゥストラ』第三部「幻影と謎」の章の影響下に成立した作品であることを論じ、時を隔てた二つの作品間に、円環が形成されていることを指摘する。

第七章「遺稿集『つきかげ』巻軸歌を染めた夕映え――ニーチェから鷗外、そして茂吉へ――」では、遺稿集『つきかげ』（昭和二九年二月、岩波書店）の巻軸歌、すなわち茂吉生涯の絶唱に注目する。

いつしかも日がしづみゆきうつせみのわれもおのづからきはまるらしも

右の作品は、昭和二七年の「アララギ」二月号に、ただ一首掲載されたものである。明治四二年、茂吉は観潮楼歌会に出席し鷗外の知遇を得る。以来、医学・文学の両方面において鷗外は畏敬の対象となり、その言動は生涯茂吉に作用しつづけた。ニーチェの「芸術の夕映え」（『人間的、あまりに人間的 I』第四章「芸術家や著作家の魂から」）を要約引用した鷗外の「追儺」（明治四二年）、そしてそれに触れた茂吉の「節分」（昭和二五年）を考察の対象とし、掲出歌に表現された茂吉の晩年の天上を染めた夕映えが、茂吉の目にどのように映じていたのかを考察する。

結章では、用語と思想の側面から茂吉のニーチェへの関心の所在を整理し、茂吉においては、ニーチェは生の深いところで受容され、かつ、それが決して一過性のものではなかったことが論証されたことを強調する。その上で、ニーチェを念頭においた茂吉短歌の解釈を試みる。

第一章　写生説の形成

——ニーチェの芸術観の関与——

はじめに

斎藤茂吉が、大正九年九月の「アララギ」に発表した、「第四「短歌と写生」一家言」(「短歌に於ける写生の説」)の中に次のような一節がある。

　実相に観入して自然・自己一元の生を写す。

以後生涯を通じて作歌指針となる短歌における写生の説の定義である。[19]茂吉の写生説は、正岡子規の説を継承する意識のもとに立論されているが、茂吉自身認めているように、[20]両者の間には明瞭な相違がある。子規が「写生といふ事は、天然を写すのである」(『病牀六尺』明治三五年六月二六日条)と述べる場合、対象である「天然」は、「自己」と対峙する外界として存するのであり、それを対置するままに、いわば客観的に「写す」と考えられている。茂吉においては、右の定義に明らかなように、「自然」は「自己」と一体化を遂げるべき対象であった。両者ともに、実物や実景あるいは実相を重視する立場を取りながら、「自然」への「自己」投入の帰結としての「一元」の状態を表現する、とした点において茂吉の「写生」は子規の説を大きく踏み越えている。茂吉のこの対象への態度は、同じく子規の系譜に連なり「写生」を作歌の拠りどころとした伊藤左千夫や長塚節、また茂吉とともに「写生」を唱道し比較的近い考えをもった島木赤彦の対象把握と照らしても異色である。[21]

茂吉の写生説については、早くは北住敏夫が『写生説の研究』(昭和二八年三月、角川書店)で考究し、その後も多くの研究者や実作者が、語義の詮議、理論の整合性、その説と実作との関連など、いくつかの観点から繰り返し論じている。ここでは、この説の着想の起源を問題にしたい。これについては、やはり北住が「茂吉の文芸理論――写生説の美学的基礎――」(『国文学　解釈と鑑賞』昭和四〇年四月)において、西洋の美学が茂吉の写生説にどのように摂取されたかという観点から考察している。北住は、「茂吉が生自体をどのやうに考へてゐたかといふことは、美学よりも哲学の問題に属する」、と美学と哲学との問題を区別し、美学の側面に絞って論じた。美学の上では、「ハルトマン・ヴント・リップス・フォルケルトらの説」に基づくという結論を導いている。そのさい、茂吉が親しんだ「生の哲学」者として北住が記したのは、ショーペンハウアー、ニーチェ、ジンメル、ディルタイである。

その翌年には、氷上英広が、「生の哲学」の側面に注目し、「「自然・自己一元の生」という表現を直視すれば、これはニーチェが『悲劇の誕生』で言うところの das Ur-Eine（根源的一者）に遠くないことを感じる」（「斎藤茂吉とニーチェ――日本におけるニーチェ影響史への一寄与として――」、「比較文学研究」昭和四一年七月）と述べている。同論文は、茂吉におけるニーチェ受容を広く見わたしたものであり、写生説の起源に深く立ち入ったものではない。そのため、その起源に関しては右の点を記すにとどまり、さらに追究の余地が残されている。ニーチェの芸術観が開示された初期の著作は『悲劇の誕生』（一八七二年一月）であるが、氷上は、茂吉の「柿本人麿私見覚書」に多用された「ディオニュソス的」という語が『この人を見よ』に拠ったことを論証し、ニーチェのディオニュソス概念を理解する上で避けることのできない『悲劇の誕生』の繙読については、茂吉は読んだ形跡がない、と否定的である。

茂吉の歌論や随筆中に、ニーチェに由来すると明確にわかる語句や発想が頻出するようになるのは、大正二年以降である。しかし、ニーチェの芸術衝動の説に関する知識は、明治四五年二月に、阿部次郎の論文[22]によってすでに得ていた（第二章参照）。ニーチェは『悲劇の誕生』において、芸術をアポロン的世界とディオニュソス的世界という二つの相反する領域から把握し、さらにそれを、生理的現象である夢と陶酔との関係に類比している。[23]この〈アポロン的なもの〉と〈ディオニュソス的なもの〉との対概念による把握は、写生説発表時の茂吉にはすでに馴染み深いものとなっていたのである。

以上のことを踏まえて、本章では、茂吉の写生説がニーチェの芸術観の影響のもとに形成されたことを検証する。具体的には、「自然・自己一元」の語句表現をとった、対象との一体化という思想が、ニーチェの思想と高い親和性をもつことを証明するために、「抒情詩人」と「Rausch」（陶酔）の二項目について考察する。前者においては、「実相に観入し」の語句表現と、『悲劇の誕生』においてニーチェが描写した現象世界との関連をあわせて考察する。

一　ニーチェの芸術論と茂吉の写生説をつなぐもの

1　抒情詩人の能力――一体化（融合）と自己放棄――

茂吉の写生説の説く「一元の生」とはいかなるものであるか。北住は、「観入」と「自然・自己一元の生」との関係について次のように分析する。(24)

「自然・自己一元の生」といふいひ方は、生が本来的に一元的なものであることを示すやうに聞えるけれども、茂吉の立論の筋道からすれば、実相観入のはたらきによつて、自然と自己とが一元化されるものと解されるべきである。即ち自己の生を対象に投入移入し、両者の同化融合した結果として、生の一元の状態がもたらされるのである。

（前掲「茂吉の文芸理論――写生説の美学的基礎――」）

北住の結論に示されたように、茂吉は「自然・自己一元」の状態を〈自己投入による一体化〉と考えていた。ここには、明らかに一つの前提が含意されている。茂吉写生説の実践には、対象との一体化の能力が要求されているのである。茂吉によれば、その能力を備え、写生説を高度に達成している歌人が柿本人麻呂であった。昭和九年一一月に上梓された『柿本人麿』第一冊（全五冊）「総論篇」所収「柿本人麿私見覚書」(25)には、「私は、人麿のものには到底及ばないといふ結論に到達したごとくである」、「人麿の短歌のあるものはもはや短歌の極致に達し、その奥義を成就してゐる」などのように、「人麿の抒情詩人としての究竟的態度」を高く評価する茂吉の人麻呂観が率直に表明されている。一連の人麻呂讃辞の中で、とくに衆目を集めたのが「ディオニュソス的」の語であった。

　人麿は、どういふ場合に、どういふ動機に、作歌せねばならぬときでも、抒情詩本来の面目であるこのディオニゾス的心境に居られた歌人である。

人麻呂を、抒情詩の真髄に達したディオニュソス的歌人とする茂吉の見解があらわれている。みずからの写生説の体現者である人麻呂を讃えて、ニーチェ由来の「ディオニュソス的」の語を用いたのは、その写生説が、ニーチェの芸術観への共感の上に構想されたことを示唆している。また茂吉は、人麻呂作を分析し「常に重々しく、切実で、そのひびきは寧ろ悲劇的である」、「同時に人麿のものにはいまだ『渾沌』が包蔵せられてゐる。いまだカーオスが残つて居る。重厚で沈痛な響は其処から来るのであらう」と評した（「柿本人麿私見覚書」）。これらの評言の語彙がニーチェ的であることは繰り返し指摘されている。いま文意に注目すると、「ひびき」「沈痛な響」と言って、その関心が作品の音楽性に向けられていることに気づく。昭和九年に示されたこの人麻呂分析は、大正九年一〇月の「短歌に於ける写生の説」（「アララギ」、「第五　続「短歌と写生」一家言」）において、「歌のうへの「音楽的」といふことは、歌のうへの写生の一つの要素をなしてゐる」と言っていたことと呼応し、同時にそれは、『悲劇の誕生』の中の次の文章を想起させるのである。

　抒情詩人はまず、ディオニュソス的な芸術家として、根源的一者、その苦痛および矛盾と完全に一体をなしており、かくしてこの根源的一者の模像を音楽として産み出すのである、(後略)[26]

この叙述によれば、抒情詩人は、ディオニュソス的芸術家として根源的一者と「一体」となり「音楽」を産む存在である。茂吉の「自然・自己一元」は、ニーチェの説く、根源的一者との一体化と重ならないだろうか。茂吉が人麻呂を抒情詩人と言い、その作品の音楽性を強調し、さらにはディオニュソス的と呼んだ点まで、『悲劇の誕生』の叙述と重なるのである。

ニーチェはまた、右の文章のあとに「抒情的な天才は、自己放棄と融合との神秘的な状態から形象と比喩との一つの世界が生まれ出るのを感ずる」（五七頁）と解説し、「自己放棄」と「融合」とは表裏の関係にあることを述べている。

次に考えるべきは、この一体化への移行を、茂吉が「実相に観入し」の語句によって言表している点である。これは、ニーチェの芸術観とどのような関係にあるのか。

茂吉は「実相」について、「das Realeぐらゐに取ればいい。現実の相などと砕いて云つてもいい」と説明する。一方、ニーチェは、茂吉が「実相」（＝「現実の相」と説明）と呼ぶところの私たちの眼前に立ち現われている世界を次のように見ている。

> かのあらゆる存在の基礎、すなわち、世界のディオニュソス的な基底は、かのアポロン的な聖化の力によって再び克服され得るまさにその範囲内においてのみ、人間個人の意識に上ることが許されるのである。（二〇〇頁）

ニーチェによれば、現象世界は、アポロン的作用のマーヤのヴェール[27]によって守られた安寧の世界である。茂吉が「実相」の語で把握しているのは、マーヤのヴェールに覆われたニーチェが「仮象」とよぶ世界にほかならない。ニーチェは、ディオニュソス的なものの魔力のもとにおいては、人々は、その隣人と結合し一体たることを感じる、と書いている。マーヤのヴェールが「引き裂かれ、今はもはや襤褸《らんる》となって神秘に満ちた根源的一者の前に翻るにすぎざるかのごと」（三七頁）き状態となるのである。茂吉は、この現象している仮象の世界すなわちマーヤのヴェールを「引き裂」き、それが覆い隠していたディオニュソス的基底に突き進むそのイメージを「実相に観入し」と表現したのではないだろうか。これは、「単に輪郭だけの急所でなく、もつと深い生命の急所にまで突込んで」[28]という散文的表現を、定義にふさわしく漢語によって表現したものと言えるのである。

2　茂吉の Rausch 受容

Rausch の語への茂吉の関心は、大正三年一〇月の「アララギ」に掲載された次の一文によくあらわれている。

> ニイツチエは Rausch といつた。予は交合歓喜といふ。ここに受胎《ベフルフツング》がはじまる。それより初生に至るまで一定の発育が要る。短歌を生む場合に於ても如是である。
>
> （『童馬漫語』66「交合歓喜」[29]）

通常、「陶酔」や「酩酊」と訳される Rausch を、「交合歓喜」と訳したのは、ニーチェが性的興奮の文脈にのせて用いた Rausch に茂吉が接したからであろう。例えば、『偶像の黄昏』（一八八九年一月）中に次のような文章がある。

> 芸術があるためには、なんらかの美的な行為や観照があるためには、一つの生理学的先行条件が不可欠である。すなわち、陶酔がそれである。陶酔がまず全機械の興奮を高めておかなければならない。それ以前には芸術とはならないからである。実にさまざまの条件をもったすべての種類の陶酔がそのための力をもっている。なかんずく、性的興奮という最も古くて最も根源的な陶酔のこの形式がそうである。[30]

右において、Rausch（陶酔）は、芸術に不可欠な「生理学的先行条件」として位置づけられている。その中でも特に「性的興奮」が最も根源的な「陶酔」として重視されている点には注意しておきたい。また茂吉は同号の「アララギ」で次のようにも言っている。

> 作者と作品とは渾一体でなければならない。（中略）予は短歌の体を愛敬し交合し渾一体に化する心願を有

（『童馬漫語』65「ふたたび短歌と象徴」）

つてゐる。

「渾一体」（対象との一体化）の語を用いて、短歌との「交合」が宣言されている。この茂吉の発言は、『権力への意志』の第八一五番「生の理性によせて」を想起させる。[31]

芸術的懐妊のさいに放出する力と、性交のさいに放出する力とは、まったく同じものであり、すなわち、ただ一種類の力しかないのである。ここで屈服するということ、ここでわが身を浪費するということは、芸術家にとっては裏切り行為である。

ここには、「芸術」創作の力と「性交」の際の力とを同一視し、「性交」による消耗をゆるすことは、「芸術家にとっては裏切り行為である」との考えが打ち出されている。茂吉の文章は、ニーチェの主張に接し、共感し、その興奮のうちに書かれたかのようである。ここで注目した『偶像の黄昏』『権力への意志』は、いずれも後期に属するものであるが、初期の『悲劇の誕生』においても、古代ギリシアの芸術の発展を支配する二神のあり方が、「あたかも生殖が、絶え間もなく闘争を続けただ周期的にのみ和解を示すにすぎざる男女両性の二元性に依存しているのと同様である」というように、「生殖」の比喩によって叙述されている。

右に掲出した茂吉の二つの文章には、Rausch を芸術の要件とし、その高位に性的陶酔を置いたニーチェ思想の投影が顕著である。

二　茂吉における『悲劇の誕生』繙読の可能性

1　氷上による繙読の判定基準

氷上英広は、茂吉の読書傾向を調査し、次のように結論している。

『ツァラトゥストラ』と『曙光』と『詩集』についてこれまで見たのであるが、ニーチェの初期に属する著作『悲劇の誕生』や『反時代的考察』に関して、これを読んだという痕跡がない。『道徳の系譜』なども ないようである。痕跡がないから読まないということはもちろん言えるものではないが、調べたかぎりでは そうである。後述するようにディオニュソス的という概念を、茂吉が重視したことから言っても『悲劇の誕生』は精読すべきものであると思われるが、どうもそうでない。（八八頁）

読んだ痕跡のない著作として、『悲劇の誕生』『反時代的考察』『道徳の系譜』をあげ、これらに共通する要素を、つづく文章で「どれもアフォリズムの集録でなく、いずれも論文的なこと」と述べている。ここでは、氷上が、右の結論に達した経緯を明らかにした上で、茂吉が同書を読んだ可能性について検討する。

　この問題を考える上で手がかりとなるのが、『曙光』[32]を「いちばんよく読み、また親しみを持っている」（八四頁）著作と判断した際の基準である。氷上が茂吉作品に認めた『曙光』の「痕跡」とは、どのようなものであったか。要点を述べると、論証に用いられた茂吉作品中の語句や文章は、いずれも『曙光』に独自の内容であり、典拠として指摘されたアフォリズムとの対応関係が明白な個所である。その指摘に疑問を挟む余地はない。

　このような、典拠を明快に指摘できる引用のあり方を繙読「痕跡」の基準とするならば、『悲劇の誕生』繙読の「痕跡」を茂吉作品中に見出すことは、確かに困難であろう。「ディオニュソス的」の語が、『悲劇の誕生』と密接に結びつくとはいえ、その語はニーチェの他の著作『この人を見よ』『権力への意志』などにも使われているため、『悲劇の誕生』に固有の語とは言えない。そればかりか、ニーチェ思想の中核をなすこの概念は、周囲の人々や解説書類から知識を得る可能性もあり、この語の使用には、かならずしも同書繙読を要しないからである。

　先に述べたように、実際に氷上は、「ディオニュソス的」の語の集中する「柿本人麿私見覚書」が、『この人を見よ』を参照しつつ執筆されたことを論証した。また、茂吉作品中に『ツァラトゥストラ』『曙光』「詩集」の明白な「痕跡」を確認して行く過程で、「論文風のものは敬遠されている」（八八頁）傾向に気づいた。これらのことが相まって、『悲劇の誕生』を読んでいないとする見方を強めたのではないだろうか。

しかし一方で、氷上は茂吉の言葉にこだわる態度を認め、次のように述べている。

ディオニゾス的という言葉にしても、茂吉は日本語の場合のように一語一語の伝統的な使用例に即して正確に使いたいのであり（かれが多くの言葉、たとえば「食《お》す」とか「海彼」とかいう単語に対して反応した異常なまでの情熱を想わなければならぬ）、（後略）（九八頁）

茂吉の言葉へのこだわりは、伊藤左千夫の指摘[33]を端緒に、のちの研究者の多くが指摘し、承認するところでもある。『悲劇の誕生』についての氷上の判断もまた、この点を考慮してなされたことは右の文章によって明らかである。氷上はその上で、「ニーチェによるとすれば、本来はもっとこまかく広く遡及すべきであるが、わずかに『この人を見よ』の上述の個所に依拠した」と結論しているのである。「もっとこまかく広く遡及すべき」と記すとき、念頭にあった書は『悲劇の誕生』であろう。

たしかに、「柿本人麿私見覚書」は、『この人を見よ』を参照しつつ書かれたが、それは、執筆時にその書に拠ったことを意味するにとどまり、茂吉がそれ以前に『悲劇の誕生』を読んでいなかったことの論拠とはならない。言葉の由来や用法への茂吉のこだわりを考えれば、ディオニュソスという概念に関心を持ったさいに、ニーチェの芸術観が開示された『悲劇の誕生』まで「遡及」した、そう見るほうが自然ではないだろうか。

先に述べたように、『悲劇の誕生』を踏まえて書かれた阿部の文章に感銘を受けたのは明治四五年であった。この時期の茂吉がすでにニーチェ全集を揃えていた[34]ことを考慮すると、『悲劇の誕生』を繙いた可能性は高い。開いたとすればそこに、

然《しか》り、ディオニュソス的とは何か？　――この書のなかにこれにたいする一つの答えがある、（後略）

（「或る自己批判の試み」四）

という文章が目に入ったはずである。

2　「歌の形式と歌壇」に見る『悲劇の誕生』の痕跡

すでに論じたように、茂吉の写生説は、ニーチェが『悲劇の誕生』で述べた抒情詩人観や現象世界のありようを前提に考えられるべきものであった。このことから、茂吉の写生説は、ニーチェの芸術観を根拠に構想されたと看做し得るだろう。加えて、ここに一例の繙読の「痕跡」を示しておきたい。

次に引用する大正二年三月の「アララギ」に掲載された文章は、文末の記述により、「大正二年二月八日」に執筆されたことが分かっている。冒頭に述べたように、このころから、茂吉の文章にニーチェ由来の語句や発想が明確に現われるようになる。（傍線は引用者）

歌壇とは一つの遊戯《スピール》現象である。をさなごの石蹶り遊びである。そこにおのづからなる約束がある。短歌の形式は即ち一つの約束である。最もプリミチーブな自然的約束である。（中略）万葉集になれば、もう約束が成立つてゐる。『かういふ形式にしてお互に遊ばうではないか』と誰いふとなく云つてゐる。

（『童馬漫語』35「歌の形式と歌壇[35]」）

「遊戯」に振られた読み仮名の「スピール」はドイツ語 Spiel の音写である。さらに同じ文章の後の方には、「多力に向ふ意志《ウイルレツールマハト》」というニーチェを意識した表記も見られる。以上のことを踏まえた上で注目したいのは、「をさなごの石蹶り遊び」という表現である。子供が「石」で遊ぶという発想は特殊なものとは言えず、茂吉が偶然に「をさなごの石蹶り遊び」と言った可能性も皆無ではないが、当該文章執筆時の茂吉の意識がニーチェに向いていたことを考慮すると、『悲劇の誕生』の次の個所が想起されてくる。

このディオニュソス的な現象が、個体の世界の遊戯的な建設と破壊とを、根源的快楽の溢出として繰り返し新たにわれわれに顕示するのであって、それは、暗い人ヘラクレイトスによって、世界を形成する力が、戯れにさまざまに石を置き変えながら砂山を積み上げてはまた崩している小児に喩えられているのと、相似ている。（一九七頁）

ここに、石で遊ぶ子供というモチーフが確認できる。それが「ディオニュソス的な現象」の説明として用いられているところに注目すべきであろう。阿部の文章によって、抒情詩人の属性である〈ディオニュソス的なもの〉に興味を持った茂吉が、さらに理解を深めるために、『悲劇の誕生』に「ディオニュソス」の用例を求めたとするなら、当然この文章に行きあたったであろうからである。

金子馬治による日本語初の全訳が「悲劇の出生」の書名で刊行されるのは、掲出した茂吉の文章よりあとの大正四年のことになるため、執筆時に読んでいたとすれば、ドイツ語原書に拠ったものと思われる。

三　「一元」の用例と歌集『あらたま』の改作例

昭和一五年夏に茂吉は、「靖国神」[36]と題する文章を書き、その中でニーチェの言葉を次のように要約している。

然るに、ニイチエの語のなかに次の如き事があつた。熱烈たる犠牲心、献身の態度は、亢じ来れば、『汝等自身を神々に変へ（sich umwandeln zu Göttern）、汝等自身を神々として享楽する』に至るのである。さういふ熱烈な酩酊《ラウシュ》の境界にあつて観れば、ただ服従のため、義務のため、合理のため、自制のためといふ如きための行為といふものは、たとひ献身であつても、利己的道徳（egoistischer Moral）に過ぎない、虚仮道徳（nüchterner Moral）に過ぎない、さう汝等に見えるだらうが、それを自分も否定し得ないといふやうな意味のことを言つてゐた。西洋人のニイチエが斯ることを言つたので、興味あることに思つて私は記憶してゐる。（中略）計らずもその時ニイチエも帰一といふ語を使つてゐた、即ち、„Eins zu sein“ である。一元たることである。

略酊に、「ラウシユ」と読み仮名が振られているところに、茂吉の関心の所在がうかがわれる。そのこととの関わりで注目されるのは、四か所に書き込まれたドイツ語のうち、特に、Eins zu sein の語句である。茂吉はこれを、「一元たること」と訳した。この語句は原文では、nummehr Eins zu sein mit dem Mächtigen（「力強いものと今や一体である」茅野良男訳）という一節に見え、対象との一体化の文脈で用いられている。

掲出文は、内容に触れるとすれば、執筆当時の社会状況を考慮する必要があり、本章の課題を逸れてしまうため、今はそれは問題にしない。引用の意図は、茂吉が、対象との一体化（感）を文章に表現する際に、ニーチェを引用したこと、そしてその中で、Rausch の語を強調したこと、訳語に写生説の構成語句である「一元」の語をあてたこと、以上のことを示すことにあった。なお、ニーチェの著作を調べたところ、同文は、『曙光』の第二一五番「生贄の道徳」を典拠としていることが分かった。

『悲劇の誕生』によれば、抒情詩人は、ディオニュソス的芸術家として根源的一者と一体となり音楽を産み出す存在であった。茂吉はこの芸術観にふかく共感していた。写生説の定義発表の翌月に執筆した「あらたま編輯手記」中に、『あらたま』（第二歌集、大正一〇年一月）編纂に際して施された改作例（八例）が示されている。二例を見よう。

①かぜとほる欅の太樹《だいじゆ》うづだちて青《あを》の火立《ほだち》となりにけるかも（原作）
　かぜむかふ欅太樹《ふとき》の日てり葉の青きうづだちしまし見て居り（改作）
②はざまなる杉の大樹《だいじゆ》の木下闇《こしたやみ》ゆふこがらしは葉おとしやまず（原作）
　はざまなる杉の大樹《だいじゆ》の下闇にゆふこがらしは葉おとしやまず（改作）

ともに、改作により一首をつらぬく音楽性が獲得されている。①は、第二句「欅の太樹」に注目したい。「太樹」

の読みを音読みから訓読みに改め、助詞「の」を次の第三句につづく位置に変更した。②は、「木下闇」を改めて「下闇に」とした。助詞「に」を補うことで第三句の体言止めによる句切れが解消され、上句から下句への流動性を得ることになった。茂吉の「声調」への関心は早く明治四二年には見られるが、『あらたま』編纂時の改作において、作品の上に実現される様子を見て取ることができる。

まとめ

茂吉は、美学や芸術論に高い関心をもっていた。実作者の立場から、拠りどころを模索しつつ多くの書を読んでいる。対象との一体化という考え方は、芸術論としては広く承認されたものでニーチェに特化するものではないが、論じてきたように、茂吉の写生説の定義「実相に観入して自然・自己一元の生を写す」は、ニーチェが抒情詩人の能力と考える「一体化（融合）」（それは同時に「自己放棄」でもある）、そしてその現象世界把握を前提とする関係にあり、明らかな影響関係が認められる。

ニーチェが『悲劇の誕生』で述べた抒情詩人観や現象世界の把握、つまり、茂吉が前提としたそれらは、繙読「痕跡」が認められる『ツァラトゥストラ』や『曙光』などからは導きにくいのではないだろうか。茂吉が『悲劇の誕生』を読んだ痕跡がないとする先行論文に応えるとすれば、阿部次郎の論文を機縁として、「歌の形式と歌壇」を執筆した大正二年二月八日以前に、読んでいたと考えられる。

第二章　茂吉におけるディオニュソス

はじめに

昭和八年一〇月一四日から一一月二一日にかけて、斎藤茂吉は「柿本人麿私見覚書」の執筆に集中し、気魄をこめて万葉集の歌人・柿本人麻呂を論じた。これは、人麻呂をディオニュソス的歌人と印象づけ、その後の論者によって、茂吉自身ディオニュソス的歌人と呼ばれることにもなった由来の論文である。

〈ディオニュソス的なもの〉とは、ニーチェが『悲劇の誕生』（一八七二年一月）において、古代ギリシア悲劇の発生過程を説明するさいに、〈アポロン的なもの〉とともに用いた概念である。その後あらゆる分野で類型を論じるときの術語として、たとえば、音楽的・情熱的なディオニュソス、彫塑的・客観的なアポロンというような把握のもとに使用されるようになった。茂吉のこの概念の使用もニーチェに来歴を持つが、そこには短歌作者であることによって捉えかえされたディオニュソス性があり、この点に茂吉のニーチェ受容の独自性が認められる。

茂吉がディオニュソスの語を公に使用したのは、『全集』を調べるかぎり、明治四五年四月の「アララギ」[37]誌上において阿部次郎の文章を引用した例がはじめである。阿部は先立つ明治四五年二月四日の「読売新聞日曜附録」に、「内生活直写の文学（再び）[38]」という文章を発表していた。このニーチェの影響の顕著な文章において、阿部は、ディオニュソス型の個性によって創作される文芸を「内生活直写の文芸」、対してアポロン型の個性によって創作される文芸を「浮彫の文芸」と称し、かなり踏み込んで創作衝動についての見解を述べている。茂吉におけるこの阿部論の重要性は、再度、大正三年七月の「アララギ」にそれが掲載[39]されたことからも明らかである。これに接して以降、茂吉は作歌衝動に意識的になり、それを「衝迫」と呼ぶようになった。昭和八年に入ると、長谷川如是閑が立て続けに二本の論文を発表する。後で詳しく見るように、この論文で如是閑は、人麻呂を「御用詩人」と位置づけ「空疎な」歌人と貶めた。茂吉は、改造社の社員から如是閑への反論を書くように勧められたが、いったんは断ったようである。[40]それは、おそらくその時点での茂吉の「衝迫」概念では、如是閑の論難を駁することができなかったからであろう。しかしこれを契機に、茂吉の「衝迫」観は深められることになった。それが「柿本人麿私見覚書」の執筆に結びついていくのである。

「柿本人麿私見覚書」は、『柿本人麿』（全五冊[41]、昭和九年一一月～一五年一二月、岩波書店）の第一冊「総論篇」に収められている。この覚書のなかで、茂吉は「ディオニュソス的」「全力的」「多力者」の語を多用し、人麻呂を、力強い者として造型することに心をくだいている。[42]その筆致からは、何か切実なものが感受され、なぜ茂吉は、これらの語を執拗に繰り返さなければならなかったのか、という疑問さえ生じる。[43]

全一三節からなる本文の一の節をみると、その節は「（以下は人麿に関する簡単な私記・覚書である）」と始まり、「よって私は、以下人麿に関する覚書を記して記念とするのである」と終わる。あくまでも個人的な覚書に過ぎないとする立場を貫いている。このように断らなければならなかったのは、おそらく、これから自身が叙述を試みる内容が、個人の感じ方に大きく左右される問題であり、客観性が保証されないことを予想していたのであろう。実際、文中には「断案である」というような断固とした表現が見られる。

本章では、切実な感情の表現となっている「ディオニュソス的」の語の内容を押さえ、そののちに、「柿本人麿私見覚書」にそうした意味をもつ語が用いられた理由を、当時の社会状況と茂吉自身の問題とに目をくばりつつ考察する。

一　作歌衝動として

1　阿部次郎「内生活直写の文学（再び）」（明治四二年二月）

茂吉が、阿部論のうち「アララギ」に転載したのは次の個所である。掲出は茂吉の引用文にしたがい、便宜上アルファベットを付す。

A『貧弱なる自分の意識の奥にも時として表現を求むる渾沌たる或物の蠢きを感ずる場合がある。自分以外に存在する対象に向て其価値を判定せむとする批評でも無く自己以外の人に向て自分の経験を伝達せんとする説明でもなく、況して他人の為に享楽の方法を準備する職業としての創作でもなく唯内に溢れる経験を外に排出せむが為に内生活醱酵の最後の段階として其完成を証拠立てむが為に、恰も抱擁に急ぐ相思の人の如く、純粋に内部の必要に駆られて表現を要求する場合がある。此の際に於て自分の努力の目標となるものは如何にして此経験を他人に通ずる様に説明すべきかと云ふことでもなく、又他人をして同様の経験を味はしめる為に如何なる条件を準備す可きかと云ふ事でもない。表現に熟したる自分にとつて上述の意味に於ける客観化は第二義に堕したる閑事業に過ぎない。自分は唯内に動く経験に妥当なる表現を其内生活醱酵の一節に結語となるに足るべき表現を只管に追及するのである。此の如くにして生れたる文芸は個人の内生活其物の一部であつて、決して社会的事業では無い』

B『アポロ型の個性が一切を客観視して之を描写するの活動を精神生活の内容とするに反してデイオニユゾスの徒は一切を精神に翻訳して精神生活の内容として価値あるが故に之を描写する。故に彼等は其文芸をして自己の内生活と共に舞踏せしめむとする。宇宙の一切を招致して自己と共に舞踏せしめむとする。三千世界が我が心と同じリズムを打て流動せん事を要求する。自分は浮彫の文芸に対してこれを内生活直写の文芸と名けたいと思ふ』

C『内生活直写の用に堪へむが為めには劇も詩も小説も論文ももつと内化されなければならぬ。もつと正直な素朴な直接な端的なものでなければならぬ。又此種の文芸を鑑賞して他人の内生活の閃光を捉へむとする者は潑溂たる精神を以て鋭敏なる反応に堪へるものでなければならぬ。文芸といふものは眠つてゐてもくすぐつて起して呉れて、ホウレ御覧解つたらうと眼前に突き付けて見せるべき筈のものと考へるのは余りに横著である。余りに虫が好過ぎる』

「内生活直写の文学（再び）」は、さかのぼる明治四四年八月二九日の「東京朝日新聞」に掲載された「内生活直写の文学」を補足する意図で書かれた。「内生活直写の文学」で阿部は、「詩人をアポロ型とディオニュゾス型にわけ、自然主義の余党を前者に擬してその偏狭性と無知を批難し、ディオニュゾス的行き方を新文学の方向として示唆している(44)」。

A文を見てみよう。ここでは、何のために表現に向かうか、ということが述べられている。みずからの個性の発動のあり方をディオニュソス型と分析する阿部自身の経験に基づいているため、その型の個性に紙幅が割かれている。阿部によれば、表現とは、「意識の奥」にうごめく「渾沌」の「排出」であり、表現されたものは「内生活その物の一部」である。そうであればこそ、社会のために、などの目的意識はなく、動機は純粋に自己のためであると言う。「内に溢れる経験」「経験に妥当なる表現」と言っているように、あくまで経験に基づくことを強調している点は注意しておきたい。

B文は、アポロン型個性とディオニュソス型個性が対比的に論じられた個所からの引用である。茂吉は後者に焦点を絞って掲出している。短歌を抒情詩と把握する茂吉の立場に照らせば自然のことであったと言えようか。阿部の踏まえた『悲劇の誕生』に、抒情詩人のディオニュソス的芸術家としての性質を規定して次のように述べた個所がある。

抒情詩人はまず、ディオニュソス的な芸術家として、根源的一者、その苦痛および矛盾と完全に一体をなしており、かくしてこの根源的一者の模像を音楽として産み出すのである、（後略）（五五頁）

しかし無論、真の芸術はディオニュソス的な契機のみで成るのではない。それには、アポロンの作用が必要となる。[45]

阿部の文章にもどる。この個所は、独特な言い回しのため分かりにくいが、「宇宙の一切を招致」する、あるいは、「三千世界」と「同じリズム」を打つとは、世界との一体化を比喩的に言ったものであろう。阿部は、これを為し得る者をニーチェにしたがって「ディオニュゾスの徒」と呼ぶ。

C文には、「内生活直写」のためにはどうあるべきかが説かれている。ここで言われた「内化されなければならぬ」「素朴な直接な端的なものでなければならぬ」という要点は、以後の茂吉の歌論において、幾度となく繰り返されることになる。[46]

阿部の文章によって、創作衝動への関心を深めた茂吉は、すぐに次のような文章を発表している。[47]

予が短歌を作るのは、作りたくなるからである。何かを吐出したいといふ変な心になるからである。この内部急迫（Drang）から予の歌が出る。如是内部急迫の状態を古人は『歌ごころ』と称へた。この『せずに居られぬ』とは大きな力である。同時に悲しき事実である。方便でなく職業でない。かの大劫運のなかに、有情生来し死去するが如き不可抗力である。

（「アララギ」明治四五年三月）

「何かを吐出したいといふ変な心」という表現から判断すると、ここで強調された「内部急迫（Drang）」[48]とは、阿部の説いた両型の個性のうちディオニュソス型の衝動に対応するものである。[49]「方便でなく職業でない」などの表現にも阿部の文章との類似は顕著である。同年六月の「アララギ」では、三月号の文章に触れて次のように書く。

力に満ちた、内性命に直接な叫びの歌は尊い。この種の歌を吟味するに際して、吾等は先づ、作者が如何なる『衝迫』（前言の「内部急迫」の語を、鷗外先生作「灰燼」のなかのこの熟語を以て更へる）から詠んだのであるかに留意する。[50]

「内部急迫」の語を森鷗外作「灰燼」中に見出した「衝迫」の語にかえるとの宣言である。これ以降「衝迫」は、茂吉生涯の用語となった。後年執筆された「衝迫」（「短歌初学門」の一項）と題する文章[51]において、あらためて「灰燼」を引用し、論を展開している。

　鷗外作灰燼の中に、『ある作品を得るには、あそこが是非書きたい、書かなくてはゐられないと云ふ衝迫が無くてはならないとすると、それには随分多くの要素を見出さなくてはならない筈だ。それ程の要素が得られるか、どうだか、頗る覚束ない。一体衝迫製作説と云ふやうな、あの議論は一面の真理を持つてゐるには相違無いが、それを持論にしてゐる人が、一切の意匠計画を廃せようとするのは偏頗《へんぱ》ではあるまいか。小説のやうな、形式の束縛の少ないものはまだ好いとしても、戯曲でも作らうとすると、衝迫ばかりでは成功せられさうに無い。其衝迫を盛る器として計画を使用するのは勿論の事だが、事に依ると、今一歩進んで先づ計画を立てて置いて、それに盛る内容の上に、閲歴から得来つた衝迫を働かせるやうにしなくてはならないのではあるまいか』云々といふところがある。

2　「短歌初学門」所収「衝迫」（昭和八年六月執筆）

〈「衝迫」の定義と問題〉

阿部の文章に接し、「衝迫」（「内部急迫」）に言及した文章「作歌の態度」をはじめて発表した明治四五年以降、それは茂吉歌論の主要項目となり、昭和八年、短歌初学者向けの手引書「短歌初学門」中の一項目として執筆されるにいたる。その冒頭には、「作歌は飽くまで、『衝迫』にしたがふことが緊要である」、と「抒情詩中の抒情詩」である短歌における「衝迫」の重要性を説く。茂吉は作品から、作者の「衝迫」の、真・贋、純・不純が感じられ、それが一首の価値と密接に関わると考える。

茂吉の「衝迫」の定義を聴こう。明治四五年には感覚的に書かれていた文章がここでは整理されている。

支那人の語に、『蟠鬱』といふのがあるが、これは胸中何か鬱勃たるものが蟠結《ばんけつ》して居つてそれをしきりに排出したい衝動を感ずる、これが即ち蟠鬱である。その蟠鬱を排出しようと内から迫つて来る衝動が即ち衝迫である。作歌はこの自然の衝迫に本づいてなすのを常道だといふのが私の説である。

「蟠鬱を排出しようと内から迫つて来る衝動」＝「衝迫」とする説明は、阿部が「内生活直写の文学（再び）」において、「内容の圧迫」を「外に排出せむ」と書いていたことと照応し、それは茂吉が、「衝迫」を〈ディオニュソス的なもの〉と見ていたことを裏づける。

短歌の初学者に、熱をこめて説く「衝迫」は、同時に当時の歌壇への批判ともなる。

特にこの衝迫説の覚悟を忘却してはならない。衝迫説のごときはもはや当然の当然に過ぎないなどと云つてゐるうちに、知らず識らずの間にこの衝迫説から遠ざかつてゐる者が甚だ多い。この現象は個人の歌人に観察することも出来、また時代の歌壇に於て観察することも出来る、極めて恐ろしき現象である。

注意すべきは、これにつづけて書かれた「衝迫がおろそかになつ」た理由である。

題咏とか歌合とかの競争を根本として作歌してゐるのだから、肝腎の衝迫がおろそかになつてしまひ真正な衝迫たるべきものが第二義第三義に堕落したのであつた。

歌壇を批判し、茂吉は右のように書くが、それでは、アララギが標榜した万葉集の歌人・人麻呂、要請されるままに応召歌を制作した人麻呂についてはどういうことになるのだろうか。人麻呂の問題は、先に「作歌はこの自然の衝迫に本づいてなすのを常道だといふのが私の説である」と書いていたこととも抵触する。実際、長谷川如是閑が人麻呂作歌を「空疎」とする論もその点を突いていた。

昭和八年一月、如是閑は「万葉集に於ける自然主義　革命期における政治形態との関係」（「改造」）を発表し、その中で、人麻呂は「祝式葬祭に当つて歌を献ずる、宮廷詩人のやうな地位」にあったとし、その作品を「全く空疎な漢文的誇張で技巧としても、低劣である」と酷評した。さらに、

彼れが『歌聖』などゝいはれたのは、かうした態度や、浅薄な、概念的な、然し幽玄らしく見える、かの有名な『武士の、八十氏河の、あじろ木に、たゞよふ波の、行衛知らずも』式の態度と、環境も体験もなしに、自由自在にいかなる歌をも詠み得る技術と、要するに万葉時代の人々の最も短所とするところを、長所として発揮したこと、而してその技巧が後世の職業歌人の何人にも勝つてゐたことなどから来たものであらう。

と書いた。如是閑の文脈での「環境も体験もなしに、自由自在にいかなる歌をも詠み得る技術」は、茂吉の考える「衝迫」からかけ離れたものであった。次いで、昭和八年三月の「短歌研究」（改造社）に「御用詩人柿本人麿」を寄せ、「人麿の長歌は、いつも実感に乏しい」、

人麿の長歌は、多くは宮廷歌人として、今の漢文学者が祝詞や弔文を頼まれて作るのと同じやうな態度で作られたものである。人麿も亦官吏であつて芸術家ではなかつたが、然し下級官吏が作歌のために宮廷に召されたもので、日本に於ける御用詩人の魁であつた。

と書き、「専門歌人の間に人麿の尊重されることは、芸術の本質から見て、堕落である」と断じた。初学者に向けて説きつつ、「衝迫」は、茂吉の眼前に突き付けられた問題でもあったのである。

〈「純粋衝迫」〉

茂吉は、阿部の論説に接し「衝迫」に関心を持って以降、次第にそれについての考えを深めていった。人麻呂論においては、先に述べた理由で「衝迫」が問題となる。茂吉の作歌原理である「衝迫」が、経験に根ざした内なるものの発露である限り、これをもって人麻呂を論じることは、その作品を否定してしまうことになりかねない。人麻呂は、内容の圧迫の有無に関わらず、献歌を要請される「職業歌人」（茂吉）の立場にあったからである。しかし、供奉応召歌など、外部に作歌契機をもつ作品の中にもすぐれたものを認めていたために、茂吉は、それを可能にする理論の構築を迫られた。宮廷歌人として儀式の場で儀礼的な歌を要求された場合、「衝迫」は可能なのか。可能だとすればどのようにか。如是閑論に接して以来、人麻呂の「衝迫」の問題は、このような問いとして、茂吉において意識されていたと推測される。おそらく、茂吉自身の実作上の問題とも重ね合わされていたであろう。

外的動因による作歌と「衝迫」とは相容れないように思われる。しかしそこに「純粋衝迫」というものが発想される契機があった。茂吉は次のように述べる。

これも今の歌人の意識から忖度するなら極く形式的な動機からなつた歌である。然るにこの歌を吟味すればさういふ形式的な意図などは一首の響《ひびき》のなかに没入してしまつて毫も影をあらはさない。これは一体なぜだかと謂ふに、万葉の歌人は現今の吾々歌壇人などの想像することも出来ないほどかういふ場合の作歌動機をば純粋衝迫として活動せしめ得たものと見える。(52)

「形式的な動機」から作歌しなければならない場合にさえ、人麻呂はその動機を「純粋衝迫」として働かせることができたのだとの考えに至っている。自然発生的な感興を期待するのではなく、たとえ契機が外部にあったとしても、「多力者の意力」（「歌の形式と歌壇」に見える茂吉の語。第三章参照）で内的感興を喚起するのである。「純粋衝迫」とは、その結果の内的衝動である。茂吉が言っているのはそのことであろう。これは、「内生活醗酵」

（阿部）をまたずに、必要に応じて内的衝動を発動できる力を人麻呂に認めた発言である。[53]この時点で、茂吉の「衝迫」は、阿部「内生活直写の文学（再び）」に説かれたディオニュソス的衝動の範疇を越えている。ニーチェによれば、内的衝動はディオニュソス的なものであり、個人の意志の力を越えたものである。そこでは個人の意志力が内的感興を喚起するという関係は成り立たない。しかし茂吉は、人麻呂の意力をもってすれば、それが可能だと考えたのである。これこそ歌人茂吉が歌人人麻呂に付与した最大のディオニュソス性ではなかったろうか。「純粋衝迫」とは、「衝迫」に基づかない創作であるにもかかわらず、その秀歌性ゆえに茂吉によって導き出された概念であった。[54]これを得たことによって、宮廷歌人である人麻呂を、最高峰のディオニュソス的歌人に位置づける、茂吉の人麻呂論は可能となったのである。

ここで、「柿本人麿私見覚書」中の「衝迫」の語についても見ておきたい。この語は、三か所計四回の使用が確認できる。いまはその中の、茂吉の思索の深まりをうかがわせる一例に注目する。

『内部の渾沌を具象しようといふ強力な衝迫』　（『全集』第一五巻、二二〇頁）

注目すべきは、明治四五年の茂吉が『『せずに居られぬ』』と自然に湧出する内的欲求を強調していたのに対し、ここにきて「具象しよう」との表現に明らかなように、積極的に意欲する方向へと重心が移っていることである。茂吉は人麻呂を論じるのに「全力的」の語を多用した。先に、茂吉における人麻呂の「衝迫」の問題は、「純粋衝迫」という概念を導入することによって解決されたと結論したが、「全力的」の語の多用は、この結論を側面から補強しているようである。外因を内因である「純粋衝迫」に転換するための技術的方法など説明しようもなく、それは、「全力的」という態度の問題として処理する以外なかったであろうと思われるからである。

二　「柿本人麿私見覚書」（昭和八年一〇月起筆）執筆当時の社会の状況

1　昭和九年前後の社会現象としての「不安」

茂吉のニーチェ受容に一役かった阿部次郎は、「柿本人麿私見覚書」が執筆された翌昭和九年四月二二日の日記に次のように記している。

午前シエストフのニイチエの部読了――偏頗な、深刻らしい、多くの問題を残してゐる geistreich な論文[55]

geistreich とは、「機知に富んだ、才気あふれた」を意味するドイツ語である。「シェストフのニイチエの部」というのは、レオ・シェストフ『悲劇の哲学』のうちのニーチェ論を指す。日本語初訳は、河上徹太郎と阿部六郎（阿部次郎の弟）との共訳によるもので、「これほどの有毒の書を、露西亜文学者が抛つておくぢれつたさに堪へず、重訳までして現代日本に贈らうといふのは、吾々の誠実な悪意である[56]」との序とともに、昭和九年一月（芝書店）に刊行された。序およびニーチェの部分を訳したのは阿部である。[57] 訳者序は、昭和八年一一月の日付を持つが、これは、茂吉が「柿本人麿私見覚書」を執筆していた時期にあたる。[58]

これに関連して見ておくべきは、「柿本人麿私見覚書」執筆の約五か月前、昭和八年六月の「改造」に掲載された三木清の論文「不安の思想とその超克[59]」である。三木は、「すでに数年このかた我が国においても精神的危機は絶えず叫ばれてきたが、その危機の最も内的なもの、いはば最も精神的なもの、従つてまた最も魅惑的でもあり得るものは、従来なほ一般には真実に経験されてゐなかつた」と前置きし、「昨年あたりからインテリゲンチャの精神的状況にかなり著しい変化が現はれて来た」、「インテリゲンチャの間に醸し出されつつある精神的雰囲気はほかならぬ「不安」である」と当時の知識人の間に蔓延しつつあった「不安」を指摘した。さらに「それは今後多分次第に深さを増し、陰影を濃くして行くのではないかと思はれる。不安の文学、不安の哲学等は知らず識らず人々の心のなかに忍び入り、やがてその主人となるかも知れない」、とその「不安」の思想の行方を予測している。

三木が右の論文を発表した昭和八年という年は、国の内外を問わず社会的に大きな動乱の表出した年であった。ドイツではヒットラーが政権を掌握する。日本は国際連盟を脱退し、国際社会から孤立しようとしていた。国内では、京都大学の滝川幸辰教授がその思想を理由に罷免され（滝川事件）、日本共産党の最高指導者であった佐野学と鍋山貞親は獄中で転向声明を公表した。プロレタリア文学の代表的作家・小林多喜二が検挙され、拷問死したのもこの年であった。これらは当時の社会不安を象徴するとともに、さらに「不安」に拍車をかける因ともなった。この状況下に、邦訳『悲劇の哲学』は、世に送られたのである。訳者の河上は、後年、「かくて私達が非常に控目に此の書を初めて日本の文壇に紹介した時、此の書は予想外の反響を獲ると同時に、此の「懐疑と独断の書」を世に拡めるのは怪しからんといふ非難も、一部からは激しく受けた(60)」と刊行当時を振り返っている。

その「反響」について、たとえば小林秀雄は、「レオ・シェストフの「悲劇の哲学」」（「文芸春秋」昭和九年四月(61)）で、次のように述べている。

レオ・シェストフ「悲劇の哲学」（河上徹太郎、阿部六郎共訳）、最近われを忘れて通読したたゞ一つの文学的論文であつた。／この有毒の書を世に紹介するのは、吾々の誠実な悪意である、と訳者等は言つてゐる。大げさな言葉とは取るまい。毒はずゐ分利く。勿論一冊の書物が生きた人間を殺すわけにはゆかぬ、が、憎悪、孤独、絶望を語り、「最醜の人間」とその問題とのみを信じた作者の言葉には、いかにも抜き難い力がある。（中略）僕には彼の毒をうすめる力がない。

また、同じ文章中に、正宗白鳥の読後感に接した時の感慨を記している。

正宗白鳥氏が、この本に就いて「読売」紙上に書いてゐたが、批評らしい批評も感想らしい感想も書いてはなかつた。併し、この本をくりかへし三度読んだと明らかに書き、自分がかねがね漠然と考へてゐた事が、この本にも漠然とかゝれてゐたと不興気に言つてゐるだけだつたが、僕には氏の心事は推察出来る様に思つた。恐らく氏は、この本の毒にあたるには、自分の身体が既に充分毒を吸つてゐると感じたのであらう。又一読して何か言ふよりも三読して黙つてゐた方がましな本だと感じたのであらう。

一知識人の受けた衝撃が小林の目を通して要約されている。

青野季吉もまた衝撃を受けた一人であった。青野は、「「悲劇の哲学」に関するノート」(「文芸」昭和九年九月)[62]の冒頭で「シェストフの「悲劇の哲学」(河上・阿部両氏訳)から、私は、部分的にではあるがかなり強いショックをうけた」と率直に述べた。青野の眼に当時の社会は、「われ〲のおかれてゐる社会的条件が、多分に絶望的であり、われ〲の心が内省的となり、やゝ懐疑にすら向つてゐる」、「いまわれ〲は、足場を失ひかけてゐる」と映っていた。

先の論文でこうした社会の徴候をいち早く指摘した三木によって、翌年には、「シェストフ的不安について」(「改造」昭和九年九月)が発表される。茂吉もまたこの「不安」の空気を察知していた。あるいは、その中の誰よりも切実に感じていた一人であったかもしれない。茂吉の中には、芥川龍之介の死が解決されないままに横たわっていたからである。

2 芥川龍之介

芥川龍之介[63]が「ぼんやりした不安」(「或旧友へ送る手記[64]」)という言葉を遺してみずから命をたったのは、昭和二年七月二四日のことであった。これは号外に報じられるほどの社会的事件であったが、身近に接していた茂吉にとっては、単なる社会的事件にとどまるものではなかった。

遺書「或旧友へ送る手記」は、「東京日日新聞」「東京朝日新聞」「サンデー毎日」「文芸時報」「文芸春秋」「改造」などに公表された[65]。この手記が茂吉の脳裏を離れることはなかったようである。その死から約一三年後、森鷗外「妄想」の解説の中で、突如この手記に触れている。「本篇は『死』といふことを取扱つてゐる。その頃伯林のシャリテエで病歿した同胞の一留学生を悲歎して、それから、『死』の問題に接触したが、長いあひだにわたつた過程のするゑに、『自分には死の恐怖（Todesfurcht）が無いと同時に、マインレンデルの死の憧憬も無い。死を怖れもせず、死にあこがれもせずに、自分は人生の下り坂を下つて行く』といふ結論に到達してゐるのである」と書いたあとに、

　芥川龍之介が歿したとき、その遺書の中にマインレンデルの名のあつたのは、この鷗外の「妄想」に本づいてゐるのである[66]。

と書いた。鷗外のマインレンデルから芥川の「遺書」が想起され、右のことを記さずにはいられなかったのであろう[67]。芥川は、「僕はこの二年ばかりの間は死ぬことばかり考へつづけた。僕のしみじみした心もちになつてマインレンデルを読んだのもこの間である。マインレンデルは抽象的な言葉に巧みに死に向ふ道程を描いてゐるのに違ひない。が、僕はもつと具体的に同じことを描きたいと思つてゐる」、「僕は冷やかにこの準備を終り、今は唯死と遊んでゐる。この先の僕の心もちは大体マインレンデルの言葉に近いであらう」という言葉を遺していた。

　芥川は茂吉のよき理解者であった。芥川の小文「僻見」（「斎藤茂吉」の章、「女性改造」大正一三年三月）[68]がよくそれを伝えている。繰り返し引かれる個所をここでも引いておきたい。「僕の詩歌に対する眼は誰のお世話になつたのでもない。斎藤茂吉にあけて貰つたのである」、「且又《かつまた》茂吉は詩歌に対する眼をあけてくれたばかりではない。あらゆる文芸上の形式美に対する眼をあける手伝ひもしてくれたのである」、「近代の日本の文芸は横に西洋を模倣しながら、竪《たて》には日本の土に根ざした独自性の表現に志してゐる。（中略）茂吉はこの両面を最高度

に具へた歌人である」、「ゴッホの太陽は幾たびか日本の画家のカンヴアスを照らした。しかし「一本道」の連作ほど、沈痛なる風景を照らしたことは必しも度たびはなかつたであらう」。

また、渡辺庫輔（長崎の郷土史家）に宛てては、「茂吉氏の歌の説全部貴見に賛成、茂吉氏程の抒情詩人は今時は西洋にもゐない位です」（大正一一年四月八日）[69]とも書き、茂吉本人に宛てては、「先夜来、一月や二月のおん歌をしみじみ拝見、変化の多きに敬服致し候。成程これでは唯今の歌つくりたちにidea の数が乏しと仰せらるる筈と存候」（昭和二年二月二日）[70]と書いたことがあった。芥川の診察医でもあり、また同時に芥川に支えられていた茂吉にとってその死は到底受け入れがたいものであった。

〈垂氷トナルモ〉

その死の約半年前の昭和二年一月一六日、芥川は茂吉に手紙を認めている。

御手紙ありがたく存じます。それから「文芸春秋」のお歌も。尊堂へは是非上らねばならぬ所、又親戚中に不幸起り、東奔西走致しをる次第、悪しからず御無沙汰をおゆるし下さい。唯今新年号の小説の続きを書きをり候へども心落着かず、難渋この事に存じてゐます。来世には小生も砂に生まれたし。然らずば、

来ム世ニハ水ニアレ来ン軒ノヘノ垂氷トナルモココロ足ラフラン[71]

「文芸春秋」のお歌」というのは、昭和二年一月号に掲載された「寒土集」（全二五首）である。その中に「九月廿五日土屋文明ぬしと鵠沼に澄江堂主人（芥川――引用者注）を訪ふ。夜ふけて主人は「安ともらひの蓮のあけぼの」といふ古川柳の事などを語りぬ」の詞書を添えた歌を発表していた。芥川書簡中の「来ム世ニハ」の歌の結句「ココロ足ラフラン」は、その中にある、

うつそみの世はきびしけれ心足《こころた》りて浜《はま》に遊ばむ我《われ》ならなくに

の語句「心足りて」を受けたものと思われる。全体としては次の歌に唱和したものであったろう。

たまきはる命をはりし後世《のちのよ》に砂《すな》に生《うま》れて我は居るべし　（「この夜ごろ眠りがたし」）

茂吉は「後世に砂に生れて」と作った。芥川は、「来世には小生も砂に生まれたし」、そうでなければ、「水」でよく、厳寒の日には軒先の「垂氷トナルモココロ足ラフラン」としたのである。ここでの「垂氷」は、のちの芥川挽歌、

夜《よる》ふけてねむり死なむとせし君の心はつひに冰《こほり》のごとし

に引用されていく。右は、歌集『ともしび』（第六歌集、昭和二五年一月、岩波書店）に、「澄江堂の主をとむらふ」（全三首）として収録された三首の第一首である。残りの二首も引いておきたい。

壁《かべ》に来て草かげろふはすがり居り透《す》きとほりたる羽《はね》のかなしさ

やうやくに老いづくわれや八月《はちぐわつ》の蒸《む》しくる部屋に生きのこり居り

芥川の死が茂吉に与えた衝撃は大きかった。三首目の結句「生きのこり居り」（自分は生き残ってしまった）を、単なる修辞として片づけることはできない[72]。これから明らかにしていくように、茂吉自身、その当時「艱難」（『ともしび』あとがき）の渦中にあったのである。

それは、大正一三年一二月三〇日、留学からの帰途、船上で聞いた青山脳病院の全焼にはじまった。再建資金の調達に奔走するが思うようにならず、また再建への地元民の反対運動などが起こりもし、病院復興は困難を極めた。結局は別に土地を求めることになったが、新敷地の獲得の交渉も容易なことではなかった。昭和二年の茂吉の日記（『全集』第二九巻）には、心痛、不眠の様子が連綿とつづられている。養父・紀一に代わって茂吉が院長を務めることを条件に病院の再興が認められることになり、すべてが茂吉の肩にかかっていた頃であった。

〈僕ハ苦シミ抜カウ〉

昭和二年四月五日「今日ハ院長変更ノコトニツイテ電話ニテ世田ケ谷署ニ板坂ヲヤリテ届書ノコトヲキカシム」、

「夜モイロイロ心配アリ」、六日「午後ニ本院ニ行キ、父上ニモ会ヒ、イロイロ忠告モシ。窓ヲバドシドシ直サセ、看護長ヲ呼ンデ夜警ノコトヲ厳重ニシタリ。サウイフ心配ハイロイロアリテ夜間ハ睡薬ノマザレバドウシテモ眠レズ」、七日「病院ノコトガ気ニカヽリ、イロイロト心痛スル。（中略）心ガ落付カズ、イロイロ心配ガアルノデ文章モ旨イヤウニ行カズ」、二六日「心身大ニ疲レ、如何トモナシ難シ」、二七日「非常ニ疲ル、心身綿ノ如シ」、二八日「朝クラキヨリはたきノ音ガシテネムラレズ、眠薬ノミタレドモ八時ニ起床シタリ」、三〇日「コノゴロハ机ニ向フコトモ殆ドナク。入浴スル暇サヘナシ」、五月三日「病院ノ改革ガ一大事ニシテ心ニ寸隙ナク。コレニテハ心身ガ疲労スルバカリナリ」、四日「夜ハ眠薬ヲ飲ミテ寝タレドモヨク眠ラレズ。蛙ノ声シキリニキコユ」、五日「昨夜ハ本院ニ泊リテ安眠出来ズ。朝、麻痺性痴呆ノ患者二人死ス。昨夜以来三人死亡ス、気ガエラエラシテ心身疲ル」。（傍線、傍点原文）

茂吉は、睡眠薬の助けをかりて、どうにか目の前の問題に立ち向かうという日々を送っていたのである。

六月二八日の記述を見よう。この日の日記はそれまでと違った趣である。「コノゴロハ読書モ全クセズ、物モ書カズ、病院ノコトニ心労多ク、夜間モ眠ラレズ、大ニ困ル」と書くがこれに続けて「コノ難関ヲ僕ガ通リコセバイヽト思フ」の言葉がある。

七月一九日に、

○併シ人生ハ苦界ユヱ、僕ハ苦シミ抜カウト思フ。毎夜、催眠薬ノンデモカマハヌ。正シキ道ヲ踏ンデ行キツクトコロマデ行キツカウ。

と記した。芥川の自殺はその矢先のことであった。(73) 報せを受け、遺体に対面したその七月二四日の日記には、「驚愕倒レンバカリニナリタレドモ怺ヘニ怺ヘ」、「ネムリグスリヲノミテネムル。ソレデモナカナカネムレズ。芥川ノ顔ガ見エテ仕方ナイ」と記されている。

〈リイプクネヒト〉

昭和二年一一月一〇日の茂吉の日記にリープクネヒト購入記録があり、翌日には、「リイブ《ママ》クネヒトノ遺著ヲ読ム」と記されている。(74) 自身の文学に好意を示した芥川の死を茂吉なりに理解しようとしていたのであろう。リープクネヒト（Liebknecht, Wilhelm 1826-1900）は、昭和二年の芥川の短篇「玄鶴山房」に出てくる政治家である。マルクスに忠実に仕え、ドイツ社会民主党の創設と発展に尽くした。芥川は、「玄鶴山房」の終章に、リープクネヒトの英訳「追憶録」を読む学生を登場させていた。「新潮」の合評会（三月号掲載）で「玄鶴山房」が話題になり、中村武羅夫が「大した意味がないでせう」と言ったのに対し、青野季吉は「リープクネヒトといふ名前には意味があるだらう」と、芥川に理解を示す発言をしている。(75)

その青野あて書簡（昭和二年三月六日）が残されている。

或人はあのリイプクネヒトは「苦楽」(76) でも善いと言ひました。しかし「苦楽」ではわたしにはいけません。わたしは玄鶴山房の悲劇を最後で山房以外の世界へ触れさせたい気もちを持つてゐました。（最後の一回以外が悉く山房内に起つてゐるのはその為です。）なほ又その世界の中に新時代のあることを暗示したいと思ひました。チエホフは御承知の通り、「桜の園」の中に新時代の大学生を点出し、それを二階から転げ落ちることにしてゐます。わたしはチエホフほど新時代にあきらめ切つた笑声を与へることは出来ません。しかし又新時代と抱き合ふほどの情熱も持つてゐません。リイプクネヒトは御承知の通り、あの「追憶録」の中にあるマルクスやエンゲルスと会つた時の記事の中に多少の嘆声を洩らしてゐます。わたしはわたしの大学生にもかう云ふリイプクネヒトの影を投げたかつたのです。(77)

「リイプクネヒト」は、芥川が「山房以外の世界へ触れさせたい」という重要な意味を担わせて持ち込んだものであった。

芥川の死に驚愕しつつそれを理解しようとした茂吉に、三木の「不安の思想とその超克」は重い意味をもって受け止められたのである。

三　「不安」超克の手段として

1　「柿本人麿私見覚書」中の「ディオニュソス」

「柿本人麿私見覚書」にはニーチェ的なものがこだましている。「ディオニュソス的」の語は、四の節「人麿作歌のデイオニゾス的声調」に集中する。その内訳は、日本語表記六例、ドイツ語二例である。次に当該個所を一覧しよう。（アルファベット番号、傍線は引用者）

D人麿の作歌全体を通じて、その声調は顫動的であり流動的である。気機生動とか、一気流注とか、気勢流走とか、支那の詩論などでいつてゐることがやがて人麿の作全体の声調に当嵌めていふことが出来る。またその声調がデイオニゾス的だと謂ふことも出来る。或は言語をしてデイオニゾス的象徴（dionysisches Symbol）として役立たしめたとも謂ふことが出来る。

E後世になつてから、皇室の保護を受けた歌人が幾人も輩出した。明治になつてからもこの宮廷歌人が幾人もゐる。けれども私はその人事の和歌に於て特にその腑甲斐なさを実見してゐる。さうして見れば御用歌人として、人麿があれだけの歌を残したといふことは実に不思議と謂はねばなるまい。そしてその根源の特徴をデイオニゾス的といふ言葉で求めようと欲したのであつた。／そして此処で一言註脚を入れるならば、ニイチエの、『生の最高典型の犠牲の裏に自己の無尽蔵を喜べる生命への意志』（安倍能成氏訳）„der Wille zum Leben, im Opfer seiner höchsten Typen der eignen Unerschöpflichkeit frohwerdend — das nannte ich dionysisch“ かうであるから、これをも覚書として加へ置く。

F高市皇子尊の殯宮の時の挽歌は非常な大作だが、その中には、『冬ごもり春さり来れば野《ぬ》ごとに著《つ》きてある火の風のむた靡けるごとく』といふごとき、または、『大雪のみだれて来たれ』といふごとき句があるのは、その心熱の度に於て、その緊張の度に於て、ただの組立歌人には決して出来ないわざだとおもふのである。『大雪のみだれて来たれ』といふ一句でさへ、デイオニゾス的な全力的な歌人でなければ到底出来ないとおもふのである。

G人麿は、どういふ場合に、どういふ動機に、作歌せねばならぬときでも、抒情詩本来の面目であるこのデイオニゾス的心境に居られた歌人である。

H人麿ぐらゐになるのにはその由つて来るところも深いに相違なく、同じく写生写実を実行するにしても、既に支那で異常の発達をなした、『髧《たん》たること玄雲《げんうん》の蜺《にじ》を舒《の》べ以て高く垂るるが若《ごと》し』（文選、魏都の賦）とか、『疾霆転雷《しっていてんらい》の迅風に激するが若し』（同、東京の賦）などの要素を否定することが出来ないのは、これらの文がやはりデイオニゾス的のものに相違ないからである。

以上が「柿本人麿私見覚書」に見える「ディオニュソス的」の語の全てである。概観を意図して全てあげたが、いまここで注目するのは、ドイツ語が併記されたDとEである。これに限ったのは、茂吉みずから、

文中、ドイツ語を挿入したのは、此は語彙の註釈として役立たせようとしたのに過ぎない。即ち、一語彙にも一論文、一著書、一思想、一潮流の背景を持つてゐることを暗指するのである。

と、「附記」していることによる。(78)

D文の「声調がデイオニゾス的」であるとは、作品から得られる印象であり、茂吉によれば、「気機生動」「一気流注」「気勢流走」などの語に言い換えが可能である。問題はそれにつづく文章にある。「或は」と言葉を継ぎ、「言語をしてデイオニゾス的象徴（dionysisches Symbol）として役立たしめたとも謂ふことが出来る」と言って

いる。言語をディオニュソス的象徴として役立たせたとはどういうことか。茂吉は人麻呂の言語が、ディオニュソス的象徴となっていると理解している。ドイツ語に注目しよう。挿入された「dionysisches Symbol」は、茂吉が参照した『この人を見よ』中に、im dionysischen Symbol die äusserste Grenze der B e j a h u n g erreicht ist. の形で一か所確認できる。[79] これは、論文『悲劇の誕生』の「新しさ」を説明するための文章で、該当する日本語訳は次のとおりである。

ディオニュソス的象徴に於いては肯定の極度の限界が達せられて居る（後略）

（安倍能成訳、岩波文庫版、九九頁）[80]

前掲の「附記」の意図にしたがい、茂吉が右の個所を意識していたとすれば、そこには、ディオニュソス的全的肯定が想念されていたということになる。

良好な生存状況においては、生を肯定することは困難なことではない。しかしニーチェが説くディオニュソス的肯定とは、快適な場合だけでなく、どのような状況にあっても留保なしに肯定することである。茂吉は、当該ドイツ語を挿入することで、「ディオニュソス的」の語が、そのような生への態度をも含意することを示唆した。つまり、「言語をしてディオニゾス的象徴（dionysisches Symbol）として役立たしめた」とは、人麻呂その人の生き方への姿勢をも視野に入れてなされた発言であり、読者にもそう受け取ることを期待したのである。

E文に移る。ここでは、人麻呂の歌人としての「根源の特徴」、それを「ディオニゾス的といふ言葉で求めようと欲した」と述べる。茂吉は、作品の声調の問題を、作家の資質の問題に移している。茂吉が人麻呂の「根源の特徴」に言及したのは、人麻呂を「御用詩人」と言い、「環境も体験もなしに、自由自在にいかなる歌をも詠み得る」と難じた如是閑の発言を意識したからであろう。「御用詩人」は、「衝迫」の点から見ると、茂吉の理想とする歌人からはほど遠い。しかし人麻呂が「御用詩人」の地位にあったことは通説であり、それは否定できない。それゆえ、表層的（職業）ではない「根源」を論じることによって応戦しようと考えたのである。その「特徴」を補足するために「註脚」が加えられている。改めて引く。

　此処で一言註脚を入れるならば、ニイチエの、『生の最高典型の犠牲の裏に自己の無尽蔵を喜べる生命への意志』（安倍能成氏訳）„der Wille zum Leben, im Opfer seiner höchsten Typen der eignen Unerschöpflichkeit frohwerdend — das nannte ich dionysisch" かうであるから、これをも覚書として加へ置く。

茂吉はこれによって何を言おうとしたのか。二重鉤括弧内の安倍の訳と、それにつづくドイツ語原文との対応をみると、「das nannte ich dionysisch」に相当する部分の訳が引用されていないことが分かる。この部分の日本語訳は、「これを私はディオニュソス的と呼んだ」（安倍訳（岩波文庫版、一〇二頁）。茂吉の引用では略されているが、ドイツ語文には強調がある）となる。つまり「註脚」として、ニーチェが、何をディオニュソス的と呼んだかが示されているのである。

　以上のことを整理すると、人麻呂の「根源の特徴」＝「生の最高典型の犠牲の裏に自己の無尽蔵を喜べる生命への意志」という図式が成り立つ。それではこの一節はどういうことなのか。例えば、氷上は、以下のように説く（前掲「斎藤茂吉とニーチェ――日本におけるニーチェ影響史への一寄与として――」）。生への意志は、ニーチェの場合、自然そのものであり、自然は絶えずより最高のものを生み出そうとする意志に満ちている。自然界のあらゆる形成物のなかで最高のものは人類である。それゆえ人類の自覚的な文化的使命は、その人類の中でもすぐれた存在者、すなわち鉄人（芸術家、聖者）を生み出し、自然の意図を促進し援助し完成することにある。生への意志は、最高のタイプを生み出してはそれをただちに破壊し、さらにより高いものを生み出そうとしてあらたな創造に立ち向かう。この自己破壊と自己創造は尽きることがない。そこには無論、苦痛が伴う。しかしそれにもかかわらずなされる肯定、これをニーチェは「ディオニュソス」と呼ぶ。[81]

「御用歌人として、人麿があれだけの歌を残した」、そのことを補償するために茂吉が求めた人麻呂の根源とは以上のようなものであった。「ディオニュソス」と名づけられた根源的な生命肯定が、茂吉に想念されていたのである。

以上のように、「柿本人麿私見覚書」中の「ディオニュソス」を押さえてきて、次に考えるべきは、それらを用いて執筆されたこの覚書の意義である。

2 三木の「不安」の超克手段と茂吉の人麻呂論

生の根源を〈ディオニュソス的なもの〉に定めたニーチェ思想は、その内に充溢と空虚との対極の相貌をもつゆえに、それが偏ると、潑溂とした生命が顕揚されることになり、一方で、苦痛、虚無、無意味といった言葉で形容される生の暗い側面が前景化してくることにもなる。このようなニーチェ思想の後者の側面を呼びこんだのが、茂吉に「柿本人麿私見覚書」を書かせた時代の状況であった。三木はニーチェを論じて、「嘗てヘーゲルが表現したやうな世界を統括する意味、またカントが確立したやうな世界のうちに実現さるべき意味、このやうな謂はば「自明なる」意味はもはや失はれてしまつた[82]」と書いている。意味喪失が「不安」の苗床となるのは見やすい構図である。しかしこの理解は、明治末年から大正期にかけて和辻哲郎や阿部次郎に代表されるニーチェ理解すなわち茂吉のニーチェ観からはかけ離れたものであった。生が、最も怖るべき、最も曖昧な、最も欺瞞的なものであるときですら、その生を是認すること（『権力への意志』一〇〇五）をニーチェは目指した。そこから力の思想を学び、「深処の生」の支えとしていた茂吉が抵抗を感じたことは言うまでもない。

「不安」は超克されるべきであった。三木は、不安の思想は社会的不安に制約されているため、その思想の超克には政治的実践による社会革新が必要であることを認めた上で、文学そして哲学の問題として「不安」の超克の方途を提示した。

不安の文学を超克するためには新しい人間のタイプが作り出されねばならぬ。（「不安の思想とその超克」[83]）

一言でいえば、これが三木の結論である。

三木は言う。「従来の偉大な哲学や文学は人間のタイプを創造してきた」、しかし今はそれができていない。具体的にはどういうことか。「プラトンはソクラテスを創造した。あの何等芸術的とはいへないカントの『実践理性批判』においてすら我々はひとつの人間のタイプが生々と規定されてゐるのを感じる。偉大な文学においてさうであつたことは言ふまでもない。ハムレット、ドンキホーテ、ファウスト、等々はかやうなタイプを現はしてゐる」。かつての文学は、彼はハムレットだ、彼はドン・キホーテだ、と比喩できる「強度」をもった存在を創造し得た、とする。タイプとは、いかなるものか。三木は、ユーゴーのシェイクスピア論を借りて、次のように述べている。

「タイプは何等か特殊な人間を再生するのでない。それは或る個人に正確に重り合ふものではない。それは一つの人間的形態のもとにすべて一群の性格と精神とを要約し集中するのである。タイプは省略しない、それは凝結せしめるのである。」驚くべきことは、かやうなタイプが生きたものであるといふことである。[84]

茂吉が、「柿本人麿私見覚書」で用いた「生々とした人麿的統一体」という表現は、右の三木の論を想起させる。三木が、「タイプ」が、不安の超克手段となると考えるのは、「生きたものとして我々の目前につねに現はれ、我々の生活を慰め、励まし、深め、力づける」[85]力を持つという理由からであった。以上のことは、昭和八年一〇月の「文芸」（改造社発行創刊号）掲載の三木「ネオヒューマニズムの問題と文学」においても、文学の担う課題として説かれた。[86]

茂吉は、プラトンがソクラテスをゲーテがファウストを創造したように、人麻呂を創造したのである。三木の理論の実践という見地から「柿本人麿私見覚書」を捉えると、茂吉が繰り返し「ディオニュソス的」「全力的」「多力者」の語を用いた理由が明確になる。これらは、人麻呂の作品を通じてみずからが感得した、「生々とした人麿的統一体」すなわち「人間のタイプ」を「正確に、明瞭に具体的に規定」（三木）するために必要な語彙であった。

まとめ

明治四五年、阿部次郎「内生活直写の文学（再び）」を契機に、創作衝動について深く考えるようになった茂吉は、作歌衝動を「衝迫」の語で言いあらわし重視するようになった。これは、阿部の説いたディオニュソス型個性の衝動に相当する。昭和八年には、長谷川如是閑の人麻呂論を受けて、「衝迫」の概念を拡大する必要に迫られる。茂吉が高く評価した人麻呂は、宮廷歌人として「衝迫」に基づかない作歌を余儀なくされる立場にあったからである。作歌契機が外から与えられた場合、「衝迫」は可能なのか。茂吉は、「純粋衝迫」という概念を導入することによってこの問題を解決した。これは、「内容の圧迫」が直截的でないという点において、阿部の、つまりはニーチェのディオニュソス的衝動には収まり切れないものである。この「純粋衝迫」こそ、茂吉が「実相」を重んじる歌人であることによって捉えかえされたディオニュソス性であった。

「純粋衝迫」の概念獲得後、「不安」が瀰漫する社会にあって、茂吉は「柿本人麿私見覚書」を書き始める。この覚書における「ディオニュソス的」（「全力的」「多力者」）の語の強調は、三木清の説く「不安」の超克手段である「人間のタイプ」の創造の実践の観点に立つときにはじめて納得されるものである。タイプの造型を企図した茂吉が、ディオニュソス的肯定を人麻呂の「根源の特徴」に据えたのは、それが不安の思想を打破する武器となると判断したためだと考えられる。

茂吉が人麻呂に付与したディオニュソス性は、如是閑に向けては「純粋衝迫」として提示され、不安の超克の文脈では、生命の原理としてのディオニュソス、全的肯定者としてのそれとして暗示されている。以上のように見てくると、「柿本人麿私見覚書」には、「不安」に容易に流れていく社会への批判が入り混じるのを感じる。

また茂吉は、従来の、古今集の序から引き継がれてきた形骸化した人麻呂観に大いに不満をもち、[87]「人麿の作歌に直面すること」を第一義として、偶像ではなく真の「歌聖」としての「復活」を目指していた。それが「シェストフ的不安」ということばに象徴される社会状況のなかに実現したのは、その超克を目指す社会の意欲と、一方で内実の伴った「歌聖」を「復活」させようとする茂吉の個人的要求とが「人間のタイプ」の創造という同じ地点を目標とし得たからであったろう。茂吉の「柿本人麿私見覚書」は、その二つの意欲の交錯する磁場において実現しているのである。

第三章　Wille zur Macht

——茂吉の訳語「多力に向ふ意志」を視座に——

はじめに

斎藤茂吉は、柿本人麻呂を「多力者」という語によって称揚した。[88] みずからもまた、「多力者」を意志していたことは、後年の「私はつひに歌道に於ける多力者《たりきしや》ではない[89]」との言葉に表明されている。「多力者」とは茂吉にどのようなものと考えられていたのか。茂吉の著作において「多力」、「多力者」の語が見える早い例は、大正二年三月の「アララギ」に掲載された次の文章である。

> 短歌の形式は不自由である。そこに自由な心を盛るのは虚偽に陥るといふ。一応明白な理である。ところが実はその虚偽なところより力が湧いて来るのだ。虚偽の生ぜんとする刹那に其と闘ふ力から光明が放射するのである。力は障礙にぶつかつて生ずるのである。短歌の形式をいとほしむ心は力に憬るる心である。短小なる短歌の形式に紅血を流通せしめんとする努力はまさに障礙に向ふ多力者の意力である。『多力に向ふ意志《ウイルレツールマハト》』である。
>
> （『童馬漫語』35「歌の形式と歌壇[90]」）

右は、茂吉のニーチェ受容を論じる際によく引用される文章であり、「多力に向ふ意志」というのは、

> ニイチエは晩年の書牘に『私はこの金色の秋に、私の嘗て経験した最も美しい秋に、私の生涯の回顧を書いてゐる。ただ私自身のために』とかう書いてある。ニイチエは甚く孤独を感じてゐたけれども、已に多力に向ふ意志の哲学の腹案の成つた時だ。
>
> （「秦皮」大正九年六月[91]）

と書いた文章によって、ニーチェ思想と結びつくことは明らかである。はじめに引いた文章がよく知られているのとは違い、あとに引いた文章はほとんど注意を払われることがない。これは、「多力に向ふ意志」が、ニーチェ哲学として把握されていることを示すばかりでなく、茂吉のニーチェ受容に和辻哲郎の介在があったことを知る

上においても重要な資料である。引用されたニーチェ書簡[92]は、一八八八年一〇月にトリノから妹に宛てて出されたもので、それは、和辻哲郎訳『ニイチエ書簡集』（大正六年五月、岩波書店）の訳文（五三四頁）と一致する。[93]茂吉が「多力」あるいは「多力者」と言うとき、少なくともその初期においては、明らかにニーチェの「力」の思想が意識されていたと見てよい（のちには内面化され、ことさらニーチェと意識することもなかったであろう）。そしてその「力」は、前掲の「歌の形式と歌壇」に代表されるように、歌人茂吉としては当然のこととして、多くが短歌の問題と密接に関連づけられている。

生涯に一七冊の歌集と、それに収録されるだけでも一四〇〇〇首を越える歌を残した茂吉にとって、短歌は、文字どおり「いとほしむ」べき形式であった。「歌の形式と歌壇」は、ニーチェ由来の「紅血を流通せしめん」（のちに、「紅血流通」と約される）[94]、「多力に向ふ意志《ウイルレツールマハト》」などの語をたくみに援用して、短歌形式への「執著」を述べたものである。[95]

ここにその初期形が現われ、その後茂吉が繰り返し説くことになる「紅血流通」とは、どういうことなのだろうか。茂吉は次のように言う。

> 言葉は概念的なものである。それに独自の血を通はせるやうにするには大力を要する。（中略）／然し同じ影響を受けても自分の血を一旦通すとすれば、矢張り自分のにほひが出なければならぬ。そこで畢竟は真に自分に執著して苦悩裏から生れた作物ならば、何かの特色があるわけである。
>
> （『童馬漫語』36「模倣の歌」[96]）

「紅血流通」は、作品に「自分のにほひ」つまり生命を刻印することなのである。この考えは、単なる理論にとどまることなく実践され、それによって得られたものがまた歌論に還っていくというように、茂吉における生きた創作理論であった。この語は、茂吉自身述べているように、ニーチェの詩語 hat Blut in sich（「血がめぐつて」。

竹山道雄の訳による)[97]に由来し、それは氷上の指摘のとおり、*Das Wort*(「言葉」)[98]の一節である。茂吉が「紅血流通」の語をニーチェの詩「言葉」に見出したことはきわめて興味深く思われる。

あらためて「歌の形式と歌壇」から「多力(者)」にかかわらず「力」の語を拾うと、この短文のうちに、「虚偽なところより力が湧いて来る」、「闘ふ力から光明が放射する」、「力は障礙にぶつかつて生ずる」、「力に慴るる心」、「努力」、「意力」(茂吉はイリキと読む)などと用いられ、「力」という語への執着、あるいは「力」そのものへの憧憬が看取される。一時は「アララギ」の選歌欄を担当(大正六年〜一〇年)しながら、アララギを去り、「日光」の同人となった釈迢空(折口信夫、明治二〇年生れ)[99]が、茂吉の酷評に応じて、アララギを「力の芸術運動」[100]と言ったことも心に留めておいてよいだろう。

繰り返すように、茂吉は、ニーチェの「Wille zur Macht」を「多力に向ふ意志」と訳している。現在では、「権力への意志」あるいは「力への意志」の訳語で目にすることがほとんどであり、過去に遡ってもこの場合の「Macht」を「多力」と訳した例は、茂吉以外に確認できない。ニーチェ著作の中で、「Wille zur Macht」という言葉が初めて見えるのは、『ツァラトゥストラ』第一部「千一の目標について」の章の、各民族の頭上には善が記された一枚の板が掲げられている。それは「各民族の権力への意志の声である」[101]という一節においてである。「歌の形式と歌壇」執筆時にはすでに刊行されていた生田長江訳『ツァラトゥストラ』(明治四四年一月)によると、当該個所は、「そは威力に対する其意志の声なり」と訳され「威力」という訳語があてられている。[102]また、茂吉のニーチェ理解に影響をあたえた和辻哲郎『ニイチェ研究』(大正二年一〇月)においては、「権力意志」の語が使われている。付言すると、当時茂吉が活用していた『言海』(大槻文彦、明治二二〜二四年)、『日本大辞林』(物集高見編、明治二七年六月)[103]には「多力」という語は収載されていない。[104]

本章では、まず、茂吉の読書体験に注目し、訳語として「多力(者)」が選ばれた経過を確認し、次に、「多力者」の用例を検討することによって、茂吉の考えていた「多力者」の内実を明らかにする。そののちに、「歌の形式と歌壇」が書かれたころの茂吉の周辺に目をくばりつつ、実際に、「紅血流通」の創作行為がどのように行われどのような形で実現されたのかを一首を例にとり具体的に考察する。

一　「多力」という訳語――幸田露伴――

1　露伴への傾倒――「用語の癖」、「処世態度」――

茂吉は、「文学の師・医学の師」（「婦人公論」昭和一七年三月）[105]のなかで、森鷗外、徳富蘇峰とともに幸田露伴の名をあげ、

　露伴先生は私の少年時代からの恩であるが、昭和九年になつてはじめて親しく先生の謦咳《けいがい》に接することを得た。

と記している。茂吉が岩波茂雄のはからいによってはじめて幸田露伴と会ったのは、昭和九年一二月一四日であった。そのときの様子は、

　冬の海玻璃窓《はりど》の外に近くして露伴先生と吾と同室《どうしつ》に居り　（『白桃』）

と歌に残され、「岩波氏の好意で、少年の頃から憧憬してゐた露伴先生にはじめてお逢した時の歌である。自分の歓喜をあらはすのに、『同室に居り』の一句を以てした」（「白桃抄」、『作歌四十年』[106]）と言葉が添えられた。また別の機会の作品には、「幸田露伴先生のお側に二日間邪魔まうしあげた時のもので幸福感があふれてゐるやうにおもふ」（「寒雲抄」、同）、と露伴と過ごした時間を記念して書いた文章もある。後年には、それまでに書いた文章や短歌をまとめて『幸田露伴』（昭和二四年七月、洗心書林）を上梓するなど、茂吉は間接に直接に生涯を通じて露伴に接した。

　その傾倒のありようについては、「丁度高等学校に入学したころ、読売新聞に連載せられてゐた、長篇小説、

「天《そら》うつ波《ママ》」を切抜いて綴ったり」（「文学の師・医学の師」）したとの茂吉自身の言、露伴の処世訓的な文章が「益軒十訓などの文と違ひ実世間的な教訓を織りまぜたものであつて、いつしか少年の私の心に沁み込んで行つた」（「三筋町界隈」[107]）との述懐から推察される。『風流微塵蔵』「さゝ舟」の中に見える一節「今落ちかかれる日輪紅く」に感銘をうけたのも中学時代であった。茂吉は、『赤光』（大正二年一〇月）の跋文中に、この一節を誤って「日輪すでに赤し」と引用したことがあった。それを昭和一七年の「文学の師・医学の師」中で訂正したのは、よほど気にかかっていたのであろう。

茂吉における露伴の影響については、茂吉・露伴周辺の人々や研究者がそれぞれの立場から文章を書き、すでに多くのことが確認されている。[108] ここでは、二つの意見を取り上げ、要約としたい。一つは土屋文明の「少年の時の愛読から晩年機会を得て露伴に親しくしたが、その影響は案外少ないように見える。用語の癖ぐらいにとどまっているのではあるまいか」（「斎藤茂吉」[109]）とする発言であり、一つは北住敏夫の「露伴からは何よりも意力的な処世態度や人生観を学び取ったのである」[110] とする発言である。[111] 土屋発言を文学上の立場から、北住発言を実生活上の立場からの理解と見、「用語の癖」および「処世態度」において影響を受けたとする考えに注目すると、茂吉が少年時代に読み、影響を受けた露伴著「靄護精舎雑筆」其二十六に見える一節「忍辱《にんにく》は多力《たりき》なり」[112] が、きわめて重要な意味を帯びてくる。[113] 前記両氏の指摘を同時に満たすこの寸言の「多力」の語から、それを駆使する者の謂いである「多力者」を導くのは容易である。

また、冒頭に掲げた「歌の形式と歌壇」に見え、これ以後、茂吉の文章に散見されるようになる「紅血」の語は、現在ではあえて、影響の源泉を論うまでもない普通名詞であるが、当時においてはどうだったろうか。少なくとも、前記の『言海』『日本大辞林』に未収載である「紅血」が、露伴著『努力論』（明治四五年七月）中の「運命と人力と」に見える語であることは注意されてよいであろう。

「用語の癖」ということに関連して、茂吉の歌作「さ夜更けと夜の更けにける暗黒《あんこく》にびようびようと犬は鳴くにあらずや」（明治四五年）に触れた柴生田稔の次の文章を引いておく。

「びようびよう」は、露伴の「天うつ浪」第二の其九から其十二あたりにかけ、しきりに「べうべう」と吠える犬の声を繰返して効果をもとめてゐるところからの影響だといふことが、まづたしかなやうである。

（『斎藤茂吉伝』（昭和五四年六月、新潮社）、五二頁）

2　茂吉の見る露伴におけるニーチェ

少年時に「露伴崇拝」（「文学の師・医学の師」）だった茂吉は、のちに露伴やその作品についての文章を書くようになる。露伴のニーチェ受容に言及した文章は、茂吉のニーチェ理解を知るうえにおいても貴重である。(114) 茂吉は「露伴先生に関する私記」（「文学」昭和一三年六月。のちに『幸田露伴』昭和二四年七月、洗心書林）で、露伴におけるニーチェの影響について次のように述べている。

先生程の巨匠になるとその発育史は決して入門的簡単な分類で片付けてしまはれない複雑多様なものが存して居るものである。（中略）汝が明眸を蔽へる魚鱗を除いて云々の語、心のまづしき者は多幸なりの語、やをらやをら月の光に這へる此の蜘蛛！　爾思ひ得ずや此の蜘蛛の過去既に一度世にありしとは。月の此の光！　爾思ひ得ずや月の此の光の過去既に一度世に在りしとはの語、その他随処に散見する詞語乃至思想は決して今時の文芸史家などの簡単に片付けてゐるやうなものではない。ニイチエはシヨオペンハウエルから出たと謂ふが、永遠回帰の説の如きは寧ろドイツセンの影響だと謂ふべきである。さう解釈するのが順当だとすると、此思想の如きは既に先生が初期の小説に於て幾たびも取扱はれたものであつた。先生の外国文学接触は多く英語を通し、ニイチエの場合でも英訳に拠つたものだが、その摂取の有様が最初から同化的なので、西

洋の香をば批評家が見免すのである。(115)

露伴に英訳を通じてのニーチェ摂取をみとめる発言である。茂吉があげた「やをらやをら月の光に這へる此の蜘蛛！　爾思ひ得ずや月の此の光の過去既に一度世に在りしとは」の個所は、『ツァラトゥストラ』第三部の「幻影と謎」の章の、永劫回帰について語るツァラトゥストラの台詞である。露伴はその場面を自作に取り入れ、(116)「何をか吠ゆる彼の狗《か》はまた、べう〱と同じやうに高く鳴けり」と描写した（前記、柴生田）。

また、茂吉は『幸田露伴集』（昭和二二年一一月、東方書局）の解説（のちに『幸田露伴』昭和二四年七月、洗心書林）において次のように述べる。

> 業績を総覧すれば、埃及的・希臘的・羅馬的即ち西方的でなく、日本的・支那的・印度的即ち東方的である。されば長篇天うつ浪にニイチエのツアラツストラが説いた永遠回帰説を織込ませても、その浮んで来るところは三世輪廻の色調であつた。(117)

この文章と先に示した「「天《そら》うつ波《ママ》」を切抜いて綴つたり」したとの述懐を総合すると、「天うつ浪」の繙読が茂吉における間接的なニーチェ受容の経路としてあったことが見えてくる。無論、茂吉が当時そのことをどれほど意識して読んでいたかは分からない。しかし、茂吉の書いた文章を読んでいると、露伴に傾倒していた茂吉の詩嚢に蔵された「多力」の語が、ニーチェの「Macht」を訳するさいに選びとられたのは必然であったと思われるのである。(118)

二　「多力者」の用例

1　実作における「力」

このようにしてみずからのものとした「多力者」の語を、茂吉は次のように用いた。

> 短歌にはこの詩形特有の『いのち』がある。（中略）／人間としての我等の生命がこの詩形特有の『いのち』に融合し、乃至如是光明を摂取するに方つて、あらゆる障礙を燃焼し尽す多力者の意力が無ければならぬ。
>
> （「アララギ」大正二年七月）[119]

右の文章には、「歌の形式と歌壇」に見えた「多力者の意力」の表現が用いられ、それは、詩形特有の「いのち」に融合するために、障礙を燃焼し尽くし得る「力」の意味で使われている。のちの文章で、この「燃焼」の力は、「ディオニュソス的」な歌人の素質として述べられる。

> 『まかりぢの川瀬《かはせ》のみちを』あたりの声調は、実に不思議な哀韻をこめて、惻々として人に迫つて来るものがある。人麿は作歌するときに、常にかくの如くものに同化し燃焼し得る素質を有つてゐた。デイオニゾス的な歌人と思ふのはその点である。[120]

次の例を見よう。

> 此歌のいい所は、（中略）考へた歌でなく眼前に開展する自然と呼吸を共にして計らひも何もなく、親鸞の謂ふ『自然《じねん》』の境に到つた点にあると思ふ。抒情詩だからと云つて主観を露はに出して単に悲しい痛ましいだけでは物足りない。具体化が余程心を集中せしめて滓を尽く焚燃せしめ得る程の多力者でなければ六つかしいからである。
>
> （「アララギ」大正四年八月）[121]

「此歌」とは、島木赤彦の「日の下に妻が立つとき咽喉長く家のくだかけは鳴きゐたりけり」を指す。茂吉はこれを、眼前の自然と同化したものとして評価する。茂吉によれば、それを可能にするのは、多力者の発揮する「燃焼」力なのである。これは「捉へどころ」[122]、つまり表現の中心を鮮明にするために必須の過程を比喩したものであろう。

次の文章にはとくに注意を払いたい。

もともと短歌の言葉は確かでなければならぬ。それが吟味すればする程、確かさが滲み出て来る方がよいと思ふ。僕がそんな多力者《たりきしや》だと自称するのではない。（「紅毛船」大正八年九月）[123]

ここにおいての多力者は、短歌の言葉を確定し得る「力」である。一読した限りでは、他に適切な言葉があるように思われても、吟味すればするほどその言葉以上にふさわしい語句がない。読者にそう思わせる一語を据えることのできる、そういった「力」である。別のところで、「短歌の言葉はあやふやであつてはいけない」（「アララギ」大正三年一月）[124]と言ったことと同様である。

　実作者の立場からは、結局はこのところに帰着するのではないだろうか。先に、「燃焼」という語によって表現された「力」は、短歌の言葉を確かなものとして定着させる内的過程を言葉によって説明しようとしたものに過ぎない。これに関連して、茂吉に近く接し自身歌人として作品を残した佐藤佐太郎に次のような発言がある。

言葉を駆使する力量が足らずに、作品を残さなかつた人も必ずあるであらう。さうなればこの自然をこのやうに表現した作者（茂吉——引用者注）の言語駆使の力量をも顧みなければならない。そして一語一語は別に奇もない一語一語でありながら、句々の間に滲むやうにして全体から束になつて放出するところの勢に讃嘆しなければならない。[125]

茂吉が述べた「確かさが滲み出て来る」言葉についての理解を助ける右の発言は、茂吉同様、多くの後進を育て、他の語に代えることのできない一語を短歌の上に実現することの困難を深く理解していた歌人の言葉として重みをもつ。

　冒頭に述べたように、茂吉は柿本人麻呂を「多力者」として賞讃した。茂吉は人麻呂の長歌を「力」あるもの、「多力者が気を抜かずに一気にやつてのけたと謂ふやうなものであつた」と述べ、その代表作として「過近江荒都時柿本朝臣人麿作歌」をあげ、次のように評している。

> これなどは、天爾遠波《てにをは》の使ひざまなどは実に達人の境で、その大きな波動をなして音調の進んでゆくさまは心ゆくばかりであり、西洋の詩などと違つて連続性であるにも拘はらず、そこに微妙の休止と省略と飛躍と静止と相交錯した変化を保たせながら進行せしめてゐるのはどうしても多力者の為業である。(126)

「天爾遠波の使ひざま」すなわち言語を駆使する力量の大を高く評価し、多力者と定めているのである。(127) 次にあげるような茂吉の人麻呂崇拝は、作品が訴えかけてくるものを一語一語に即して吟味した結果であった。

> この私の人麿尊敬は、人麿もよし業平もよし貫之もよし定家もよし景樹もよし晶子もよしといふのではない。さういふ論は歌の歴史でも云々するときにいふべきことで、いよいよといふときには私は決してさういふことは云はない。私の人麿尊敬はいよいよとなれば人麿でなければならんといふところまで行つてゐる。(128)

ここまで、茂吉が「多力者」に与えた意味をその発言をたどり確認した。ここで比較のために多力者でないと茂吉が言った一例をあげておきたい。露伴を引用している点も注意されるところである。

> 由来折衷とか穏健とかを標榜する者に限つて魯鈍者は無い。みんな悧巧である。万葉もよし古今もよし言道もよし晶子もよしと云ふんだらう。然し奇妙にさういふ者に限つて多力者は無い。それだから、その折衷といふ奴はつまり露伴が喝破した様に『胡蘿蔔、椎茸、蓮根、慈姑、隠元豆の打交りたる五色の反吐』に過ぎない事になるのだ。然も本人は大多力者のつもりで円融無礙に折衷し得たと思つてゐる。
>
> （「アララギ」大正二年二月）(129)

悧巧な折衷（茂吉は否定的な意味あいで用いている）を断固として退けている。

2　新気運を生み出す「力」として

また、「多力者」は「気運」と結びつく。次にあげるのは、「短歌は滅亡せざるか」の設問に応じて執筆されたもので、題を「気運と多力者と」とし、歌壇が変わるためには、「多力者」の出現が必須であると述べたものである。

但しそれにはやはり『多力者《たりきしや》』の出現が要るのである。何かに飽和されたやうな気運から多力者が出で、その多力者を中心として一つの新しい気運が形成されるのである（中略）／芸術本来の面目は、『多力者《たりきしや》』の出現奈何によつて極まるのであつて、これは動かすことは出来まい。（中略）その『多力者』といふものも時代乃至国土の雰囲気から取離すことが出来ない。

（「改造」大正一五年七月）[130]

右の文脈において「多力者」は、新気運の形成の核である。[131]先に述べた「力」を、作歌の現場という限定された時空において個別的に発揮される「力」とすれば、この場合の「力」は、一潮流の形成に関与する点において、長期的展望のもとにはじめて観察される「力」と言えよう。

かつて、旧来の「根岸派流に安住してゐてはいけない」[132]と感じた茂吉は、実際に、新気運の醸成を企図したことがあった。具体的には、その企図は、明治四四年に「アララギ」の編集を手がけるようになってからの、阿部次郎や木下杢太郎への執筆依頼という形で現われる。[133]当時の様子をふりかえって、茂吉は阿部に依頼した経緯を次のように記す。

阿部氏に御願するやうになつたのは本号（「アララギ」明治四四年九月、正岡子規十周年記念号——引用者注）がはじめである。かういふ事も編輯者としての私の当時の意向が分かるのであつて、私は阿部氏の文章を前から愛読し、阿部氏を尊敬するのあまりその文章をもらつて、アララギの新気運を成就する力とせむと希つたのであつた。

（「アララギ二十五年史」、「アララギ」昭和八年一月）[134]

「新気運を成就する」と書いた右の茂吉の文章には、そのニーチェ受容の初期に、強力な感化力をもった高山樗牛の次の一文と気脈の通うところがある。

美術界の事、気運と共に天才を待つ。天才の出没は電火の如し、予め一定の規律を以て推すべからざる也。唯美術批評家の務むべきは、是天才の出現を容易ならしむべき気運を助成するにあるのみ。

（「太陽」明治三一年一一月）[135]

茂吉は、歌壇外部に執筆を求め、アララギ内に新風を入れることによって、アララギ短歌の、ひいては歌壇の閉塞を打破しようとしていた。その観点から、明治四五年五月の「アララギ」に掲載された阿部次郎「象徴主義の話」（評論）は、とくに注意を引く。リップスの感情移入説にもとづき、美学上の象徴と芸術上の象徴の違いが論じられ、ホーフマンスタール、アーサー・シモンズの言説が引用されている。この文章は、象徴的短歌に否定的であったアララギの歌人にいかに読まれたのであろうか。

阿部の引用したシモンズの *The symbolist movement in literature* が岩野泡鳴によって訳され『表象派の文学運動』（新潮社）として刊行されるのは、一年余りあとの大正二年一〇月（『赤光』刊行と同月）のことである。その翌月に泡鳴は五日会（後の十日会）を発足した。茂吉と泡鳴との関係については、「岩野泡鳴氏を中心とした十日会といふのに私も毎月出席したりして」（「アララギ二十五年史」）いたという茂吉の言葉を引いておく。[136]

また、明治四五年二月四日の「読売新聞日曜附録」に掲載された阿部の「内生活直写の文学（再び）」を、茂吉が二度（明治四五年四月・大正三年七月）にわたって「アララギ」に引用したことも、新気運醸成の一環として捉えられる（第二章参照）。同人の中には、このような茂吉の編集方針を快く思わない者もいた。それにもかかわらず断行した結果を、茂吉は次のように分析する。

アララギの歌風はいちじるしく一般歌壇に進出し、アララギ流の観方、アララギ流の表現法、アララギ流の習癖が一般歌壇にひろまつた。それが毎月殆ど加速度的に進行したと謂つていい。アララギは遂に日本歌壇の主潮流を形成するに至つたのである（後略）

（「アララギ二十五年史」、『全集』二一巻、四七七頁）

新気運の醸成を果たし得たとの判断である。そして「主潮流を形成するに至つた」その年を大正四年に定めている。

三　形式へ向かう力

1　「歌の形式と歌壇」執筆の背景

大正二年二月の「アララギ」で、茂吉は次のようなことを言っている。

一昨年あたりは強い事を云つた。それは附元気だつたのだ。今の僕は一人で歩まうとして居る。附元気の痕跡が時々纏つてゐても、実はとれかかつてゐるのだ。然し一人歩む僕がもつと強くなる時期が若しあつたら、八面に敵を受けて片ぱしからなで切りにするかも知れぬ。現在の僕には不可能である。（「編輯所便[137]」）

翌月号掲載の「歌の形式と歌壇」（前掲）とは対照的に弱気な語調である。その前後には、「朦朧だといふのは僕の現在の状態だ」、「苦悩の状態にあるのだ」、「僕の言説は朦朧とならざるを得ない」、「苦悩し動揺し朦朧として《マ》の《マ》は現在の僕だ」、「城郭も旗標もない裸体の僕等は銘々で歩むのだ」といった言葉も見えている。さらに文末近くの「本月号は特別号にして、もつと味のあるものを載せる都合であつたが同人の都合上予定通りに行かなかつた。（中略）来月は紙数が少なくとも、もつと充実したものが出来る事と信ずる」からは、茂吉ひとり空回りしていたような印象さえ受ける。

「真力を出したい」（三月号）という意欲と、「僕には不可能である」（二月号）という弱気がこもごもに去来していたかに思われる茂吉の周辺の事情を、三十一文字詩形否定論と伊藤左千夫との対立、この二つの視点から確認しておきたい。

明治期における三十一文字詩形の否定と近代化とは密接にかかわり、切り離して論じることはできない。時代が明治に移り、異質な文化との接触がはじまると、これまで日本になかった概念を表現するために新しい言葉や文体があらゆる分野において求められた。詩歌の領域でも例外ではなく、用語とともに形式の問題が論じられた。

東京帝国大学教授の外山正一、矢田部良吉、井上哲次郎らによって刊行された『新体詩抄　初編』（明治一五年八月、丸家善七）は、端的には、「玉の緒の歌（一名人生の歌）」の序に「夫レ明治ノ歌ハ、明治ノ歌ナルベシ、古歌ナルベカラズ、日本ノ詩ハ日本ノ詩ナルベシ、漢詩ナルベカラズ、是レ新体ノ詩ノ作ル所以ナリ」（井上）と表明されているように、新時代にふさわしい新しい詩の創出を目標としていた。用語においては、固定的な意味あいの強い伝統的な詞語ではなく日常的な言葉の使用が目指され、形式においては、内容に応じてどのようにも変えることのできる外国の詩形の導入が目指された。外山はその序で「三十一文字や川柳等の如き鳴方にて能く鳴り尽すことの出来る思想ハ、線香烟花か流星位の思に過ぎるべし」と述べた。新しい時代の新しい思想を表現するには、これまでの伝統的詩形では不足であるという認識のもとに「連続したる思想」を表現しうる詩形が声高に求められ、ここに短歌形式は、きっぱりと否定されている。

結果的には、『新体詩抄』の出現によって、和歌改良の動きが起こる。茂吉が歌人としての歩みを子規によってはじめた明治三七年から三八年は、東京新詩社（機関誌「明星」）の展開によって歌壇が活況を呈した時期にあたるが、短歌否定の論調が途絶えたわけではなかった。尾上柴舟が「短歌滅亡私論」（「創作」明治四三年一〇月）において、「短歌の形式が、今日の吾人を十分に写し出だす力があるものであるかを疑ふ」、「三十一音の連続した形式に、吾々は畢生の力を托するのを、何だか、まどろつこしい事のやうに思ふ」[138]と述べたことがそのことを証していよう。

大正四年一二月の「アララギ」に茂吉は次の文章を載せている。

なんだ歌よみか。三十一文字《みそひともじ》か。歌のことなどにかかづらふのは廃めたまへ。第一思想家としての、評論家としての値打にかかはる。こんな声もきこえる世の中である。（『童馬漫語』96「短歌作者」[139]）

短歌を詠むことが思想家としての値打ちに関わるというところには、先に引いた外山の影響のあと（三十一文字は連続した思想を表現できないとの言）が見え、右の一文の存在は、当時の茂吉がこのような言説に反応せずにはいられなかったことを示している。短歌の形式が否定的に論じられ、歌壇は振るわない、茂吉を取り巻いていたのはそうした状況であった。このような状況の中で、では、歌言葉はいかにあるべきか、という問題に茂吉は取り組んでいく。

日本文学の近代化に重要な役割を果したのは翻訳であった。茂吉は、医学の文献などはもちろん、ニーチェやゲーテなどの作品も原書で読み、ニーチェについては、その著作 *Morgenröthe* の書名を「暁紅」と訳し歌集名に採用するなど特別な親炙を見せている。冒頭に引用した「歌の形式と歌壇」と同号の「アララギ」に掲載された「稚きニーチエ　一」は、ニーチェの幼年時代を描いたエリーザベト・フェルスター＝ニーチェの著作の抄訳[140]であり、文中の「予の抄訳は全体の訳ではない。異国語を直訳するのは骨の折れる事」（引用は初出誌）との言葉は、茂吉が訳業の困難を身をもって理解していたことの表われと言えよう。

当時の作家や詩人（同時に翻訳家である場合が多かった。例えば、茂吉が参会した観潮楼歌会主宰の森鷗外、同じく参会者であった上田敏などがあげられる）が新しい言葉を求めたように、茂吉も言葉の案出に腐心した。そのありようは、西欧の詩文を慕うと同時に、日本の古代にも意志的にむかうという視野の広いものであった。西欧を知り、ニーチェやゲーテなどを通じて異文化の古代芸術に触れたことも、茂吉の古代への志向を深めることとなった。左千夫からは言葉に興味を持ちすぎると言われたが、それが、新しい言葉が求められた明治という時代の要請にこたえていたことの証しであり、茂吉の内なる欲求の結果であったとすれば、左千夫の忠告にこそ物足りなさを感じたのではなかったか。茂吉に次のような文章があることは注意されてよい。

西（周――引用者注）氏の心理学は我国では最初のもので、現今盛に用ゐられてゐる言葉、例へば、主観、客観、抽象、具体、演繹、帰納、観念、実在などの語は氏が苦心の訳語である。(141)

先進の訳業に敬意を払ったなかに、言葉への関心の高さが垣間見える。原書にかぎらず西欧文化との接触は、自国の伝統を相対化する方向に働き、茂吉における言葉の問題に着実に答えを与えていった。たとえば、

短歌の言葉が現代語であるべきか、古語であるべきか、この問題もどうでもいい。（中略）ぼくの『けるかも』は柿本人麿の『けるかも』では無い。要するに生命の問題である。（『童馬漫語』46「古語の問題」(142)）

といい、また、

短歌の詞語に、古語とか死語とか近代語とかを云々するのは無用である。（中略）汝の内的流転に最も親しき直接なる国語をもつて表現せよ。必ずしも日本語のみとは謂はない。（『童馬漫語』16「歌ことば」(143)）

という。言葉の問題は「生命」にあった。「内的流転」とは、息吹とも血流とも解釈できよう。言葉が表現者の生命に満ちていれば、どの国の、いつの時代の言葉でも、短歌の言葉となり得ると言うのである。これこそ茂吉が手にした答えであった。それは、ニーチェの詩語に茂吉みずからがあてた訳語「紅血流通」、すなわち形式に血を通わせるという創作上の運動と分かちがたく結びついていた。短歌の言葉は「生命の問題」として捉えられるべきとするこの見解は、はからずも『新体詩抄』の用語論にたいする解答となっている。(144)

以上述べてきたような歌壇の命運とは別に、茂吉は創作上の問題で悩んでいた。短歌初学の時期をへて、次の段階へ移行しつつあった茂吉は、みずからの歌人としての可能性に、そして短歌の可能性に挑戦した。結果的に、この意欲的な試みが、これまでと違った傾向の作品を生み出すことになり、それが、左千夫との間に壁を築くことになった。後年の茂吉の述懐にうかがえるように、新傾向の作品に対する左千夫の批判は厳しく、両者の意見の対立は、明治四四年にはっきりと表面化し、四五年には決定的になった。さかのぼって、左千夫との関係の変

化について言えば、アララギ発行所が東京に拠点をうつした明治四二年をさかいに茂吉は左千夫の選歌を受けていない。柴生田稔は、茂吉と左千夫の対立が、「アララギ」一月号（大正二年）の誌上においても見てとれると言い、この時期の茂吉の様相を「混乱動揺振り」という言葉で表わしている。[145]

左千夫没後に刊行された『赤光』の巻末に、茂吉は次のように記している。

特に近ごろの予の作が先生から褒められるやうな事は殆ど無かつたゆゑに、大正二年二月以降の作は雑誌に発表せずに此歌集に収めてから是非先生の批評をあふがうと思つて居た。ところが七月卅日の、この歌集編輯がやうやく大正二年度が終つたばかりの時に、突如として先生に死なれて仕舞つた。[146]

最後まで対立が解消されなかったことがうかがえる。内なる「衝迫」に忠実であろうとする茂吉の性癖が、赤彦や他の同人と比べたとき、気づかぬうちに左千夫との対立を際立たせることになったのかもしれない。茂吉にとって、短歌観の相違による左千夫との対立は、文学上の一思潮として動いていく短歌否定論よりもいっそう切実に感じられた。みずからの目指す短歌を、師・左千夫に認めさせるためには実作を示すよりなく、作歌への没頭がさらに独自の道をおし進めることになったが、結果としてそれが、短歌形式に対する茂吉自身の意識の明確化に役立ったように見える。ニーチェに背中を押されるように、「短小なる短歌の形式に紅血を流通せしめんとする努力はまさに障礙に向ふ多力者の意力である。『多力に向ふ意志《ウイルレツールマハト》』である」と言い放つ口吻からは、短歌の形式に「執著」し尽そうとの決意が感じられる。

次に、茂吉自身が「新造語」の試みであったと明かしている語句をふくむ一首をとりあげ、どのように古語に生命を吹き込み、形式に「紅血」を通わせたのか、それについて考察する。

2　「我が母よ」の歌における試み

i　茂吉の自己評価

我《わ》が母よ死にたまひゆく我《わ》が母よ我《わ》を生《う》まし乳足《ちた》らひし母よ[147]

右の歌は、大正二年九月の「アララギ」に掲載された「死にたまふ母」五六首中[148]の一首である。のちに加えた自歌注釈（『作歌四十年』）によると、枕詞から「新造語」を得ている。このことと関連して、「死にたまふ母」の発表から五か月後の、大正三年二月の「アララギ」に掲載された「万葉短歌鈔」の次の文章が注意をひく。

『いはばしる』は枕詞である。枕詞も日本語であるから日本人は自由に使ひ得る。単に死語とか骨董語とかに見做さないで自分の生命を吹き込む事が出来る。それは作者の意力次第でどうにでもなる。[149]

枕詞に「生命を吹き込む」ことは「作者の意力次第でどうにでもなる」と書く、この余裕ある筆致の背景には、『赤光』（大正二年一〇月）の成功もあったと思われるが、枕詞の組み換え（後述する「乳足らひし」の創案）に意力を尽したことへの自負もあったのではないだろうか。それに対する作者の自己評価は次のとおりである。

結句の『乳足らひし母よ』は、『足乳根の』といふ枕詞から暗指を受けた新造語であるが、どうにか落著いたやうにおもふ。　（「赤光抄」、『作歌四十年』[150]）

「どうにか落著いたやうにおもふ」との言葉に、新造語「乳足らひし」の試みがうまくいったことへの感慨がこもる。同時に、生命を吹き込む努力がいつも成功するわけではないことも、この言葉は暗示している。

ii　「足乳根の」の選択について

「乳足らひし」が成立するまでの過程を見てみよう。先に引いた文章に、「乳足らひし」が「足乳根の」から暗示をうけたと述べられていた。「死にたまふ母」では、この歌の次に、「のど赤き玄鳥《つばくらめ》ふたつ屋梁《はり》にゐて足乳《たらち》ねの母は死にたまふなり」（初版。改選版は、第四句「足乳根《たらちね》」）が排列され、この一首からも「足乳根の」に拠ったことが知られるが、茂吉が敢えてことわったのは、『万葉集』中の「たらちね」に当てられた用字のうち、この用例が少数のためであろうか。

「たらちね（の）」は、『万葉集』中に二四例みえ、そのうち「足乳根」の用例はわずかに三例である。(151) 残り二一例の内訳は、多い方から、多良知祢（七例）・足千根（七例）・垂乳根（五例）・帯乳根（二例）である。

当時、出版され茂吉が活用していた『言海』（大槻文彦、明治二一〜二四年）は、「垂乳根」を見出し語としている。幾つかの辞書を参照すると、『日本国語大辞典』(152)、『大辞林』(153)、『辞海』(154)は、「垂乳根」であり、『古語大辞典』(155)、『古語辞典』(156)も同様である。異なるのは『広辞苑』(157)で、「足乳根・垂乳根」と併記する。また、枕詞の由来に関する説を収めた『枕詞の研究と釈義』は、「たらちは垂乳の意、ねは尊称」とする。(158) これらのことは、少なくとも『言海』の刊行から現在に至るまで「垂乳根」が定説であることを示している。定説を採らなかった、そのところに茂吉の創作上の精神の働きがうかがわれる。

用語の選択にかかわる創作上の精神活動を詳らかにすることはできないが、参考として、茂吉と古代との架橋ともいうべき賀茂真淵の『冠辞考』と、『言海』の解釈を示しておく。『冠辞考』には、

赤子を育《ヤシナヒ》つゝ日月を足しめ成人《ヒト、ナス》ハ母のわざ也。よりて日足根《タラシ子》の母てふを。日を畧《ハブ》き。志《シ》と知《チ》と通ハせ。根てふほめ語《コトバ》を添て。たらちねの母とハいふ也。(159)

とあり、「足根《タラシ子》」とみえる。「乳」については、「志《シ》と知《チ》と通ハせ」と字音のことに触れるのみで、その用字については特に記さないが、「赤子を育《ヤシナヒ》つゝ」の語句に授乳の行為を想起することは可能である。加えて、「垂乳根」の「垂」については、「借字」と記している。『言海』については、先に、見出し語が「垂乳根」であることを見たが、留意されるべき点は、その解釈に、「垂」の用字にそぐわないと思われる「乳モテ足ラシ育ツル意ト云、或云、日足《ヒタラシ》ノ略伝ナリト、ねハ美称ナリ」を示していることである。(160)

実感に忠実であろうとした茂吉にとって、「足乳根」の用字は母なるものの表現としてふさわしいものであった。その実感の根拠となり保証を与えていたのが、真淵の『冠辞考』や『言海』の示す解釈であったのではないだろうか。

iii　「足乳根の」から「乳足らひし」へ

次に、「足乳根の」に生命を吹き込むとはどういうことであったか、「乳足らひし」を分析することによって明らかにしたい。ここでは、「乳－足らひし」に分け、まず「足らひし」について考察する。

「足らひし」の成分である「足らふ」は、多くの語釈に見られるように、「足る」に上代の助動詞「ふ」（継続・反復）が付加された形である。「足る」と「足らふ」では、一見して意味・音韻の両面において言葉のもつふくらみに差が感じられる。それに加えて、実際的な行為、つまり日々繰り返される母親の授乳、あるいは人類誕生以来、母親たちによって今日まで繰り返されてきた授乳という行為を考慮すれば、より「足らふ」のほうが作者の意図に適っていたと推測される。「足らひし」は、「足らふ」の活用形に過去・回想の助動詞「き」が付き、それが活用された形である。ここでは、「し」が文法上、過去・回想であることを押さえておきたい。

「乳《ち》」については、元の音韻が保存されている点において重要と言える。「乳」は「霊《ち》」に通う。「霊」は、厳つ霊（いかづち＝雷）などによっても知られるように、特別な霊力をもつものとして、畏怖され、神聖視されてきた。『古事記』の大穴牟遅神の復活のさいにも、「乳」はその霊力を発揮している。当該の一節を引用する。


　母の乳《ち》汁《ぬ》を塗りしかば、麗《うるは》しき壮夫《をとこ》と成《な》りて、出《い》で遊《あそ》び行《ある》きき。[161]

焼け死んだ大穴牟遅神に、母親の乳を塗ると、立派な青年になって出歩いたとの記事である。

　このように見てくると、「乳足らひし」の語句は、「足乳根の」が形成され来った方向とは逆の過程をたどり、原義のよみがえりを図るかたちで「乳足らひし」に組み換えられたということができる。つまりこの場合、言葉に生命を吹き込むとは、原義をよみがえらせ、それを認識しやすい語形に変換することであった。

根源的でありながら、新しい言葉である「乳足らひし」を短歌の形式に迎え「紅血」を通わせるために、作者は細かな工夫を施している。

iv　「乳足らひし」を迎える構造の構築

「乳足らひし」が一首全体を生かし、また生かされるために、作者はどのような工夫を凝らしたのだろうか。

「我が母よ」の歌は、一見して知られるように、初句・三句・結句の末に「よ」という詠嘆の助詞をもつ。作者は、「『よ』といふ詠歎の助詞を三つも使つてゐるので軽く辷つて行つたかと思つたが、必ずしもさうでなかつたのは、感情が切実なためであつただらう」（『作歌四十年』）と述べている。[162] 三か所の「よ」が受けている語は、すべて「母」であり、したがって一首は「母」への「切実な」「感情」に貫かれたかたちである。句切れの観点に立てば、初句切れ・三句切れの二つの句切れをもつ歌であるが、初句と三句の語句が同じであるために、句切れとしてより反復語法としての印象が強くなり、そのことが、次の言葉を引き寄せる求心力として作用している。

初句・三句の同語句「我が母よ」に加えて、下句にも「我」と「母」が詠み込まれている点に注目すると、一首はかなり「単純化[163]」されていると言える。具体的には意味内容と音韻の二点にかかわる「単純化」があげられる。意味内容の上では「我」と「母」が、音韻の面ではア音とオ音が、その役割を担い、一首を特殊な統一感のうちに成立させている。「特殊な」と言ったのは、甘くなりがちな音韻の連なりでありながら、そうなることを免れていると思われるからである。それは、次に示すように、「死にたまひゆく」と「生まし乳足ひし」が、一首のうちに巧みに組み込まれていることに起因する。

我《わ》が母よ（死にたまひゆく）**我《わ》が母よ我《わ》を**（生《う》まし乳《ち》足《た》らひし）**母よ**

括弧を用いて示したのは、短歌の定型上の構造とは別の構造——枠構造[164]——が作者によって構築されていることを視覚的に把握しやすくするためである。ここでは、強調（太字）部分を枠構造とする。

短歌を分ち書きにするのを、茂吉が承服しなかったことは、釈迢空の試みに対して「短歌を三行に書くのと似てゐて少し面白くない[165]」と言ったことでもよく知られている。この歌においても、例えば、「母よ」の詠嘆を見極めるために三行に分かつと右に示した構造は見えてこない。

あらためて、「（生まし）乳足らひし」を迎えた枠構造を分析すると、意味内容の上では「我」と「母」が、音韻の面ではア音とオ音がその構成成分であることが分かり、先に述べた「単純化」は、枠構造という形で達成されていることが確認される。加えて、「我」と「母」とがすべて漢字で表記されたことに、作者の積極的な創意を見ることができる。平仮名と比較して強固な印象を与える字形によって、枠構造の安定性を視覚的に植えつけようとの意図があったと考えられる。表記の「単純化」について、補足するべき点がもう一つある。

一首のうちに同じ漢字で表記できる文字を複数使用する場合、漢字表記と平仮名表記を併用することを茂吉はしばしば行う。しかし「我が母よ」の歌にはそれがなく、枠構造の構成成分である「我」と「母」は、すべて（三回ずつ使用）漢字で表記されている。意味内容を瞬時に与えてしまう漢字の多用は、抒情詩である短歌においては避けられる場合が多いが、定型の切れ目にそって読みおおせない特殊な節奏をもつ「我が母よ」の歌では、枠構造の漢字表記の意義は大きい。先に述べた、字形による視覚的効果とは別に、読者の負担軽減の上からも求められた表記であったと推測される。格助詞「は」と同字となる「母」の平仮名表記を避けたことは、振り仮名の使用（母には振られていない）とともに意図的になされた読者への配慮であった。

ここで述べたことは後述する「死にたまひゆく」についてもあてはまる。

先に、ア音とオ音の連なりにもかかわらず、巧みに配置された「死にたまひゆく」と「生まし乳足らひし」のために、一首は甘くなることを免れていると述べたが、その理由の一つとして、枠構造の構成成分にはない比較的鋭くひびく、イ音の使用があげられる。そして、強調すべきはやはり、何音に区切って読むべきか戸惑わせる「生まし乳足らひし」をふくむ下句の特殊な節奏であろう。これらのことが一首の情調を厳しいものにしている。「短歌に於ける言語の調は、吾等の内的節奏さながらであるときはじめて意義をもつ(166)」という茂吉のことばを思い出すならば、この調べに作者の感情が実現している。

「新造語」である「乳足らひし」を三十一文字の形式に移植し、「紅血」を通わせるために揺るがぬ形を必要とした作者の苦心は、新たに用意した枠構造の切れ目を、既成の定型の切れ目とは重なり合わないところに設定したことと、その枠構造の構成成分を「単純化」したことに顕著である。

v 「生まし」

「乳足らひし」の直前に位置し、下句の特殊な節奏を担っている「生まし」について考察する。一般的には、「生まし」は「生まーし」であり、「生む」の未然形に上代の尊敬の助動詞「す」が付き、連用形として働いた用法と解説される。これに異論があるのではない。ただ、何故ここに尊敬語を用いる必要があったかということを考えたいのである。

「生まし乳足らひし」の節を見たとき、まず気づくのは、「し」の繰り返しである。作者は意識的に「生まし」、「乳足らひし」と音韻を揃えている。先に確認したように、「乳足らひし」の「し」は過去・回想の助動詞であり、「生まし」の「し」とは意味上の働きを異にする。試みに、「生む」を過去・回想の助動詞で活用すると「生みし」となり、どちらの場合も音韻において「し」の効果が得られることは変わらない。このことは、作者に、「し」の反復とはまた別の意図があったことを示唆している。求められたのは、「うみし」ではなく、「うまし」という音であった。

「うまし」という響きは、「美し」を想起させる。『万葉集』に学んでいた作者には、たとえば、舒明天皇作として伝わる国見（土地讃美）の歌（巻一・二）に「うまし国そあきづしま大和の国は[167]」とあることなどが思われていたのではないだろうか。「うまし国」と「うまし母」。「立派だ、素晴しい」などの意味をもつ「美し」と同音であることを、意識的であれ無意識であれ、作者は切実に求めたのではなかったか。つまりここには「美し（乳足らひし）母よ」との詠嘆が重ねられているのである。それは、直後の「乳」の形容とも解釈できる。

vi 「死にたまひゆく」

「死にたまひゆく」について作者は、『死にたまひゆくわが母よ』といふごとき表現は、なかなか出来ないことであり」（『作歌四十年』）と述懐している。「なかなか出来ない」とはどういう意味の発言であるか。考えられることを次に述べてみたい。

一つには、多くの評釈が、「死にたまひゆく」は「死にゆきたまふ」の意、とするように、語法的には、「死にゆきたまふ」が正しいところを「死にたまひゆく」とは、「なかなか出来ない」との含意があると思われる。また、それに先行する問題が、次に引く柴生田の一文に要約されている。

「死ぬ」という普通は避けるような露骨な言い方に、直ちに「たまふ」という丁寧な尊敬語が結びついた「死にたまふ」という表現（後略[168]）

柴生田の言には二つの問題が提示されている。一つは、「死ぬ」という語を、婉曲表現（逝く・亡くなる、など）を用いずに直接示すことへの違和感であり、もう一つは、「死ぬ」という語の使用を容認したとして、「死ぬ」と「たまふ」を連結させることによって生じる違和感である。

柴生田の説くように「死ぬ」という言い方は、一般的には注意深く避けられる。それでは、短歌の表現に「死」という語はどのように使われているのか。茂吉に重要な意味を持っていた『万葉集』の例でいえば、肉体の死、つまり挽歌に「死」は用いられていない。

『万葉集』中の「死」の用例は、短歌・旋頭歌・長歌あわせて七〇首を越え、このうち相聞歌（あるいは恋情を表現した歌）における用例が最も多く、五〇余例を数える。二例ほど挽歌（長歌）に「死」が用いられているが、二例とも死者に対しての用例ではない。

第一の例は、「生ける者《ひと》死ぬといふことに免《まぬか》れぬものにしあれば」、と一般論として「死」が説明されているにすぎず、死者に対しては「隠《かく》りましぬれ」の表現がなされている（巻三・四六〇）。第二の例は、防人の妻が夫の死を悲嘆した歌で、この場合は「行きも死なむと思へども」、と自分（妻）も死のうと思うけれどもという文脈で用いられ、死者（夫）には使われていない（巻一三・三三四四）。

一方、相聞歌には、「恋ひ死なむ」（巻四・五六〇）、「恋にもそ人は死にする」（巻四・五九八）、「恋にあへずて死ぬべき思《おも》へば」（巻四・七三八）、「恋ひて死ねとか」（巻四・七四九）、「我《あ》が恋ひ死なば」（巻一四・三五六六）のように、「死」という語が頻用されている。

以上のように、『万葉集』においては、死者に対して「死」の語（文字、響き）は明示されず、その表現は婉曲的である。「我が母よ」の歌においては、「死」という語が率直に示され、尊敬表現と直結している。ここに、作者茂吉の試みを読み取ることができる。

このように見てくると、音数の上では定型におさまる「死にたまひゆく」が、日常語としても歌語としても決して通用されている語句ではないことが判明する。先に論じた「乳足らひし」ほど明瞭ではないが、第二句に相当する「死にたまひゆく」もまた、言葉の組み換えの結果であったと見做すことができよう。そしてそれは、単に単語の接続の組み換えにとどまらず、用いられる場の問題、どこで「死」が用いられ、その対象が何であったかをも含めて、活用領域の組み換え（拡大）の試みであったと判断される(169)。

語法的にかなりの負荷がかかっている「死にたまひゆく」が、一首の節奏をつき破ることなく「紅血」の流れを得ているのは、先に示したように、既知の語句の反復使用と統一感のある音韻の集合である枠構造に迎えられているためである。それにしてなお、「死」という語が元来は隠蔽されるべき場で率直に使用されたことと「死にたまひゆく」という接続のあり方のために、一首全体を不安定な情感が覆っている。

まとめ

「多力に向ふ意志」という訳語は一般的ではない。そこに使われた「多力」、そしてその発展形である「多力者」の語が、茂吉がニーチェの影響を認める幸田露伴から得た語であることを確認した。つづいて、茂吉における「多力者」の内実を明らかにするためにその発言に即して考察したところ、大きく二つの意味合いで考えられていることが分かった。一つは、実作者の立場から要求される言語化する「力」であり、そのさい茂吉は、「燃焼」という表現を使っていた。そしてもう一つは時代の雰囲気とかかわり、新たな気運形成の核となる「力」である。

茂吉の「多力者」が「多力に向ふ意志」と結びつく限り、それは、小堀桂一郎が指摘しているように、単に力量豊かな者を指すのではない。それはニーチェ的な意味における力強い生命力を帯びた者として理解されなければならない。[170]

一般に、ニーチェにおいては、世界の本質は力への意志であり（『善悪の彼岸』一八六）、その力への意志は、力の拡張・増大への意志にほかならない。つまり、力を意欲することは、「力におけるより多く」を意欲することと（『力への意志』一一二五）なのである。[171] ハイデッガーは、ニーチェの「意志」を分析して、「いかなる意志も、より多くであろうとする意志である。力そのものも、より多くの力であろうとしつづける限りでのみ、存在するものなのである」（「意志の力、力の本質」）と説いた。[172] これに関する講義をハイデッガーが行ったのは、茂吉の訳語以後のことである。「より多くの力であろうとしつづける」意志を、茂吉が「多力に向ふ意志」としたのであれば、流布していたニーチェ理解が皮相な時代にあって、茂吉の測鉛はまっすぐにニーチェに降りていたと言えるのではないだろうか。ただし無論、茂吉の「多力に向ふ意志」と、ニーチェの Wille zur Macht との間には大きな違いがある。ニーチェのそれはギリシア哲学以来の西洋哲学の流れのうえに発せられている。ハイデッガーがニーチェの「意志」と「力」を論じつつ、「ニーチェは、存在者の存在のこの解釈によって、西洋的思惟のもっとも中枢的な、もっとも広い圏内にはっきりと歩み入るのである」(173)と述べているように、ニーチェの Wille zur Macht は、形而上学的問題である。ニーチェは、「神の死」(『悦ばしき知識』)を告げることによって、キリスト教的道徳を支柱とする西洋の伝統に異議を唱え、それまで西洋文明が築いてきたあらゆる価値の土台を崩壊させてしまった。ニーチェの思惟は、神なきあとの世界を問う普遍的な問題として捉えられべきであるが、茂吉の「多力に向ふ意志」は、茂吉個人の問題を越え出てはいない。

伝統的詩形が否定的に論じられるなかで、短歌形式へ向かう意志の力をニーチェに学んだ茂吉は、ニーチェの詩語 hat Blut in sich(「血がめぐつて」)を「紅血流通」の語によって自分のものとし、短歌形式への「紅血流通」に意力を傾注した。茂吉のこの試みは、「我が母よ」の一首においては、「死にたまひゆく」と「生まし乳足らひし」の語句の創案、そしてこれらの語句を迎えるための新たな構造——枠構造——の構築として実現していた。この枠構造の特徴は、「単純化」された意味内容・音韻・表記にあった。

茂吉がその作品に触れ作歌を志した正岡子規に次の言葉がある。

万葉の歌人は造句の工夫に意を用ゐし故に面白く、後世の歌人は造句を工夫せずして寧ろ古句を襲用するを喜びし故に衰へたり。今の万葉を学ぶ者万葉を丸呑にせず万葉歌人工夫の跡を嚙み砕きて味はゞ明治の新事物も亦容易に消化するを得んか。(174)

子規は、既成の語句を盲目的に用いるのではなく、それが創案された過程にこそ思いを致すべきであると説く。茂吉は子規のこの精神を継承し、「我が母よ」の歌において実践したと言えよう。それが同時に、西欧の思想家ニーチェによって得た「紅血流通」の理論の実践であったことは注目されてよい。

大正二年と大正九年に、茂吉の文章に現われた「多力に向ふ意志」は、昭和二一年一月の「アララギ」に掲載された「古代芸術の讃」という文章中に、ふたたび現われる。これはニーチェの『偶像の黄昏』「私が古人に負うところのもの」を要約しながら持論を述べたものであり、後年までニーチェの力の思想に茂吉が関心をもっていたことを物語る資料として注目される。第五章で詳説したい。

補遺、「忍辱多力」の用例

露伴が用い茂吉が注目した「忍辱《にんにく》は多力《たりき》なり」は、「仏説四十二章経」中の第一五章中の一節である。後年のことになるが、昭和一一年一二月の「アララギ」に、「仏説四十二章経」が次のように掲載されている。この掲載には茂吉の意向が働いていたと見てよいだろう。

沙門問仏。何者多力。何者最明。
仏言。
忍辱多力。不懐悪故。兼加安健。
忍者無悪。必為人尊。心垢滅尽。
浄無瑕穢。是為最明。未有天地。
逮於今日。十方所有。無有不見。

無有不知。無有不聞。得一切智。
可謂明矣。（返り点は省略）[175]

このときなぜ茂吉が「忍辱多力」を思わねばならなかったか、そこに伏在する個人的な事情[176]は措くとして、対外的には、同年の一一月に岩波書店より出版された『仏説四十二章経・仏遺教経』が機縁となったということがあったろう。その後も、茂吉作品に「忍辱多力」の語は現われる。[177]

忍辱《にんにく》の多力《たりき》なること少年のときに吾知りていまぞ念《おも》はむ
（昭和一六年、「新年光」）

忍辱《ニンニク》は多力なりとふことわりを今こそいはめわが後昆に
（昭和二〇年、「天皇陛下聖勅御放送」）

第四章　歌集名「暁紅」に込められたもの

――*Morgenröthe* を機縁として――

はじめに

茂吉に「暁紅」という名の歌集がある。この歌集名は、後掲する茂吉の文章から読み取れるように、ニーチェの著作 *Morgenröthe* の書名の茂吉訳である。『暁紅』(第一一歌集、昭和一五年六月)には、茂吉五三歳、五四歳にあたる昭和一〇年と一一年に制作された歌が収められ、歌作に影響した伝記的事項として、ひとりの女性に恋をしていたことが知られている。

Morgenröthe(一八八一年六月)は、五七五篇のアフォリズムを収めるニーチェ中期の著作であり、邦題としては、「曙光」の題で目にすることが多い。ニーチェは、当初、このアフォリズム集の書名として Pflugschar(犂頭《すきがしら》)を考えていた。それを Morgenröthe と改めたのは、ペーター・ガスト(Gast, Peter 1854-1918)[178]が、古代インドの聖典リグ・ヴェーダの文言をニーチェの原稿の扉紙に書きつけたことによる。[179]

Es giebt so viele Morgenröthen, die noch nicht geleuchtet haben.(「いまだ光を放たざるいとあまたの曙光あり」氷上英広訳[180])

ニーチェはこの一文によって書名を変更し、そのまま題辞として扉に掲げた。茂吉がその題辞に魅了されたのは、まだ輝いたことのない多くの光というイメージにみずからの可能性を重ねたためかもしれない。この題辞は、*Morgenröthe* への関心を深めるよう働いたばかりでなく、リグ・ヴェーダへ目を向けさせるようにも作用した。

茂吉が *Morgenröthe* を手に取り「暁紅」と訳した大正二年と、歌集『暁紅』が刊行された昭和一五年との間には、約二七年の歳月が横たわる。訳語をあてた当初については措くとして、歌集名として採用したときには、単なる自然現象としての「暁紅」ではなく、そこにはリグ・ヴェーダの女神ウシャスの具現というべき一女性の面影が重ねられていたと考えられる。

これまでの茂吉の*Morgenröthe*受容に関する研究としては、氷上英広による、引用アフォリズムの調査が主なものである。これを踏まえて、本章では、まず、茂吉が確かにニーチェの*Morgenröthe*の題辞に注目したという事実を確認し、そのうえで歌集名「暁紅」に、リグ・ヴェーダの女神ウシャスと、茂吉の恋の対象であった女性との融和したイメージが込められていることを論証する。併せて『暁紅』期におけるニーチェ受容についても考察する。

一　リグ・ヴェーダへの関心――ニーチェを機縁として――

茂吉の書いたものに*Morgenröthe*中のアフォリズムの引用がはじめて見えるのは、大正二年二月八日に執筆され、「アララギ」三月号に掲載された次の文章である。

> 独り居の寂しさに堪へぬ人々にいはう。縦ひ独語《ひとりごと》するときにも、公けの前にゐるごとく、つつましくなくば、矢張り其は不行儀なともがらである。
>
> これはニイチエの、「暁紅《モルゲンレーテ》」のなかの言葉である。さはれ、吾等のやうに気の弱い、はにかみ勝のともがらは、ひとり言の間ぐらゐは我儘でありたい。物をいぢり遊びながら、独り物いふ童幼の如く、公けにかかはりなき吾等の „Selbstgesprächen“ を人知れず尊重したい。この日ごろは、独りゐて静寂を味ふ暇すらもなき吾等である。

のちに、「ひとりごとの歌」（『童馬漫語』34）と題されたこの文章から、茂吉がニーチェの*Morgenröthe*を読み、その書名に「暁紅」という訳語を当てていたことが分かる。

茂吉が書いている「「暁紅《モルゲンレーテ》」のなかの言葉」とは、第五六九番「孤独な人々に。」である。[181] 一巻の終わりに近く位置するこのアフォリズムに茂吉が注目したのは、おそらく、その一つまえのアフォリズムを探索した結果であったろう。ちくま版により訳文を付して掲出する。（傍線は引用者）

Dichter und Vogel. — Der Vogel Phönix zeigte dem Dichter eine glühende und verkohlende Rolle. „Erschrick nicht! sagte er, es ist dein Werk! Es hat nicht den Geist der Zeit und noch weniger den Geist Derer, die gegen die Zeit sind; folglich muß es verbrannt werden. Aber dies ist ein gutes Zeichen. Es giebt manche Arten von Morgenröthen."

詩人と鳥。—不死鳥が詩人に、灼熱して炭になろうとする一巻を示した。「驚くな！」とそれは言った。「これは君の作品だ！　それは時代精神を持たないし、いわんや時代に逆らう人々の精神などは持っていない。従ってそれは焼かれなければならない。しかしこれはよい徴候である。多くの種類の曙光がある。[182]」

不死鳥（Phönix）が詩人の作品を評して、「多くの種類の曙光がある」と言う場面が象徴的に表現されたこの一編は、問題の題辞が素材になっている。同号の「アララギ」に、もう一つ、第五七一番からの語句の引用も見られる。

西方の人が云つて呉れた„Feldapotheke《ママ》 der Seele"の妙歓喜を味ふのだ。これまでわれ等が短歌の形式に執著して来たのはこの為である。

「西方の人」とはニーチェを指し、ドイツ語部分は「魂の野戦薬局」の意である。これに関わる一編は、次のものである。

Feld-Apotheke der Seele. — Welches ist das stärkste Heilmittel? — Der Sieg. （魂の野戦薬局。—一番の特効薬はどれか？　—勝利だ。）

茂吉は、右の小題部分を引用することで、勝利の歓喜を味わうのだと言いたかったのだろう。これら二番

(五六九・五七一)の引用の手ぎわから、茂吉がまず、題辞に関するアフォリズム(五六八)を探したことが見えてくる。

大正二年一一月(伊藤左千夫追悼号)の「アララギ」の「消息」に発表した文章も茂吉が題辞に注目したことの裏づけとなる。

> 『赤光』もいよいよ出る。木下杢太郎、平福百穂の二氏には非常に御世話になりました。それが僕の崇敬してゐる方々だから大に気持がよい。今月の文章世界で杢太郎氏が岸田氏の絵を評された中に『廻り初めた独楽が今や正に澄まうと云ふ時の味である』といふ句がある。僕は古印度の経典中からでも発見した句のやうに有難く思つた。(圏点は原文)[183]

「文章世界」に掲載された杢太郎評に感銘を受けて書かれた文章である。注意されるのは、「古印度の経典中からでも発見した句のやうに有難く思つた」というところである。この感想は、その背景に*Morgenröthe*の扉にリグ・ヴェーダの一文を見出し、「有難く思つた」経験があったことを推測させる。あるいは、ニーチェの書名変更の経緯を茂吉が知っていたとすれば、ガストによって扉紙に書き入れられた文言を見つけたときのニーチェの感銘を代弁したものとも解釈できる。[184]

以上の考察から、茂吉が*Morgenröthe*の題辞にたしかに注目していたと判断できよう。茂吉の*Morgenröthe*受容は、同時にリグ・ヴェーダへの開眼でもあったのである。

古代インドの聖典の四種のヴェーダのうち、リグ・ヴェーダ(全一〇巻、一〇二八篇の讃歌を収める)は最も古く、全篇が、ヴェーダ諸神を讃美した宗教的抒情詩というべき性質のもので、短歌を抒情詩とみる茂吉の興味をひくには十分であった。なかでも、Morgenröthe(自然現象)の神格化である女神ウシャスは、人びとに敬愛され、この神を讃える詞章は、もっとも典雅なものとして高く評価されている。

次に、リグ・ヴェーダに関心を持った大正二年頃、茂吉が参照可能だった書籍にその女神の記述を追っていく。

二　茂吉における「暁紅」――イメージの形成と結像――

1　リグ・ヴェーダ中のウシャスの記述

〈明治三〇年代〉

本邦において、「印度哲学史」の講義をはやくに行ったのは井上哲次郎である。その講義をうけた夏目漱石の聴講ノート（紙質より明治二六年頃のものと推定）の断簡が翻刻され、それには、「吠陁ニ四種アリ」「第一梨倶吠陁」「梨倶ハ賛辞ナリ」などと記録されている。[185]

明治三〇年代になると、インド学に関する書籍がたて続けに刊行される。精力的に執筆したのは、同じく井上の講義を聴いた姉崎正治であった。姉崎は、ニーチェによって「ヨーロッパにおけるインド哲学の最初の精通者」[186]と称されたパウル・ドイセン（Deussen, Paul 1845-1919）のもと（キール大学）で学んだ研究者である。[187]留学前に執筆したその著書『印度宗教史』（明治三〇年一一月、校閲者は井上哲次郎）の序言には、同書を公にした理由が、印度宗教史の全体を簡明に記述した好著がなかったためであると記され、日本におけるインド研究の当時の状況を推測させる。その後、姉崎は、『宗教哲学』（明治三一年五月。エドゥアルト・フォン・ハルトマンの *Religionsphilosophie* の部分訳）、『比較宗教学』（同年七月）、『印度宗教史考』（同年八月）、『仏教聖典史論』（明治三二年八月）、『上世印度宗教史』『宗教学概論』（ともに明治三三年三月）などを書き上げ留学の途についた。[188]

右のうち、いちばん早い『印度宗教史』においてウシャスは、「Ushas」「烏舎師《ウシャス》」と表記され、次のように解説されている。

Ushas は美少婦なり、天の戸を開き、夜を追ひて人畜を新鮮快活にす、又此女神は紅色の牛若くは馬車に乗し、諸神を蘇摩会飲に伴ふと、烏舎師は、希臘の紅色の指を有すと呼ばるるへオス女神と同じく、朝暾の美色を表したる女神なり、烏舎師は老ゆるも亦直に其壮年に復し、常に其美色を保つと、多くは富を得ん為に此神を祈る。

また、ドイセンの独訳ウパニシャッドを参照しつつ書かれた『上世印度宗教史』には、次のようにある。

一日の中光明の先駆をなすは、曙光の美少婦ウシャス（Ushas）なり、天の女（duhitā divaḥ）にして、神々に愛敬せらるゝ此女神は、其光輝もて天の戸を開き、総て暗黒を追ひて其美麗高尚なる面を現し、其胸を披きて一切衆生を活かし、紅牛を率ひて多く燦爛たる宝を頒与す。其の東天に現るゝや日々其信義を守り、其道を履みては諸神の嚮導をなし、日々其面と齢とを新にして少しも更らず、されば此女神を祭るには快潤なる歌を以てし、美と長生円満とを祈りき。（二七頁）

いずれも、天の戸を開き、闇を追い払い、一切衆生を活かす美しい乙女と解説する。ここでは、「紅色の牛若くは馬車」「紅色の指」「紅牛」など、ウシャスを象徴する色であるかのように、「紅」の語が用いられていること、そしてまた、「烏舎師は老ゆるも亦直に其壮年に復し」（『印度宗教史』）、「日々其面と齢とを新にして少しも更らず」（『上世印度宗教史』）と両書における表現はやや異なるが、ともに再生するものとして描写されていることを押さえておきたい。

三〇年代後半には、高桑駒吉[189]『印度史』（明治三六年、早稲田大学出版部）が刊行される。これにおいては、

黎明の女神ウシアスは、リグ・ヹダの諸神中最も愛すべきものにして、その讃頌は、古代世界の詩歌中最も清新の趣味に富むと称せらる。リグ・ヹダによれば、ウシアスは光明爀灼千里を照す黎明にして、（後略）（七九頁）

と説明され、明治三九年八月に『帝国百科全書』第一五二編として刊行された常盤大定『印度文明史』（博文館）には、

ウシャスUshas——暁の神化なる、女神なり。原始時代より存せりと覚しく、希臘のEos, 羅甸のAuroraと、其語原を同じくす。此女神に関する讃歌は、吠陀の神話中、尤も美にして、又尤も発達せるものなり。（中略）世界の宗教詩中に於て、此女神の讃歌の如く、美にして麗なるものはあらずといふ。

（三九頁。傍線は原文）

と解説されている。高桑・常盤ともに、ウシャスの頌歌は古代世界の詩歌中もっとも美しいと記す。茂吉が知れば、その詞章の探索に向かったと思われる記述である。

茂吉が「暁紅」という訳語を当てる以前、十分とは言えないまでも、インド哲学や文明を通史的に記述したものの中に、女神ウシャスは姿を現わしていた。リグ・ヴェーダの翻訳として特筆すべき一書が刊行されるのは、そののちのことである。

〈高楠順次郎訳『印度古聖歌』〉

大正一〇年刊行された高楠順次郎訳『印度古聖歌』（世界聖典全集刊行会）[190]に「ウシャス《暁紅》女神の歌」とあり、茂吉が訳語とした「暁紅」が用いられている。[191]高楠（慶応二年生れ）は、オックスフォード大学でマックス・ミュラー（Müller, Friedrich Max 1823-1900）に師事し、帰国後東京帝国大学に梵語学講座を創設（明治三〇年）した。森鷗外「かのやうに」（「中央公論」明治四五年一月）にそれと見られる人物が登場する。卒業研究に古代印度史を選んだ主人公五条秀麿が、「これはサンスクリットを丸《まる》で知《し》らないでは、正確《せいかく》な判断《はんだん》は下《くだ》されないと考《かんが》へて、急《きふ》に高楠博士《たかくすはくし》の所《ところ》へ駈《か》け附《つ》けて、梵語研究《ぼんごけんきう》の手《て》ほどきをして貰《もら》つた」[192]というくだりである。

高楠の「暁紅」と、大正二年の茂吉の訳との関係については明らかにしていないが、同書に「暁紅」の語を見出したときの茂吉の心境を想像するのはたやすい。茂吉の「暁紅」のイメージ形成に、高楠『印度古聖歌』が寄与したのは確かであろう。[193]

高楠の「解題」によると、ウシャスは、リグ・ヴェーダにおける「女神の王」であり「曙光現象を神格視」したものである。説明はつづく。

暁紅は天則を過まらず恒に天の門を開いて身を東方に現じ、曽て年老ゆることなく、うら若き姿に麗はしき衣を装ひ、静にその胸を顕はしつゝ舞踏の歩みを運び、母の手に化粧《けはひ》せられたる処女の如く・また沐浴《ゆあみ》より出で来れる美人の如く、小なるものも大なるものも共に天上の美に打たる、日々に光と共に顕れて世の人の目を覚ます、昔の如く今も来り、今の如く後も来るべし、由来人間の寿命を縮め来れるも自ら曽て老ゆることなし、来て黒闇の幕を掲げ、悪しき夢を逐払ふ時は、足あるものは歩み・羽あるものは飛ぶ、鳥は巣を去り、人は食を索む、悪魔を払ひて・人の道を示し・万象を顕はして・隠れたる宝を分ち与ふ、その顕るゝや人々は祈り且歌ふ・鳥は囀り、牛は嘶く、暁紅は言語の発見者なり、神々は暁紅と共に起きて信ある人の神酒を待ち火の神は起きて信者の点火を待つ、暁紅は神明の保護者なり（一三五頁）

「暁紅」は、「舞踏」するかのように歩む不老の美しい乙女と形容され、「言語の発見者」、「神明の保護者」、そして「昔の如く今も来り、今の如く後も来るべ」き存在として人々の信仰をあつめていた。周期的に同じ運行を繰り返す天体現象に、人びとは永遠なるものを感じたのであろう。

ニーチェは、『ツァラトゥストラ』第三部「回復しつつある者」の章に、

一切は行き、一切は帰って来る。存在の車輪は永遠に回転する。一切は死滅し、一切は再び花開く。存在の年は永遠に経過する。[194]

と書いた。ニーチェの円環的世界観は、形の上からみて、古来、類縁のものがある。この古代インド思想もそうした原型の一つとしてニーチェ思想の核心に位置していたと推測される。

上掲の高楠の「解題」は、ウシャスにかかわる讃歌すべてに目配りのされた総合的な記述であった。具体的に

は次のような詞章によって讃頌される。

名高き暁紅《ウシャス》は光明を造れり・空界の前半《東》に於て・光炎を装《よそほ》へり。母なる赤き牛《雲》は帰来れり・恰も勇士が武器を飾りて凱旋する如く。（一、九二、一）

恵み深き神々の光輝ある指導者・天津姫は・ゴータマ《喬多摩》に依て讃美せられたり。暁紅《ウシャス》よ・我々に力を与へよ・子に富み・士に富み・馬の富にも示され・牛の富をも主とする力を我々に与へよ。（一、九二、七）

右の、リグ・ヴェーダ第一巻より抄した詞章には、光明を造る暁紅《ウシャス》の姿が、勇士の凱旋する様子に擬され力強いものとして描写されている。人々は、「暁紅《ウシャス》よ・我々に力を与へよ」「力を我々に与へよ」と祈りを捧げる。「暁紅」は単に美しいだけでなく、「力」を与える神でもあった。もう二篇、第四巻より見ておきたい。

彼の知れ渡りたる光は・東方に於て殊に盛んにして・常の如く黒闇の内より顕れ出でたり。天津姫なる光輝ある暁紅《ウシャス》は・慥に人間の為に道を開けり。（四、五一、一）

彼れ暁紅《ウシャス》は・斯くも一斉に・平等に・不滅の色相を以て進み行けり。闇黒色の妖怪を光明に依て蔽ひつゝ・白く且浄らかに・その身より光を放ちつゝ。（四、五一、九）

暁紅《ウシャス》はまた、「道を開」く神であり「光を放」つ神であった。

茂吉が、高楠の一書によって得た女神ウシャスのイメージ[195]は、数年後、現実の一女性のうえに像を結んでいくことになる。

2　永井ふさ子との出会い

次のような歌がある。

光放つ神に守られもろともにあはれひとつの息を息づく

昭和一一年一一月一四日、茂吉は「光放つ神に守られもろともに（この下句つけ下さい）」[196]という手紙を書いた。その三日後（一七日）、「下の句は、結句は少し弱い気がします。もう一度御直し願ひます」と再考をうながす手紙を書いている。相手から下句の添えられた手紙が届いたのであろう。どのような下句だったのか。相手の立場からいえば、一四日付の茂吉書簡を受けとり、間をおかずに下句をしたためて返信し、またすぐにそれを不足とする手紙を受けとったことになる。そこでさらに考えて成ったのが掲出の一首である。この合作の相手こそ、茂吉が暁紅の女神を重ねた、あるいは、暁紅の女神をそのなかに認めた女性であった。

右に示した手紙のやり取りについて、当事者である永井ふさ子は次のように振り返っている。「先生の上句に、下の句をつける様にと言われたので、最初「相寄りし身はうたがはなくに」と詠んだところ、「弱い」と言われ、作り直して、「あはれひとつの息を息づく」としたら、「今度は大変いい、人麿以上だ」と機嫌のいい冗談が出るほどのよろこびようであった」[197]。

藤岡武雄作成の年譜を見ると、昭和九年九月一六日の条に「百花園で開かれた正岡子規三十三回忌歌会に出席し、アララギ会員で子規の遠縁にあたる永井ふさ子と相識った」と記されている。茂吉五二歳、永井二五歳のときのことであった。この出会いの日の歌は、二人を論じる際にしばしば引用されている。

この園の白銀薄《しろがねすすき》たとふれば直《す》ぐに立ちたるをとめのごとし　（「百花園」、『白桃』）

永井に対する恋慕の情はしだいに深まっていった。翌春、春という季節のもつ復活の力を次のように歌にする。

あたらしき春の光のさしそめてよみがへり来《こ》む力《ちから》とぞおもふ　（「春光」、『暁紅』）

茂吉の、この恋に対する感懐は次の歌によっても窺うことができる。

清らなるをとめと居れば悲しかりけり青年《をとこ》のごとくわれは息づく　（「秋冬雑歌」、同）

うつせみのわが口髭《くちひげ》も白くなりて恋人《こひびと》のごとく年をむかふる　（「晩秋より歳晩」、同）
ひとりゐて吾《われ》の心《こころ》をいたはれるをとめと云はば眼《め》を瞠《みは》りなむ　（「木のもと」、同）

「清らなるをとめ」は、茂吉に、力や安らぎの感情を呼び覚ます女性であった。

　昭和三八年に、永井自身によって公表された[198]八〇通の書簡によって、両者の関係は公に知られることとなるが、当時の茂吉は、二人の関係が周囲に知れることを極度に恐れていた。無論、その心の動きは、歌の発表形式に影響した。昭和一二年三月一九日の書簡中の「〇このあいだ山口と代々木原のところで旧の二日月の繊いのをみました「きさらぎの二日の月をふりさけて恋しき眉をおもふ何故」といひました、アララギに出すとすると西洋のマドンナか何かにかこつけて、ごまかしませうか」との文面からもその様子はうかがわれる。この書簡中の歌は、「近作十首」（『寒雲』所収）中の四首目に認めることができる。前後の歌とともに引いてみよう。

　リユクルゴスの回帰《くわいき》讃《たた》ふるこころにもなり得ず吾は子にむかひ居り[199]
　きさらぎの二日《ふつか》の月をふりさけて恋しき眉をおもふ何故《なにゆゑ》
　ヴエネチアに吾の見たりし聖《きよ》き眉おもふも悲しいまの現《うつつ》に

リュクルゴスはスパルタの立法者であり、ベネチアは茂吉がヨーロッパ留学中に訪れた地である。このように、表面的には西洋的な雰囲気の中に排列されることになった。また、次の二首には、韜晦のため「映画中」（『暁紅』）という題が付されたこともすでによく知られている[200]。

　あきらけきふたつの眼《まなこ》副《たぐ》へたるふたつの眉《まよ》を奈何《いか》にかもせむ
　ほのぼのと清《きよ》き眉根《まよね》を歎きつつわれに言問《ことと》ふとはの言問《ことどひ》

後者は、昭和一一年七月二九日の永井宛書簡に「三ケ月の清き眉根を歎きつゝわれに言問《ことと》ふとはの言問《ことどひ》」として記されていた。以上のように、茂吉はその恋を隠蔽しようとしたが、おのずから表出してしまう心のはずみは覆いようもなかった。

「胡頽子を愛する歌」（昭和一〇年）と題された一連を見てみよう。

赤々と色づきそめし茱萸《ぐみ》の実は六月二日《ろくぐわつふつか》に十《とを》まり七つ
くもり日の二日《ふつか》経《ふ》れども茱萸《ぐみ》の実の色づく早し悲《かな》しきろかも
まどかなる赤《あけ》になりつつ熟《う》みし茱萸《ぐみ》六月五日《ろくぐわついつか》にも吾は数《かぞ》へつ
うつせみの吾見《わがみ》つつゐる茱萸《ぐみ》の実《み》はくろきまで紅《あけ》きはまりにけり
をさなごの吾子《わがこ》は居れどくれなゐの茱萸《ぐみ》の木《こ》の実《み》を食ふこともなし
百《もも》あまり濃きくれなゐにしづまれる茱萸《ぐみ》の実こほし朝《あさ》な夕《ゆふ》なに

日付や茱萸の数など、数字を巧みに使ったリズミカルな一連であり、ことさらに「くれなゐ」が強調されている。題に採用された「胡頽子」の表記と、歌中の「茱萸」の表記の使い分けに茂吉の恋情の流露を認めてもよいだろう。「胡頽子」の表記は、女性名を連想させる。[201]

昭和一一年には「紅梅」と題された一連がある。

くれなゐに染《そ》めたる梅をうつせみの我が顔ちかく近《ちか》づけ見たり
こぞめにし咲きにほひたる梅のはな朝なゆふなに身に近づけぬ
まをとめにちかづくごとくくれなゐの梅におも寄せ見らくしよしも
近眼《ちかめ》なる眼鏡《めがね》をはづしくれなゐの梅をし見れば大きかりけり
老《お》いらくの人といへども少女《をとめ》さぶる赤きうめのはな豈《あに》飽《あ》かめやも
いにしへの聖《ひじり》も愛《め》でしくれなゐの濃染《こぞめ》のうめや散りがたにして

「くれなゐの梅」に「まをとめ」への恋情を託して作歌された一連であることは容易に看取できよう。ここでも「まをとめ」の色彩が、「くれなゐ」の印象で貫かれている。

先にあげた短歌作品（「あたらしき」、「清らなる」、「うつせみの」、「ひとりゐて」など）には、力や慰藉、若返りの感情が表現されていた。これらは、すでに確認したように、暁紅の女神の所有にかかるものであり、またその女神によって与えられるものでもあった。茂吉が、そうしたものをみずからに与える女性を暁紅の女神と観じたのは自然なことであったろう。上掲の二連の作品（「胡頽子を愛する歌」「紅梅」）にみられる「くれなゐ」の氾濫は、永井に重ねた暁紅の女神のまばゆいまでの反照であった。

三　『暁紅』期の作品世界に表現されたニーチェ的なもの

1　ツァラトゥストラ

昭和一一年夏、茂吉は歌稿の整理などをするために強羅[202]にいた。そこから次のような手紙を永井に宛てて書いている（七月二五日付、傍線は引用者）。

> 夜、入浴して闇の林中を見ますさうすると恋しい人のかほが彷彿としてあらはれます、これが現実なら飛びつくでせう。この悲しみをのぞくには恋人を憎まねばならないのでせうツアラツストラの洞窟の中で落す涙をば伴の獅子が甜めてくれます、私の場合はその獅子もゐぬではありませんか、山中に心悲しみてわがおとす涙を甜むる獅子さへもなし（中略）獅子の歌、は誰にも分からず、出してもいいでせう。[203]

茂吉が記す誰にも分からない「獅子の歌」は、書簡の文脈から分かるように恋の歌である。この一首は、

　山なかに心かなしみてわが落す涙を舐《な》むる獅子《しし》さへもなし

として「滞在雑歌」の題のもと歌集に収められた。付け加えると、「獅子の歌」をふくむ随想[204]が、同年一一月の「山と谿谷」に掲載されたが、そこでは、右の書簡に表明されたような恋情は巧みに伏せられている。[205]

この書簡で、『ツァラトゥストラ』第四部「しるし」の章のエピソードを引用した茂吉は、明らかに、強羅にこもる自分自身を山中にこもるツァラトゥストラになぞらえている。ツァラトゥストラの行為を借りてみずからの境涯を表現したことは、文学上の創作だけにとどまらず、日々の生活の側面においても、自己とニーチェとを重ねる傾向があったことをうかがわせる。人間と芸術家との側面から受容しようとしていたところに、茂吉におけるニーチェ受容の特色がある。

次の歌も、その観点から解釈できる。

まをとめと寝覚《ねざ》めのとこに老《おい》の身《み》はとどまる術《すべ》のつひに無かりし

これは、前掲の強羅の書簡から約三か月後、一〇月の信州旅行に取材したものの中に収められている。一首は終わった恋の回想歌に仕立てられているが、実際はまだ恋の渦中にあった。『暁紅』の歌稿は、昭和一四年夏に整理されている。この一首は、その時点における茂吉の心境の反映と見てよいだろう。

この旅程を歌集中の小題によって一覧すると、「木曽福島」「上松発」「鞍馬」「王滝」「王滝発」「氷ヶ瀬」「滝越途上」「滝越」「三浦伐木所」「した谿」「帰路」「寝覚の床」「大平峠」「飯田」となる。踏破した個所の地名がそのまま題に取り込まれ、茂吉の足跡が分かるように排列されている。前掲の一首は、「寝覚の床」（全五首）中の作である。一首も含めてあらためて次に引用し、当該歌の特徴を確認したい。

渦《うづ》ごもり巌垣淵《いはがきぶち》のなかに住む魚をしおもふ心しづけさ
白き巌《いは》のひまにたたふる深淵の湧きかへるものを見すぐしかねつ
まをとめと寝覚《ねざ》めのとこに老《おい》の身《み》はとどまる術《すべ》のつひに無かりし
西空《にしぞら》に乗鞍山《のりくらやま》のいただきの見えたる時にこゑ挙げにける
木曽山をくだりてくれば日は入りて余光《なごりのひかり》とほくもあるか

「寝覚の床」は、浦島伝説をもつ名勝の地であるが、この地名は単なる地名であることを越えて多くのイメージを喚起する。茂吉はそれを巧みに利用した。「寝覚《ねざ》めのとこ」（三首目）の詠み込まれた歌は、他四首とは趣を異にする。四首においては「巌垣淵《いはがきぶち》」「白き巌《いは》」「乗鞍山《のりくらやま》」「木曽山」など、地勢や地名がそのものとして用いられているのに対して、問題の一首は、地名である「寝覚の床」が具象の床に転化されている。その内容もこの信州旅行詠の中では異色である。(206)

次に引くのは、同じく「しるし」の冒頭である。

この夜が明けて朝になると、ツァラトゥストラは彼の寝床から跳《と》び起き、腰に帯を締めて旅支度《たびじたく》を整え、彼の洞窟《どうくつ》から立ち現われた。（ちくま版、下、三四六頁）

ツァラトゥストラは「寝床から跳び起き」た、と描写されている。「寝覚めのとこ」に「とどまる術」がなかったと詠った茂吉は、ツァラトゥストラの行為を借りて、みずからの恋を表現したのである。

2　回帰思想

次の書簡は、直接手渡された（推定昭和一一年一一月二六日）。

○御手紙いま頂きました。実に一日千秋の思ひですから、三日間の忍耐は三千秋ではありませんか。何度カギで明けてみるか分かりません。その苦しさは何ともいはれません。全くまゐつてしまひます。（中略）○きのふも今日も電話して、御留守だつたので、非常にガツカリしました。（中略）きのふも渋谷郵便局で電話かけてしをしをと立去り、ウナギで辛うじて元気出し恋愛を断念しようとおもつて、文芸春秋の文章を一気にかいたのです。(207)

右の文面からは「恋愛を断念」しようと思いながらも思うようにならないといった茂吉の様子が伝わってくる。

その状況の中で書き上げたという「文芸春秋の文章」には、次のような個所がある。

> 私は東京に来て、浅草三筋町に於て春機発動期に入つた。当時は映画などは無論なく、寄席にも芝居にも行かず、勧学の文にある、『書中女あり顔玉のごとし』などといふことが沁み込んでゐるのだから、今どきの少年の心理などよりはまだまだ刺戟も少く万事が単純素朴であつたのである。それでも目ざめかかつたリビドウのゆらぎは生涯ついて廻るものと見えて、老境に入つた今でも引きつけられる対象としての異性はそのころのリビドウの連鎖のやうな気がしてならないのである。そのころ新堀《しんぼり》を隔てた栄久町《えいきうちやう》の小学校に通ふ一人の少女があつた。間もなく卒業したと見えて姿を見せなくなつたが、私は後年年不惑を過ぎミユンヘンの客舎でふとその少女の面影を偲んだことがある。或は目前に私に対してゐる少女にその再来なるものがゐるかも知れない。
>
> （「文芸春秋」昭和一二年一月）[208]

茂吉が「リビドウ」と書いているのは、精神分析学の用語リビドーLibidoで、人間に生得的に備わった性衝動の根底にあるエネルギーを意味する。[209]フロイトによれば、それは年齢や環境に応じて形を変えて現われるものである。茂吉は心に懸かる少女との繰り返されるめぐり合わせを「リビドウの連鎖」と言った。メービウス[210]がゲーテ伝において、ゲーテは青年期から老年期まで周期的に恋愛期をもっていたと論じた文章が脳裏をよぎっていたのかもしれない。[211]茂吉のその「連鎖」の一つとしてよく知られている女性は、「しら玉の憂《うれひ》のをんな我《あ》に来《きた》り流るるがごと今は去りにし」（『赤光』）と作られた「おひろ」であろう。引用末尾の「或は目前に私に対してゐる少女にその再来なるものがゐるかも知れない」の部分は、永井を意識しつつ書いたものと思われる。掲出文の「リビドウの連鎖」や「再来」という語は、回帰する存在として説明されていたウシャスを想起させる。

次に引く文章にも、回帰思想を意識した表現が見られる。昭和一二年五月に刊行された『柿本人麿評釈篇巻之上』（岩波書店）において、人麻呂が死にゆくときに妻を思って詠んだ歌「鴨山《かもやま》の磐根《いはね》し纏《ま》ける吾《われ》をかも知《し》らにと妹《いも》が待《ま》ちつつあらむ」（巻二・二二三）を評し、茂吉は次のように書いている。

　人麿は死に臨んで先づ愛妻に心の向いたのは自然でもあり幸福でもあつたともおもふのである。それゆゑ、依羅娘子によつて、『けふけふと吾が待つ君は石川の貝にまじりてありといはずやも』（巻二。二二四）といふ歌をよまれてゐる。死後のことは人麿にはもはや分からぬが、若し輪廻回帰の思想が成立つなら、やはり人麿は幸福であつたのではなからうか。遠い昔のアナクレオンの、『恋しないのもまた悪業だ』といふことも成立つのではなからうか。[212]

分かりやすいとは言いがたい評釈である。死のまぎわに妻を想った人麻呂、その帰りを妻に待たれた人麻呂は幸福だった、まずはそう言いたいのだと思われる。しかし、それが、アナクレオンの「恋しないのもまた悪業だ」が成り立つこととどのように関わると言いたいのだろうか。その関連は保留するとして、「恋しないのもまた悪業だ」とは、自身を納得させるための言葉であるとともに、批判者に対する弁明であったのかもしれない。何か唐突の感のぬぐえない右の文章への思い入れは深かったと見えて、茂吉はそれを昭和一二年八月の「アララギ」に再掲している。

　個人的な事情のうちに自問自答しているかのような文中に記された「輪廻回帰の思想が成立つなら、」という発言を適切に解釈し、この「輪廻回帰」の内容を判断するのは容易ではない。幼少年時代を仏教的な雰囲気[213]の中で育った茂吉が、仏教的な内容における輪廻のうえに、ニーチェの永劫回帰を受け止めたことが想像されるだけである。参考として、「ニイチエはシヨオペンハウエルから出たと謂ふが、永遠回帰の説の如きは寧ろドイツセンの影響だと謂ふべきである」（「露伴先生に関する私記」、「文学」昭和一三年六月）との言を引き、茂吉がニーチェの永遠回帰の説を、インド学の泰斗ドイセンの影響とみていることに留意しておきたい。

まとめ

明治の終わりごろから遅くとも大正二年二月初旬までに、茂吉は、ニーチェの *Morgenröthe* の題辞に目をとめた。そこからリグ・ヴェーダの世界に近づき、讃誦されている光明と力の女神に関心を寄せた。それ以降、茂吉の内面においてその女神のイメージが形成されていくことになる。とくに、「暁紅」の語の用いられた高楠順次郎の翻訳書が果たした役割は大きい。そうした中で、茂吉は一人の女性と出会う。『暁紅』は、その恋の歌を収めた歌集である。茂吉が「暁紅」を歌集名に決めたとき、その語は単なるMorgenröthe（自然現象）の意味を越えて、恋の対象の面影をやどすウシャス（女神）として思われていたのである。茂吉が昭和九年九月に「まをとめ」と出会っていたとしても、ニーチェの *Morgenröthe* を手に取り、その題辞に目を止めなければ「暁紅」という名前の歌集はなかったであろう。

『暁紅』期の作品には、明らかにニーチェを踏まえた表現が認められる。その例として、ツァラトゥストラと自身を重ね、その行為を作品の素材として役立てたことや、恋や女性について述べるとき、回帰的世界観があらわれていることに注目した。

茂吉が生前みずから用意した戒名を、赤光院仁誉遊阿暁寂清居士という。[214]「暁」には、どのような思いが籠もるのか。[215] 戒名にこの文字が刻まれたことを思うとき、ニーチェとの邂逅が、はるかその死後までも覆っているかのように錯覚されるのである。

補遺、「暁紅」という訳語について

先に確認した、茂吉が「暁紅」の語を使う以前のリグ・ヴェーダに関する記述の中に、「暁」や「紅」の語は出てきていたが、「暁紅」の熟語としては確認できなかった。それは、当時茂吉が用いていた『言海』（明治二二年一〇月）や『佩文韻府』にも収録されていない。井上哲次郎『新独和辞典』（明治三五年一二月初版、大倉書店）[216]のMorgenrötheの項にも「暁紅」の語はない（「日出」「天明」と訳されている）。このことから当時（茂吉がその語を用いた大正二年頃）、それは通用の語でなかったことが分かるが、この事情は、『日本国語大辞典　第二版』第四巻（平成一三年四月）に未収載であるところを見ると、現在においてもあまり変わらない。

それでは、茂吉は「暁紅」の語をどのように手に入れたのか。

> 『Morgenröte《モルゲンレエテ》』の巻頭の文は名文だな。僕の『暁紅』は『Morgenröte《モルゲンレエテ》』の訳だ。それまでは『あけぼの』とか『曙光』とか訳してゐたのを、僕が『暁紅』と訳したんだ。[217]

右の文は、茂吉と師弟関係にあった田中隆尚がその著書『茂吉随聞』の昭和一九年一月二五日条に茂吉の言として書き留めたものである。「僕が『暁紅』と訳した」とは、どういう意味だろうか。これは、訳語を作った（造語した）とも、既存の語を訳語としてあてたとも受け取れる表現である。田中との会話からそれ以上のことは分からない。茂吉には造語したという意識があったかもしれない。ただし、「暁紅」という語が目に入る機会が皆無だったわけではない。茂吉の「暁紅」訳以前に、この語が熟語として用いられた例を示しておきたい。

茂吉と同年生まれの文筆家に森庄助（明治一五～昭和一七年）がいる。東京神田に生まれ、早くから歌舞伎、講釈、落語などの芸能に親しんだ。明治四〇年には『芸壇三百人評』を刊行し、大正五年には博文館に入社するという経歴の持ち主である。この人物の筆名を「暁紅」といった。[218]大正二年一月の「白樺」には、「斯道唯一の演劇雑誌」として月刊誌「歌舞伎」第一五一号の広告が載せられている。その中に、森暁紅「曽我廼家五郎」の掲載が予告されている。「白樺」は茂吉が関心をもって読んだ雑誌であり、森暁紅の名が茂吉の目に触れていた可能性がある。そこには森鷗外の戯曲「ギヨッツ」も予告されていた。

訳語の問題に触れて、昭和一〇年刊行の訂正増補版「訳者の序」で、生田長江が興味深いことを書いている。

『黎明』の独逸語『モルゲンロェエテ』の訳語としては、別に暁紅、東天紅、曙光等が考へられないでもない。けれ共、『大いなる回癒期への』または『ニイチェ自身の哲学への』モルゲンロェエテなどといふ場合にも当て篏《は》まるものとしては、右暁紅其他よりも、此の『黎明』の方が、十分適切でないまでも、未だしもいくらかより妥当であるやうに思はれたのである。

「暁紅」の語が二度見えている。*Morgenröthe* の訳語に対して、何らかの質疑があったのだろうか。それに答えたかのような文章である。

第五章　「古代芸術の讃」における茂吉の操作

——保存された「多力にむかふ意志」——

はじめに

昭和二一年一月の「アララギ」に掲載された「古代芸術の讃」(「童馬山房夜話」一一二三)は、著者自身その第二段落で述べているようにニーチェの『偶像の黄昏』を踏まえて書かれている。その詳しい出典個所については、昭和四一年七月の氷上英広「斎藤茂吉とニーチェ——日本におけるニーチェ影響史への一寄与として——」(「比較文学研究」第一一号)に、「私が古人に負うところのもの」であることが示されている。

「古代芸術の讃」は、茂吉のニーチェ受容を知るうえで注目すべき資料であり、また本章における論点がほぼ全体におよぶため、やや長くなるが次に全文を掲出する。引用は初出誌による。

この夜話で、ウインケルマンの話をし、ウインケルマンが古代芸術(主として希臘彫刻)について讃美し、『貴き簡素と静かなる偉大』を以てその特徴としたことを話したのであつた。ウインケルマンのこの語は有名であるのみならず、真実にして正鵠を得たものであつた。

然るにフリードリヒ・ニイチエの偶像の黄昏を読むと、希臘の芸術の中から、静かなる偉大(Ruhe in der Grösse)や、高貴な簡素(hohe Einfalt)などを抽出してその特徴とし讃美するのは鈍いことであるとし、又ソクラテス一派の哲学といふものは、畢竟希臘的本能の頽廃《デカダンス》に過ぎない、さうしてトウキデイデスの如き者が即ち希臘的本能の代表者であつて、厳しい強い現実主義者の総和とも謂ふべく、彼は現実把握に勇猛であり、多力に向ふ意志の体得者である。それに較ぶる時はプラトウの如きは理想主義へと逃げ去つた、現実の回避者に過ぎぬものである、とした。

さうしてニイチエは、あふれ流るる希臘的本能から、デイオニゾスの名を以て呼ばれ得べき驚くべき現象を見た。そしてこの現象は力の過剰（Zuviel von Kraft）といふことを以てはじめて解明し得べきものだとした。

なほニイチエは云つた。デイオニゾス的神秘、デイオニゾス的状態の心理に於てのみ、希臘的本能の根本事実が表白せられる。「多力にむかふ意志」が表白せられる。さうして、「生にむかふ意志」、「永遠の生」、「生《せい》の永遠回帰」が保証せられる。生への勝ち誇れる肯定である。生殖による、性欲的神秘による総体的生存としての真実の生である。即ち産婦の陣痛は生への永遠意志の象徴である。悲劇の誕生はここにその根源を求め得べく、それは、あふれ流るる生及び力の感情としての機能亢進（Orgiasmus）として洞察すべきものである。

　この発明に較ぶれば、ウインケルマンも、ゲエテも希臘芸術の真の理会者ではなかつた。ウインケルマン等の考察したものは別個のものであつて、デイオニゾス的芸術の根源要素、即ち生にむかふ意志による機能亢進とは両立せざるものである。かうニイチエは云つた。

　ニイチエの説くところは右のごとくである。自分の如き程度にあつて希臘芸文に接するものは、この二つとも受け納れることが出来る。さうして二つとも念中に持つて古代希臘にあひ対することが出来る。さうしてホラアツの短詩にあひ対したとき、また、ラオコーン群像にあひ対したとき、混乱することなく、これ等の先輩の語をおもひ出すことが出来る。併し若しこの眼前のきびしい代にあつて、幸に生を保つことが出来るならば、或は二家の説以外に眼力が発展せぬとも限らぬのである。（昭和二十年一月二十三日夜話）[219]

茂吉はこの文章において、ヴィンケルマンとニーチェの古代ギリシア芸術に対する見解を紹介している。全六段落からなる文章の概略を押さえておくと、第一段落では、ヴィンケルマンの芸術観について述べ[220]、第二段から第五段落においては、ゲーテやヴィンケルマンの古代ギリシア理解は本質を見誤っているとしたニーチェの見解を要約している。最終段落ではそれに対する自説を述べている。

文章を読むと、「静かなる偉大（Ruhe in der Grösse）」「高貴な簡素（hohe Einfalt）」「力の過剰（Zuviel von Kraft）」「機能亢進（Orgiasmus）」などのようにドイツ語の補入があることや「頽廃」に「デカダンス」と読み仮名が振られていることに気づく。これらドイツ語の併記やルビの使用は、茂吉が原文を参照したことを裏づけるものである。茂吉の文章と、もとになったニーチェのドイツ語原文とを照らし合わせてみると、あきらかに異なる個所が認められ、これを検討することは、茂吉のニーチェ受容のあり方を知るための有益な方法であると考えられる。

本章では、これまであまり注目されることのなかった「古代芸術の讃」を、ドイツ語原文及び生田長江訳と比較検討し、茂吉晩年におけるニーチェ受容を明らかにする。

一　茂吉文とドイツ語原文及び生田長江訳との対照

1　保存された「多力にむかふ意志」

再度の引用になるが、考察の便宜のために、改めて問題とする個所を枠でかこみ掲出する。（以下、引用文中の囲線はすべて引用者、圏点は原文のとおり）

次に引くのは第四段落前半部分である。

> なほニイチエは云つた。デイオニゾス的神秘、デイオニゾス的状態の心理に於てのみ、希臘的本能の根本事実が表白せられる。「多力にむかふ意志」が表白せられる。さうして、「生にむかふ意志」、「永遠の生」、「生《せい》の永遠回帰」が保証せられる。生への勝ち誇れる肯定である。

右の個所に該当するドイツ語原文は次のとおりである。日本語訳を、ちくま版によって付す。

Folglich verstand Goethe die Griechen nicht. Denn erst in den dionysischen Mysterien, in der Psychologie des dionysischen Zustands spricht sich die G r u n d t h a t s a c h e des hellenischen Instinkts aus — sein „Wille zum Leben“. Was verbürgte sich der Hellene mit diesen Mysterien? Das e w i g e Leben, die ewige Wiederkehr des Lebens; die Zukunft in der Vergangenheit verheißen und geweiht; das triumphirende Ja zum Leben über Tod und Wandel hinaus; das w a h r e Leben als das Gesammt-Fortleben durch die Zeugung, durch die Mysterien der Geschlechtlichkeit.

（ちくま版訳）したがってゲーテはギリシア人を理解しなかった。なぜなら、ディオニュソス的密儀のうちで、ディオニュソス的状態の心理のうちではじめて、古代ギリシア的本能の根本事実は——その「生への意志」は、おのれをつつまず語るからである。何を古代ギリシア人はこれらの密儀でもっておのれに保証したのであろうか？　永遠の生　であり、「生の永遠回帰」である。過去において約束され清められた未来である。死と転変を越えた生への勝ちほこれる肯定である。生殖による、性の密儀による総体的永生としての真の生である。

まず、「多力にむかふ意志」（茂吉）に注目したい。この語は Wille zur Macht の茂吉訳である。しかし、原文の当該個所にこの語句はない。その個所にあるのは、Wille zum Leben であり、「生への意志」（ちくま版訳）、「生にむかふ意志」（茂吉）と訳されるべき語である。つまり茂吉は、原文にない語を訳出したことになる。問題はそれにとどまらない。つづく文章を見よう。原文に忠実なちくま版にしたがえば、ディオニュソス的密儀が保証するのは、「永遠の生」「生の永遠回帰」である。しかし茂吉文では、「「生にむかふ意志」、「永遠の生」、「生《せい》の永遠回帰」」となっている。原文とくらべると、「生にむかふ意志」の語が余計なのである。

茂吉の語句の配置は、本来「生にむかふ意志」の語があるべき個所に「多力にむかふ意志」の語を入れたために、「生にむかふ意志」が押し出され不適切な位置に押し込まれた、と見えるのである。なぜこのようなことになったのか。

「古代芸術の讃」執筆時に、茂吉が参照可能だった『偶像の黄昏』の日本語訳には、生田長江訳（大正一五年一一月、昭和一〇年八月）[221]と阿部六郎訳（昭和一七年一月、創元社）がある（邦題はともに「偶像の薄明」）。次に長江訳（新潮社版）を引く。

> （長江訳）従つてゲエテは希臘人を理解しなかつた。なぜと云つて、ディオニゾス的神秘の中にのみ、ディオニゾス的情態の心理の中にのみ、希臘的本能の根本事実が、その『権力への意志』が表白されてゐるからである。希臘人はそれらの神秘で以て何を自らへ保証したか？ 永久の生命、生命の永久回帰である。過去の中に約束され、神聖にされたる未来である。死滅と転変とを超越した、生命への勝ち誇れる肯定である。生殖により、性慾の神秘による総体的生存としての真実生命である。

長江も茂吉同様、ドイツ語原文にはない Wille zur Macht を「権力への意志」として訳出していることが確認できる。ただし、つづく文章の語句（「永久の生命」と「生命の永久回帰」）については、茂吉文がドイツ語原文と対応していないのとは違って、原文と対応している。

要点を繰り返すと以下のようになる。茂吉文第四段落に対応するドイツ語原文に、Wille zur Macht はない。原文のその個所にあるのは、Wille zum Leben である。この Wille zum Leben を、茂吉・長江両者ともに Wille zur Macht として訳している。以上は共通点である。だが、つづく文章の問題の語句については、長江訳が原文に対応しているのに対し、茂吉文は対応していない。

このことから茂吉の文章は、長江訳を参考に作られたとの推測が成り立つ[222]。無論、二人がそれぞれに原文を読み誤った（Wille zum Leben を Wille zur Macht と読んだ）可能性についても考える必要があるが、それは、つづく文章の語句の不対応によって高い確率で否定される。ドイツ語原文にあるにもかかわらず長江が訳出しなかった Wille zum Leben を、茂吉が訳し、それを原文とは異なる位置に入れたこと、つまり、茂吉文に見られる「生にむかふ意志」の語の不適切な配置は、まず、長江訳を参考に文章を作り、次に、作成した文章とドイツ語原文とを比較し、それから定稿にみるような補正をおこなったことを意味するからである。

分かりやすくするために、いま問題としている個所の形成過程を考えてみたい。茂吉の文は、まず、次のように考えられたのではないだろうか。仮に移行形と呼ぶ。

（移行形）なほニイチエは云つた。デイオニゾス的神秘、デイオニゾス的状態の心理に於てのみ、希臘的本能の根本事実が表白せられる。「多力にむかふ意志」が表白せられる。さうして、「永遠の生」、「生《せい》の永遠回帰」が保証せられる。

茂吉は、長江の訳文を見ながらいったん右のような文を作った。それから原文に立ち返った。その際に移行形（それは長江訳でもある）の語句と原文のそれとの不対応に気づいたが、その語句を原文の形に戻そうとはしなかった。「多力にむかふ意志」を残したまま、本来はそれがあるべきではない場所に「生にむかふ意志」を補筆したのである。そう考えられる。

さらに、長江訳を参照した可能性を補強するために、両者に共通する訳語のうち特に目を引く Orgiasmus と Horazische Ode の二点を見ておく。

〈Orgiasmus〉

ここで見るのは、茂吉文の第四段落後半部分である。

（茂吉文）即ち産婦の陣痛は生への永遠意志の象徴である。悲劇の誕生はここにその根源を求め得べく、それは、あふれ流るる生及び力の感情としての機能亢進（Orgiasmus）として洞察すべきものである。

Die Psychologie des Orgiasmus als eines überströmenden Lebens- und Kraftgefühls, innerhalb dessen selbst der Schmerz noch als Stimulans wirkt, gab mir den Schlüssel zum Begriff des t r a g i s c h e n Gefühls, das sowohl von Aristoteles als in Sonderheit von unsern Pessimisten mißverstanden worden ist.

（ちくま版訳）苦痛ですらその内ではなお刺戟剤として作用するところの、溢れでる生命と力の感情としての酒神密儀の心理学は、アリストテレスによっても、とりわけ現代のペシミストたちによっても誤解されている悲劇的感情という概念を開く鍵を私にあたえた。

注目すべきは、茂吉がOrgiasmusを「機能亢進」と訳していることである。小学館の『独和大辞典』第二版（平成一〇年一月）を見ると、Orgiasmusは、第一義に「（ギリシアの酒神 Dionysos の）密儀の酒宴」とあり、第二義に、比喩的表現（転義）として「放縦な酒宴、無礼講、どんちゃん騒ぎ」とある。古代ギリシアの文脈では、普通、「酒神密儀」（ちくま版）、「酒神祭秘儀」（阿部訳）などのように訳される。それを茂吉は「機能亢進」としているのである。長江訳を見てみよう。

（長江訳）充ち溢れる生命及び力の感情としての、機能亢進——その中では苦痛すらも刺戟として働くのである——の心理は、アリストオテレスからばかりでなく、特に我々の悲観主義者等からも誤解されてゐるところの、悲劇的感情の概念に対する合鍵を私に与へた。

茂吉同様「機能亢進」の語をあてている。(223)

長江訳『偶像の薄明』が刊行される大正一五年一一月以前の独和辞典を調べたところ、九冊に限っていえば、Orgiasmusを載せているものはなかった。確認できたのは、①明治二〇年二月発行の増訂『独和辞彙』第三版（風祭甚三郎、後学堂）、②明治二三年五月発行の『独和字書大全』（行徳永孝纂訳、金原寅作）、③明治二八年一〇月発行の『独和辞書』第五版（伊藤誠之堂）、④明治三一年一月発行の『袖珍独和新辞林』第五版（高木甚平・保志虎吉編、三省堂）、⑤明治三五年一二月発行の『新独和辞典』（井上哲次郎、大倉書店）、⑥明治四一年三月

発行の『二十世紀独和辞書』七版（藤井信吉編、金港堂）、⑦大正一〇年八月発行の袖珍版『独和辞典』第一五版（有朋堂）、⑧大正一二年四月発行の『新式独和辞典』（登張信一郎、大倉書店）、⑨大正一五年四月発行の縮冊版『新訳独和辞典』（登張信一郎、大倉書店）である。

Orgiasmus は不載であるが、①②③⑥は Orgien、⑦⑧⑨は Orgie の語を載せている。Orgien は、Orgie の複数形であり、右の辞書類では、例えば「夜酒宴」「無礼講」「暢飲」「躁宴」などの訳語があてられていた。

このように、長江の翻訳書刊行以前に一般に流布していた辞書類は、関連語の Orgie を記載するにとどまる。それ以降に刊行された数点にも、[224] Orgiasmus は不載であり、専門性の高い用語であることがうかがわれる。Orgiasmus の立項が確認できるのは、茂吉の「古代芸術の讃」発表以後のものであり、昭和三三年六月に発行された相良守峯編 *GROẞES DEUTSCH-JAPANISCHES WÖRTERBUCH*（博友社）が、早いもののようである。同書は、その第一義に「古代ギリシアの Dionysos 祭礼における暴飲乱舞」と載せている。[225]

上述のような状況であるため、茂吉が独自に「機能亢進」の語をあてた可能性はほとんどないと思われる。長江がこの語を「機能亢進」と訳した経緯は措くとして、茂吉に関して言えば、長江に倣ったと見てよいだろう。

〈Horazische Ode〉

茂吉は Horazische Ode を「ホラアツの短詩」と訳している。現在では、「ホラチウスの一頌歌」（阿部訳）、「ホラティウスの頌歌」（ちくま版訳）が平均的な表記であり訳語であるだろう。長江訳を見ると、「ホラアツの一の短詩」とあり、茂吉との類似が見て取れる。「ホラアツ」はドイツ語の音を片仮名に写した表記であるため、この表記の一致を根拠に、茂吉が長江訳を参照したと主張するのは説得力に欠けるかもしれない。だが通常、頌歌と訳される Ode を「短詩」と訳している点は注意されてよい。

以上、ここで確認した Orgiasmus と Horazische Ode の訳語の一致は、茂吉が長江訳を参照したことを裏づけるものである。
長江訳を参照し文章を書いたことで、茂吉の文章は原文との間に齟齬を生じた。原文に忠実であろうとする姿勢と、原文にはないが「多力にむかふ意志」の語は保存したいとの思いが、茂吉に定稿にみるような文章を作らせたのであろう。「多力にむかふ意志」に対する茂吉の思い入れがはからずも顕在化してしまった形である。
長江訳に示唆を得ることが多かったにもかかわらず、この訳語に関しては長江訳に倣っていないこともまた、茂吉における「多力にむかふ意志」の重要性を教えている。

2　茂吉の Wille zur Macht の独自性

茂吉が、長江を参照しつつそれに準じなかった語句のうち、最も重要なのは、Wille zur Macht の訳語である。これを茂吉が「多力にむかふ意志」、長江が「権力への意志」とすることは見てきたとおりである。
茂吉にとって Wille zur Macht は、「多力にむかふ意志」でなければならなかった。なぜそうなのかを述べるためには、茂吉のニーチェへの関心が高まる明治末年から大正初期まで遡る必要がある。茂吉がはじめてこの訳語を公に使ったのは、大正二年三月の「アララギ」誌上においてであった。

　短歌の形式をいとほしむ心は力に憬るる心である。短小なる短歌の形式に紅血を流通せしめんとする努力はまさに障礙に向ふ多力者の意力である。『多力に向ふ意志《ウイルレツールマハト》』である。　（『童馬漫語』35「歌の形式と歌壇」）

「多力に向ふ意志」を「ウイルレツールマハト」と読ませていることから分かるように、受容のはじめから茂吉はニーチェの Macht を「多力」で受けている。その用語の選択に、幸田露伴の影響があったことについては第三章で述べている。いまは、露伴の「靄護精舎雑筆」其二十六に、「忍辱《にんにく》は多力《たりき》なり」という一節が見えることのみ繰り返しておく。

茂吉の「多力」は、右の寸言に由来する。茂吉が「多力に向ふ意志」と言うとき、それは「忍辱」（苦難に耐え忍ぶこと）を前提として発せられているのである。このことは注意されてよい。茂吉のWille zur Macht受容の特色は、「忍辱」を前提とする「多力」によってその力の思想を捉えた点にある。この受容期の茂吉は、伊藤左千夫との確執、茂吉の編集方針に対する反発（明治四四年のうちに「アララギ」の編集を担当するようになっていた）、生母の病、養家での立場のことなど、いくつもの問題を抱えて、みずから「多力者」であることを欲していた。このとき、茂吉を文壇に押し上げることになった『赤光』（第一歌集、大正二年一〇月）はまだ刊行されていない。ニーチェは、茂吉が「忍辱」をみずからに課し、現実に耐えるというような茂吉の個人的事情に絡み取られるように受容されたのである。[226] それゆえに「多力にむかふ意志」の語は、いかなる語とも取り替えることはできず、長江訳にしたがうこともなかった。

書名においても、茂吉は長江と異なる語を使っている。先に述べたように、長江は「偶像の薄明」であり、茂吉は「偶像の黄昏」である。「偶像の黄昏」の語は、すでに大正二年一一月に刊行された安倍能成訳『この人を見よ』（南北社）などにおいても用いられていた。「偶像の」との連結を考えたとき、茂吉は「薄明」より「黄昏」の方をよしとしたのだろう。付言すると、「偶像の黄昏」については、『ともしび』に、次のような歌がある。

偶像の黄昏《くわうこん》などといふ語《こと》も今ぞかなしくおもほゆるかも　（大正一四年）

「黄昏」を「くわうこん」と読ませている。全ての場合でそう読ませたのかは不明であるが、少なくとも右の一首の中では、「くわうこん」でなくてはならなかった。これもまた、用語の選択や使用に、茂吉なりの理論に基づく判断が働いていたことを示す例となるだろう。

二　『ツァラトゥストラ』の文体の模倣、影響歌

「古代芸術の讃」の特徴として、ニーチェの名前が繰り返し使われていることがあげられる。「然るにフリードリヒ・ニイチエの偶像の黄昏を読むと」（第二段落）、「さうしてニイチエは」（第三段落）、「なほニイチエは云つた」（第四段落）、「かうニイチエは云つた」（第五段落）、「ニイチエの説くところは右のごとくである」（第六段落）などのように、各段落の文頭文末でたたみかけるようにニーチェの名前を用いている。これは、『ツァラトゥストラ』において、語り手が「ツァラトゥストラはこう言った」と繰り返して言う、その口調を想起させる。前記のニーチェの名前の反復は、茂吉による『ツァラトゥストラ』の文体の模倣と考えられる。[227]

また、「古代芸術の讃」の執筆が茂吉の作品に及ぼした影響も少なくはない。例えば、敗戦間も無いころの歌に、

あめつちに陣痛ありとおもほゆるこれの時代《ときよ》に生きむとぞする　（昭和二一年、『小園』）

の一首がある。これにはニーチェの『偶像の黄昏』「私が古人に負うところのもの」中の次の個所との関連が見て取れる。

（ちくま版訳）生殖による、性の密儀による総体的永生としての真の生である。これゆえにギリシア人にとっては性的象徴は畏敬すべき象徴自体であり、全古代的敬虔心内での本来的な深遠さであった。生殖、受胎、出産のいとなみにおける一切の個々のものが、最も崇高で最も厳粛な感情を呼びおこした。密儀の教えのうちでは苦痛が神聖に語られている。すなわち、「産婦の陣痛」が苦痛一般を神聖化し、――一切の生成と生長、一切の未来を保証するものが苦痛の条件となっている・・・（後略）

茂吉はこの部分を「生殖による、性欲的神秘による総体的生存としての真実の生である。即ち産婦の陣痛は生への永遠意志の象徴である」（第四段落）と要約している。[228] 茂吉は敗戦国日本の痛みを「陣痛」に譬えた。茂吉にとっ

て、その痛みは「陣痛」でなければならなかったのである。ニーチェによれば「陣痛」は苦痛一般を神聖なものにする。一切の生成と成長、つまり未来を保証するすべてのものは、苦痛を前提とする。生への意志が自己自身を肯定するためには、「陣痛」もまた永遠に存在しなければならないのである。ニーチェによると、密儀の教えにおいては苦痛は神聖なものである。別の個所では、「苦痛は生命に対する障礙とは認められない」（安倍訳岩波文庫版『この人を見よ』、一三七頁）とも述べている。ニーチェは苦痛を肯定した。掲出歌の「陣痛」の語はニーチェに負っている。敗戦にまつわる現状の苦痛を、ニーチェの意味において受け止めたからこそ、茂吉には未来が信じられ、その結句を「生きむとぞする」と歌い収めることができたのである。

　昭和二〇年、茂吉は『偶像の黄昏』に拠って「古代芸術の讃」を執筆するが、『偶像の黄昏』を読んだのはこの時が初めてではなかった。「私が古人に負うところのもの」という考えに惹きつけられた茂吉は、大正四年頃、「お蔭を蒙る」という言葉をよく使った。たとえば、「言葉のこと」[229]には、「『朝はやく溜まる光に耀きてえも言はれなき微塵をどるも』の歌の結句は、鷗外先生の「青年」中に二ケ所ばかりある『細かい塵が活潑に跳つてゐる』の句からお蔭を蒙つてゐる」、「去年発表した「海浜守命」以下数十首の歌言葉のなかには佐佐木氏和田氏等の尽力になつた「梁塵秘抄」からお蔭を蒙つてゐるのがある」、「お蔭を蒙つた言葉はなるべく明記して置きたいと思ふが忘却してゐるのが多い」などのように使われている。これらは、茂吉の「いで入る息」の句が白秋の詩句の模倣であるという投書に答える文脈で書かれ、その後、土岐哀果との論争の発端となったものである。土岐の、他人のことばのお蔭を蒙るのは、歌人としての非力から来るのだという発言に対し、

　ことばは空虚からは湧いて来ない。己が分かる限りに於て出典を明かにする所以である。おもふに生命を尊重する歌人は紅血流通の詞を飽くなく貯へて置かんことを欲する。西人の謂ふ „hat Blut in sich“ の詞を包蔵しておくのである。詞について勉強し典籍からお蔭を蒙ることは決して多力者の恥づべきことではない。己

は未だ未だその努力の小なるを恥ぢてゐる。（『童馬漫語』95「三たび詞の吟味と世評」）

と応酬している。このように「お蔭を蒙る」という言葉を茂吉が使用するとき、語彙・語気の点において、ニーチェ色の濃い文章となる。言葉はいかなる一語であっても〈古人に負っている〉という考えが、茂吉の文章に表出したのは、歌人としての自身の実感に加えて、ニーチェの「私が古人に負うところのもの」という表現に接したためであると考えられる。のちに茂吉は、「柿本人麿私見覚書」（昭和八年執筆）において「私が古人に負うところのもの」の五の節を引用している。

三　茂吉の Orgiasmus 理解 ── 氷上英広論文の指摘を踏まえて ──

先に述べたように、氷上英広は茂吉の「古代芸術の讃」が『偶像の黄昏』中の「私が古人に負うところのもの」に依拠していることを指摘した。同じ論文の中で、茂吉の第四段落末の一文について次のように述べている。

「あふれ流るる生及び力の感情としての機能亢進（Orgasmus）として洞察すべきものである」と茂吉が書いているのは、若干おかしいのである。原文にあたってみると、Orgasmus という語はなく、あるのは Orgiasmus であって、茂吉はおそらく読み違えたのであろう。もしもっと前の方から原文を読めば、以前から Orgien という語がすでに出ていて、それはディオニュソスの祭の秘儀のことであって、機能亢進となるはずがない。ディオニュソス芸術はディオニュソスの祭から発生してくるのであり、ディオニュソス的なものが力の過剰を意味し、またある意味では「生にむかふ意志による機能亢進」のようなものも含まないとはいえないかもしれないが、さらにそのさきを読んでも、Psychologie des Orgiasmus（XV,173）というのは、たんなる機能亢進の心理学ではなく、ディオニュソス祭秘儀の心理であって、それがいままで誤解されてきたギリシャ的な悲劇感情の概念をひらく鍵をあたえるのでなければならない。茂吉の読み方は大筋を間違え

てはいないけれども、決して精密であるとは言えないのである。(一〇〇頁)

氷上は、茂吉の文章の「機能亢進（Orgasmus）」の個所に注目し、原文に「あるのはOrgiasmusであって、茂吉はおそらく読み違えたのであろう」と、その「読み違え」に言及している。

このことに関してまず確認しておきたいのは、氷上が参照したのは、旧版の全集（第一三巻、昭和二八年九月、岩波書店）であったという点である。その中では、確かに氷上が確認したように「機能亢進（Orgasmus）」となっている。しかし冒頭に掲出した全文にあるように、初出誌には「機能亢進（Orgiasmus）」とあり、綴り字はドイツ語原文のとおりであった。昭和二一年一〇月刊行の単行本『童馬山房夜話　第四』（八雲書店）には、初出形が正しく転載されていることから、その後の全集編纂時に、ｉの脱落した Orgasmus となってしまったと思われる。茂吉全集は二度刊行され新旧の版があり、この個所は新版でも訂正されていない。

つまり、茂吉は「読み違え」でなくOrgiasmusと分かって「機能亢進」としていたのである。

ただ、右の文から分かるように、氷上の主張は、「機能亢進」という語がこの文脈では適切ではないという点にあり、それは、茂吉が正しくOrgiasmusと認識していたことが分かったとしても変わらず残る問題である。茂吉はなぜOrgiasmusを「機能亢進」としたのだろうか。それは先に考察したように、長江訳に倣ったためである。そこには適切な訳語を知らなかったという事情もあったかもしれない。しかしそれは表面的なことであり、本質的なことではない。おそらく、茂吉は「機能亢進」の語が文脈に添うと判断したのである。

氷上は「機能亢進」の語を否定しながら、その語を用いた茂吉の心意を分析している。その結果、「ディオニュソス芸術はディオニュソスの祭から発生してくるのであり、ディオニュソス的なものが力の過剰を意味し、またある意味では「生にむかふ意志による機能亢進」のようなものも含まないとはいえないかもしれないが、」という考えに至っている。氷上の言うように、「決して精密であるとは言えない」としても、まさに茂吉はそのように考えたのではないだろうか。

茂吉のニーチェ受容のありようは、ニーチェのテクストを可能な限りニーチェの文意にそって理解するというよりは、先に触れたように、自身が晒されている状況に規定される側面が大きかった。そのとき欲している要素が極端に拡大されて受容されてしまうのである。

まとめ

本章では、茂吉晩年の執筆になる「古代芸術の讃」をニーチェ「私が古人に負うところのもの」(『偶像の黄昏』)のドイツ語原文及び生田長江の翻訳と対照しつつ、茂吉のニーチェ受容のあり方を検討し、受容の初期にすでに使用されていた「多力にむかふ意志」(大正二年には、「向ふ」と表記)が、晩年においても茂吉にとって重要な語であり思想であったことを確認した。現在の地点から眺めると、「多力に向ふ意志」は茂吉の生涯を貫いているかのようである。

ここで、考えるべきは、時を隔てて現われた同じことばの内実であろう。

氷上英広は、日本におけるニーチェ受容を四期に分けて考えている。第一は、明治三〇年代、樗牛や竹風による個人主義や超人の思想を中心とした段階であり、第二は、阿部次郎・和辻哲郎などによる「生の哲学」的な理解の時期、第三は、第二次世界大戦期のナチス的なニーチェ像が現われる時期、第四は、それ以降の実存主義的なニーチェ把握の段階である(一〇三頁)[230]。

大正二年に茂吉が「多力に向ふ意志」の表記で、初めてこの語を用いた時期の日本のニーチェ受容は第二期にあたり、昭和二〇年(発表は二一年)に「多力にむかふ意志」の表記でふたたび茂吉の筆にのぼった時期は、第三期のナチス的ニーチェ像が前面に出てきていた時期にあたる。当該語句は、異なる受容相の中で発せられたものであるが、茂吉にとってニーチェは、大正二年前後に接した「共鳴の魂」としてニーチェであり、それは依然として揺らぐことはなかった。昭和九年前後の「シェストフ的不安」ということばに象徴される社会状況にあって、ニーチェを不安の哲学者とみなす風潮に異を唱えるように、「柿本人麿私見覚書」を書いたことがその証左となろう（第二章参照）。したがって、第三期は、ニーチェがナチスの思想的先駆者として扱われ、その「権力意志」がイデオロギー的に利用された時期ではあるが、茂吉の「多力にむかふ意志」は、そういったこととは無縁であったと考えられる。

また、「古代芸術の讃」に『ツァラトゥストラ』の文体の模倣が試みられていること、およびこの文章の執筆によって制作された歌があることを指摘した。「古代芸術の讃」の分析から導かれる茂吉の引用態度について一言すると、翻訳書や解説書類を参考にして文章を作成した場合でも、原典に立ち返って確認することを怠らなかった様子がうかがわれる。

第六章　回帰する茂吉——『つきかげ』から『赤光』へ——

はじめに

斎藤茂吉は、明治四五年七月の「アララギ」に「ある夜」（全五首）という題の作品を発表した。これはのちに削除と改作を経て、また他日の歌が加えられて「犬の長鳴」の題のもとに『赤光』に収められるが、ここで問題にしたいのは初出誌掲載の形態である。

長鳴《ながな》くはかの犬族《けんぞく》のなが鳴くは遠街《をんがい》にして火かもおこれる
さ夜ふけと夜の更けにける暗黒《あんこく》にびようびようと犬は鳴くにあらずや
しまらくして夜暗《やみ》をながるゝ鐘の音は日比谷あたりか然《しか》にあらずか
たちのぼる炎《ほのほ》のにほひ一天《ひとあめ》を離《さか》りて犬は感じけるはや
生けるものうつゝに生けるけだものは神ゐる時の感覚を得し[231]

一連からは、「遠街」にあがった「火」の手に反応する「犬」のただならぬ気配と、それに何か不穏なものを感じ取っている作者の鋭敏な神経というようなものが伝わってくる。

塚本邦雄は、『茂吉秀歌『赤光』百首』（昭和五二年四月、文芸春秋）の百首のうちに、一首目「長鳴くは」の歌を取り上げ、それに初めて接した時の感慨を次のように記している。

昔『赤光』を初めて手にし、一通りざつと目を通した時、私に衝撃を与へ、二度と忘れさせなかつた幾つかの歌の中に、この犬の長鳴きは、ある。ゴーギャンの自画像や笑はぬ子守や梁の玄鳥と共に、心の網膜に灼きついてゐる。怖るべき歌だ。（二一三頁）

さらに、「この歌の黙示録的な、不可解な魅力を決定するのは、「犬族」と「遠街」なる二つの強い抑揚を持つ言葉であらう。／「長鳴くは」の繰返しも無気味だが、「火は燃えにけり」も巫《かんなぎ》の口寄《くちよせ》めいて妖気を感じる」と一首に漂う異様さに力点をおいた評釈を加えている。塚本の評は改作後歌集に収められた「長鳴くはかの犬族《けんぞく》のなが鳴くは遠街《をんがい》にして火は燃えにけり」に与えられたものだが、塚本以前にこの一首を右のように踏み込んで評したものはなく、その後も出ていない。[232] 同じ『赤光』中の「死にたまふ母」「おひろ」などが、繰り返し論じられているのとは対照的である。死や恋という詩歌の伝統的なテーマ、あえて言うなら、分かりやすい抒情を下敷きに成立しているのとは違い、その主題の捉えどころのなさが原因だろうか。「不可解な魅力」（塚本）は、文字どおりそれは魅力であると同時に、「不可解」ゆえに読者を遠ざけもする。たとえば、「かの犬族」の「かの」とは何か。一首のみから判断するのはむずかしい。五首目に遭遇する「けだもの」とは何か。単に「犬」を言い換えただけなのか。「神ゐる時の感覚」とは何か。そもそも、一首目から四首目までを順次見てきた目には、「神」というモチーフ自体突出して映ることだろう。ただし、茂吉の読書体験にニーチェがあったことを想起するならば別である。[233]

本章では、明治四五年七月に掲載された「ある夜」（歌集では「犬の長鳴」）一連の着想の端緒に、『ツァラトゥストラ』があったことを検証する。それは同時に「かの」の指示するものを明らかにすることでもある。また、のちの昭和二四年に現われた同じ主題の歌が、「ある夜」とどのような関係にあるのかを考察する。

一　構想の源泉

1　「長鳴くはかの犬族の」――『ツァラトゥストラ』「幻影と謎」――

一連を読むと分かることは、これらの歌が、〈燃えるものに吠える犬〉という構図のもとに制作されていること、制作時に、茂吉の脳裏に「神」（第五首）が想念されていたことである。この構図は、『ツァラトゥストラ』

の中でもよく知られた第三部「幻影と謎」の一場面を想起させる。

日本語初の完訳『ツァラトゥストラ』（新潮社）は、生田長江によるもので、茂吉の「ある夜」発表に先立つ明治四四年一月に刊行されていた。その巻頭に森鷗外が、「訳本ツァラトゥストラの序に代ふ」として「沈黙の塔」[234]を寄せたのは、翻訳にあたって、長江が鷗外の教示を仰いだ関係からであろう。長江みずから述べるところによると、この翻訳は、「一九〇九年の初夏に起稿され、凡そ二十箇月近くに亘る文字通り専心の努力を経て、一九一〇年の暮に脱稿された」[235]。明治四二年五月のうちに起稿したということになる。[236]

この時期、鷗外は、自宅で結社の派閥を超えた歌会（観潮楼歌会）を主宰していた。茂吉は、伊藤左千夫に連れられてその会に列席し、出席回数わずか三回（明治四二年一月九日、二月六日、四月五日）ながら、鷗外は無論、佐佐木信綱・木下杢太郎・北原白秋・吉井勇等と知り合うなど、茂吉の年譜において特筆される重要な出会いを果たしている。『ツァラトゥストラ』が翻訳刊行されたのは、このように、茂吉が歌人として出発し、あらゆるものを摂取吸収しようとしていた時期であった。

「幻影と謎」の章に、ツァラトゥストラが船乗りたちに、侏儒との問答を回想して語る場面がある。ツァラトゥストラは、かつて「瞬間」という名の門において、まだ確信にいたるまえの永劫回帰の思想を仮定と疑問とをもって、侏儒に、なかば自分に聞かせるように語ったことがあった。

「およそ走りうるすべてのものは、すでに一度この道を走ったことがあるのではなかろうか？　およそ起こりうるすべてのことは、すでに一度起こり、行われ、この道を走ったことがあるのではなかろうか？……ここに月光をあびてのろのろと這っている蜘蛛、この月光そのもの、そして門のほとりで永遠の問題についてささやきかわしている私とおまえ、――われわれはみな、すでにいつか存在したことがあるのではなかろうか？――そしてまためぐり戻ってきて、あの向こうへ延びているもう一つの道、あの長い恐ろしい道を走らなければならないのではなかろうか、——われわれは永遠にわたってめぐり戻ってこなければならないのではなかろうか？」（三島憲一訳による。「永遠回帰」の項、『ニーチェ事典』、四六頁）。永劫回帰思想の核心にせまるツァラトゥストラは、ここで、みずからが語ろうとする怖るべき思想に戦慄し小声になっていく。そのとき、突如として犬が鳴く。以下、長江訳にしたがう。

斯く我は語りき、愈々徐《しづか》に我は語りき。我は我自らの思想と追想とを恐れければなり。其時突如として我は、我に近く犬の咆ゆるを聞けり。

我嘗て斯く咆ゆる犬を聞きたりしか。我が思は昔に帰りぬ。然《さ》なり。我が幼かりしとき、いと遥かなる幼時に於て。

——其時我は斯く咆ゆる犬を聞きたりき。又我は彼を見たりき、犬すらも幽霊を信ずる、いと静なる夜半に於て、其毛を逆立て、其頭を擡《もた》げ、戦慄するところの彼を見たりき。

——為《ため》に我は惻隠の心を起しき。蓋し其刹那、満月は死のごとく静に家を越えにき、其刹那そは、燃ゆるところの球体は、——さながら他人の所有地に於て立つごとく、平坦なる屋背に於て静に立ちき。

此故に犬は恐怖したりき。犬は盗賊を信じ、幽霊を信ずればなり。さて我が再び斯く咆ゆるを聞きしとき、我はいま一度惻隠の心を起しき[237]。

犬が吠えるのを聞いたツァラトゥストラは、幼年の日にも同じように犬の鳴き声を聞いていたことを思い出す[238]。過去の体験がよみがえった直後、風景は突如として一変する。侏儒も門も蜘蛛も一切のささやく声も、すべては夢のように消え、ツァラトゥストラは荒涼たる巌角に身一つで立っている自分を発見する。目の前には、一人の人間が、口の中に入りこんだ一匹の黒蛇に喉を嚙みつかれ悶え苦しんでいる。そのかたわらで、毛を逆立ててとび跳ねていた犬は、ツァラトゥストラをみとめると助けを求めて吠えたてる。ここに、一巻のなかでも重要でよく知られた〈その頭を、かみ切れ！〉と叫ぶ場面が展開するのである。
確認しておきたいのは、引用部分の吠える犬とそのときの光景である。ツァラトゥストラが自身の語る思想に戦慄する瞬間に犬が鳴く。そのとき喚起される幼年の記憶の中の景には、「燃ゆるところの球体」（＝満月）が配されている。

2　「けだものは神ゐる時の感覚を得し」――『道徳の系譜』――

思想詩として書かれた『ツァラトゥストラ』は、刊行当初理解されなかった。そこでニーチェは、『善悪の彼岸』（アフォリズム形式）と『道徳の系譜』（論文形式）を執筆し、解説書としての役割をあたえた。
「ある夜」五首目の「生けるもの」の歌との関連では、『道徳系譜学』第二論文「『罪過』、『疚しさ』及び類似のもの」中の次の文章を思い起こせばよいだろう。キリスト教の神とギリシアの神々とを対比して述べた章である。このときまだ、同書の全訳はなく茂吉は原書にあたったものと思われる。併せて長江訳を付す。

das läßt sich zum Glück aus jedem Blick noch abnehmen, den man auf die g r i e ch i s ch e n G ö t t e r wirft, diese Widerspiegelungen vornehmer und selbstherrlicher Menschen, in denen das T h i e r im Menschen sich vergöttlicht fühlte und n i ch t sich selbst zerriß, n i ch t gegen sich selber wüthete!（「23.」）

我々が希臘の神々に投げる各の瞥見からして、仕合せと尚ほ認められる。高貴なる自主的なる人間のあの反映にあつては、人間の中なる動物が自分自身を神化されて感じ、自分自身を喰ひ裂いたり、自分自身に対して暴《あば》れかかつたりしなかつた！

ギリシアの神々は高貴な人間の反映として人間が作り出したものであり、人間の内なる獣はこうした神々の姿によってみずからを神と感じたので、みずからを引き裂いたりみずからに対して荒れ狂うこともなかった、人間はそのようにギリシアの神々を利用してきた、とニーチェは説くのである。ここに〈人間のうちなる獣がみずからを神と感じる〉というモチーフが見られる。[239] 茂吉が踏まえたのはこの個所ではなかったろうか。つまり、茂吉の歌の「けだもの」とは、人間の内なるものを指すと考えられる。それは、数行前に、

・・・Im Menschen ist so viel Entsetzliches!・・・Die Erde war zu lange schon ein Irrenhaus!・・・（「22.」）

……人間の中には随分多くの恐るべきものがある！……この地上は既にあまりに久しく癲狂院であつた！

という文章があり、「ある夜」と同じ明治四五年（大正元年）作中に、これに想を得て作られたと思われる、

かの岡に瘋癲院のたちたるは邪宗来《じゃしゅうらい》より悲しかるらむ　（「柿乃村人へ」）

の歌があることなどによっても裏づけられる。[240] Irrenhaus は、井上哲次郎『新独和辞典』（明治三五年一一月発行、明治四三年一〇月第二七版、大倉書店）において、「瘋癲院」と訳されている語である。

以上のことから、「ある夜」一連は、ニーチェ繙読体験と現実に起こった日比谷の火事の交錯する場で成立した作と言い得るだろう。以下では、『ツァラトゥストラ』第三部「幻影と謎」の章を踏まえたと考えられる「長鳴くは」の一首を中心に論を進める。

二 「幻影と謎」の周辺

1 「穉きニイチエ」

大正二年三月の「アララギ」に、「穉きニーチエ　一」（のちに「穉きニイチエ」[241]と改題）という作品が発表された。これはニーチェの妹エリーザベト・フェルスター＝ニーチェ『若きニーチェ』（*Der junge Nietzsche*, A. Kröner Verlag. Leipzig 1912.）の抄訳であり、茂吉の作品にニーチェの名があがる初期のものである。茂吉には、鷗外が『ファウスト』の翻訳を手がけた意味においてのまとまった翻訳はなく、この抄訳の存在は、茂吉のニー

チェへの高い関心をうかがわせる。

先に述べた「幻影と謎」の章の、犬の吠える場面に、ニーチェの幼年時代の体験が踏まえられていることは、妹エリーザベトの書いたこの伝記に記されていた。

前にはあんなに幸福だつた牧師館も益々深く苦痛と悲哀に包まれてしまつた。／一八五〇年四月の始め、私達はレッケンを去つた。別離と出発の日はフリッツに忘れ難い印象を与へた。彼は夜中に起きあがつて、自分で着物を着て、庭に出た。庭には荷物を高く積んだ車があつて、それには赤々と燈がともされてあつた。風は悲しみの歌をうたつてゐた。忠実な犬は、悲しさうな不気味な声で吠えてゐた。月は低い離れ屋を越えて、幽霊のやうにぼうつと明るくなつた広い中庭の憂はしげな物音を、蒼白く冷たく、のぞき込んでゐた。ツァラトゥーストラの中で、あの憂ひ深き夜の印象が、回想されてゐる。

右の引用は、昭和一五年四月に刊行された『ニーチェの生涯　上巻　若きニーチェ』（山崎八郎他訳、モダン日本社）による。[242] 右の個所につづけて、それに照応する「幻影と謎」の本文「かく私は語つた。益々声低く。何故なら私自身の想ひと、その奥にひそむ心とが私には恐ろしかつたのだ。その時突然そば近く、犬の吠声が聞えた。／かつてこんな吠声を聞いたことがあつたか？　考への糸をたぐる。さうだ！　幼なかりし時、遠き遠き幼年時代に、／——この吠声を聞いたのだ。あの時も、毛を逆立て、頭をもたげ、うちふるへながら、物音ひとつしない深夜に。犬さへ幽霊を信ずる深夜に。／——だから私はこれを憫れむ。ちようど満月が、死のやうにおしだまつて、家の上に、火の玉のごとく静かにのぼつてゐた、——静かに平たき屋根の上に、どうせ他人のものだと言はんばかりに」が引用されている。

すでに書いたように茂吉がその抄訳を試み「アララギ」に掲載したのは大正二年三月であった。連載するつもりのところ一回のみで途絶したため、わずかに冒頭部分の発表にとどまり問題の個所の発表には至っていないが、発表された文章に「自分の穉い過去世にかへる心で、ツァラツストラの哲人の小供時代の物語を読むのは興味あることでなければならぬ」（引用は初出誌）と書いていることから、ニーチェ伝の「幻影と謎」の個所に接していたことが想像される。

茂吉の抄訳は、昭和一五年夏に改稿増補され、「穉きニイチエ」の題で完結する。次に示すのは、ニーチェの体験に触れた個所で、前掲のモダン日本社版に対応する茂吉の文章である。

父が歿して間もなく弟のヨゼフが痙攣症の病で歿した。牧師の家は全く悲哀につつまれた。／一八五〇年四月はじめニイチエ一家はレッケンを去つた。ニイチエは夜中に起きて自分の著物を著て庭に出ると、庭には荷物が高く積まれ、灯火があかるくとぼつてゐた。風は悲しみの歌を歌ひ、忠実な犬は不気味に吠えてゐた。月は低い翼屋を越えて、幽霊のやうに朦朧とあかるい中庭とうらがなしき音とを、蒼白く冷たく照らしてゐた。ニイチエは後年、ツアラツストラの中で、『突然ま近くに、犬の吠声が聞こえた』といひ、『考が過去にもどる、さうだ、幼かつたとき、遠い幼年時代に』といひ、『満月が、死のごとく沈黙し、家の上に円き火玉（Glut）のごとく静かにのぼつてゐた。静かに平たい屋根のうへに、所詮他人の物だといはむがごとく』といつたのは、おのづからなる回顧の言葉であつた。

茂吉が昭和一五年夏に、大正二年の未完の抄訳を完成させようと考えたのは、モダン日本社版翻訳本の刊行に触発されてのことであったと思われる。

2　白秋の間接的証言

ニーチェの影響のよく知られた詩人に萩原朔太郎（昭和一九年生れ）がいる。[243] 朔太郎は、アララギ派の歌人を批判的に見ながらも、茂吉についてはまた別様に評価していた。

現歌壇のアララギ一派は、子規によつて始められた俳人の余技歌を亜流し、歌であつて俳句の境地を行かうとしてゐる。之れ既に形式をはきちがへた邪道であるのに、日本自然派文壇の誤つた美学を信奉して、一切詩的精神の本源を拒絶しようと考へてゐる。真に蒙昧愚劣、撲殺すべきの徒輩であるが、ただ彼等の中にあつて一奇とすべきは、巨頭の斎藤茂吉である。彼は医者の有する職業的の残酷さと唯物観とで、自然を意地悪く歪んで見てゐる。けだし茂吉は国産品のキユービストで、一種の和臭ニヒリストである。

(『詩の原理』昭和三年一二月、第一書房[244])

ニーチェに傾倒した朔太郎が、茂吉を「一奇」としたのは、茂吉作品にニーチェ的なものを感じとってのことではなかったろうか。

朔太郎は自身書いているように、生田長江訳によりニーチェを受容した[245]。第一詩集『月に吠える』(大正六年二月、感情詩社・白日社出版部共刊[246])におけるニーチェの影響については、深田甫「萩原朔太郎批判——詩壇に出た前後——」(「声」昭和三五年七月[247])が、「かれの《見知らぬ犬》は殆んどニイチェを下敷にしているのである」、「この外にも有名な《悲しい月夜》、《吠える犬》などもまず殆んど直接といってよいぐらいの関係があるニイチェの《ツァラトストラ》を引用すれば、次の箇処などがそれにあたろう」と述べ、長江訳の「幻影と謎」を示している。また、「月に吠える」という書名については、古川清彦「萩原朔太郎」(「国文学」昭和三五年五月)が、「この書名がニイチエの『ツアラツストラ』第三部の『幻影と謎』の章に由来すると推測している[248]」。

『月に吠える』に、「幻影と謎」の影響を指摘する論文があることを踏まえた上で注目したいのは、朔太郎の作品そのものではなく、それに寄せられた北原白秋の序文である。白秋は、「月に吠える、それは正しく君の悲しい心である」、と表題への理解を示したあと、

びようびようと吠える。何かがびようびようと吠える。聴いてゐてさへも身の痺れるやうな寂しい遺瀬な

い声、その声が今夜も向うの竹林を透してきこえる。降り注ぐものは新鮮な竹の葉に雪のごとく結晶し、君を思へば蒼白い月天がいつもその上にかかる。(249)

と書いた。この場合、「びょうびょうと吠える」の表現が奇異に思われる。というのは、朔太郎は『月に吠える』の中で「びょうびょう」の表現は使っていないからである。朔太郎に与えた序文で白秋はなぜその表現を用いたのか。それはその詩集に表現された「犬」と茂吉の「ある夜」中の「犬」との間に通じるものを看取したからではなかったろうか。白秋の記憶に、茂吉の「犬」が鮮明に刻まれる論評があった。

「文章世界」の明治四五年八月号で、前田夕暮は、七月号の歌誌に掲載された作品の中から白秋の「君《きみ》かへす朝《あさ》の鋪石《しきいし》さくさくと雪《ゆき》よ林檎《りんご》の香《か》の如《ごと》くふれ」（夕暮の引用による）、茂吉の「長鳴《ながな》くは彼《か》の犬族《けんぞく》のなが鳴《な》くは遠《をん》街《がい》にして火《ひ》かもおこれる」（同）などを取り上げ、「北原氏《きたはらし》の諸作《しよさく》はいづれも極《きは》めて洗練《せんれん》されたものであつた。斎《さい》藤氏《とうし》のは読《よ》んで仕舞《しま》つた後《あと》で厳粛《げんしゆく》な作者《さくしや》の人格《じんかく》が喰《く》ひ入《い》るやうに印象《いんしやう》されてゐた。前者《ぜんしや》は稍《やゝ》離《はな》れたる態度《たいど》を以《もつ》て人生《じんせい》の諸相《しよさう》を眺《なが》め、後者《こうしや》は鋭《するど》き主観《しゆくわん》の閃《ひらめ》きと、内傷的態度《ないしやうてきたいど》とを見《み》せてゐる。一は快《こゝろよ》い手触《てざは》りを感《かん》じ、一は苦《にが》いやうな痛《いた》いやうな感味《かんみ》をおぼえる」と評した。

これはその後、何かにつけて対照されることになる白秋・茂吉を論じたはやい文章であった。この夕暮評によって、発表されたばかりの茂吉の「ある夜」の歌が、特別に深く印象に残ることになったのである。その後、それを収めた第一歌集『赤光』が茂吉から送られたとき、白秋は次のような書簡を認めている。

赤光拝誦、涙こぼれむばかりに存候。純朴不二、信実にして而かも人間の味ひふるき兄が近業のごときは当代にまたとあるべくも無之候。兄は万葉以来の人、赤光は礼拝仕るべき歌集なり。小生ごとき不純鈍才の徒は寧ろ慚死すべきのみ。幸に御自愛下されたく候。なほあらためて心より真実なる尊敬を兄にささぐ。以後深く兄に親しみたし。無礼御ゆるし下され度候。（大正二年十一月十七日三崎にて）(250)

茂吉作品への賞讃にあふれている。

同時代の空気を呼吸し、右の書簡に見るように茂吉の歌に理解を示した白秋が、ニーチェの影響を受けた朔太郎作品の序文において、茂吉の表現「びようびよう」を使ったことは、茂吉作品に『ツァラトゥストラ』の影響をみる観点から注目に値する。

夕暮が、茂吉の「長鳴くは」の歌に付した鑑賞を記しておく。

ふと、ひとり寝《ね》の冷《つめ》たい床《とこ》の上《うへ》に眼《め》ざめた、其時夜《そのときよる》は闃寂《げきせき》として更《ふ》けて居《ゐ》た。唯自分一人《ただじぶんひとり》だけ取《と》り残《のこ》されたやうに、世界《せかい》が空虚《から》になつてゐるやうに感《かん》じられる。ふと鋭《するど》くなつてゐる神経《しんけい》に触《ふ》れて来《き》た音響《おんきやう》があつた。耳《みゝ》をすますと、遠《とほ》い遠《とほ》い世《よ》のはてで、何者《なにもの》かゞけうとい声《こゑ》を夜陰《やいん》にひゞかせて、長鳴《ながなき》をしてゐる。彼方《あちら》でも、此方《こちら》でも、びようびようとして長《なが》く声《こゑ》を曳《ひ》いて鳴《な》いてゐる。作者《さくしや》はその時《とき》、これは、どこか遠《とほ》い街《まち》に火事《くわじ》があるのだと直覚《ちよくかく》した。遠《とほ》い街《まち》の火《ひ》を感覚《かんかく》の鋭《するど》い犬族《けんぞく》が感《かん》じて、あのやうに長鳴《ながなき》をしてゐるのであると。——感《かん》じかたも新《あた》らしいのみならず、些《いさゝ》かも間隙《かんげき》の無い表白《へうはく》が、凄愴《せいさう》な感《かん》じをよび醒《さま》す。

三　回帰する茂吉

1　昭和二四年、箱根強羅に鳴く犬

明治四五年に茂吉の作品にあらわれた「長鳴く」犬は、三七年ほどを経た昭和二四年にふたたび茂吉作品にあらわれる（『つきかげ』[251] 所収）。

いぬる前におそるるごとく入浴す月あかく差す夜などもありて　（「黄蝶」）
よるの犬長鳴くきこゆ箱根なる強羅の山にめざむるときに　（「檜あふぎ」）
宮城野の村に夜な夜な鳴く犬の長鳴くこゑはこよひ聞こえず　（「強羅雑歌」）

箱根強羅の山中で「あかく差す」「月」を「おそるる」茂吉が、「犬の長鳴くこゑ」に思いを潜めている。昭和二四年夏の日記によると、七月一九日から九月一五日までの二か月弱を強羅で過ごしている。

戦後、茂吉が大石田での疎開生活を終え東京に戻るのは、昭和二二年一一月のことであり、強羅行を再開するのは翌二三年夏のことである。

かくしつつ強羅の山の月読を二たび見むとわがおもひきや　（「強羅」）

このときの強羅は、昭和一九年（七月一〇日〜八月三一日）以来であり、二五年（七月一四日〜九月七日）が強羅滞在の最後となる。茂吉は強羅に行くときニーチェを携えていた。雑多な日常から解放された山中はニーチェを読むに格好の場であったろう。戦後の茂吉は後に述べる理由により、ニーチェを必要とし、身近に引き寄せていたように思われる。日記により、茂吉の傍らのニーチェのありようを見ておこう。

昭和二三年の三月一三日には「夜、ニイチエ伝」、翌日（一四日）には「〇ニイチエ伝少々」「〇ニイチエ伝、（心シヅカニセシメル）」と書く。ニーチェの伝記を読み心の落ち着きを得ようとしていた。同一七日に「〇田中隆尚ツアラツストラ買フ（100y）」とあるのは、一月二五日田中宛書簡の「拝啓ツアラツストラ御買求め願上げます[252]」と呼応するものであろう。昭和二四年作中の、

薬物《やくぶつ》のためならなくに或宵は不思議に心しづかになりぬ　（「銀杏の実」）

という一首も、前記の日記「（心シヅカニセシメル）」との関わりにおいて捉えることができる。

このようにニーチェを身辺においた茂吉が、ただ単に「犬」の歌を作ったとは考えがたい。茂吉は強羅山中で犬の鳴き声を聞いたとき、過去に犬の鳴き声を聞いたことを思い出したのではないだろうか。具体的には、「ある夜」に表現された「犬」を、である。そのとき用いた「長鳴く」という語をふたたび使用していることからも過去の出来事（あるいは過去の歌）を意識したのは確かなことのように思われる。

このような、過去の犬を回想する茂吉の姿は、既に述べた「幻影と謎」のツァラトゥストラの姿と重なり合う。茂吉は、ツァラトゥストラに自身を重ねることによって、みずからを慰めた。こうした、鎮静剤ニーチェを欲する茂吉の上には、戦後の戦争責任問題が影を落としていた。

2　茂吉がニーチェを引き寄せた背景

昭和二一年一月四日、ＧＨＱは軍国主義者の公職追放の指令を出した。踵を接するように、国内の文学界でも戦犯の追及が始まる。戦争中、翼賛歌を多量に発表した茂吉が無縁でいられるはずはなかった。荒正人・小田切秀雄・佐々木基一によって同年一月に創刊された「文学時標」では、「文学検察」欄が設けられ文学者の糾弾が始まった。創刊号では、高村光太郎と火野葦平が対象となる。茂吉は第六号（四月一日刊行）にあげられ、小田切秀雄によって、「『赤光』の詩人があまりにも容易に空疎な反動的メガフオンと化し去つたといふこと、そのことで歌壇人たちを凡そ非文学的な侵略支持に駆り立てるにまことに強力な影響を与へたといふこと、真実を語るべき詩人がかへつて人民を欺瞞するに至つたといふこと」が指弾された。「新日本文学」四月号の渡辺順三「戦争と歌壇」では、「積極的、意欲的にこの戦争を謳歌し、協力」した一人として茂吉も名指しされた。渡辺は「彼らの神がかり的な軍国主義讃美に驚かされる」と書いた。同誌六月号では、「文学における戦争責任の追求」（小田切秀雄執筆）を発表した。戦争の「主要な責任者」二五名の中に茂吉の名がある。さかのぼって、三月にはＧＨＱによる追放指令の文学者への適用が始まっていた。(253)

茂吉の戦争翼賛歌については、別個のテーマとなりうるため、ここでは立ち入らない。いまは、「俺を戦争協力者とは一体どういうことだ。俺ばかりということはない。歌人のほとんど皆そうじゃないか。国が戦争をすれば、誰でも勝たせたいと願うのは当然だ。国民としてそれがどこが悪い」(254)という茂吉の言を伝えるにとどめる。(255)

裁判（極東国際軍事裁判。昭和二一年五月三日開廷）は着々と進行していた。帰京した茂吉は、昭和二二年一一月二〇日に裁判を傍聴している。翌二三年作中には、次のような歌が見える。

戦犯の宣告ありしけふのよるひとり寝れば言の葉もなし　（「芦角集へ」）

外出より帰りきたりて沈黙す十二月二十三日の午後　（「無題」）

「外出より」の歌の日付一二月二三日は、巣鴨拘置所において、いわゆるA級戦犯で絞首刑を言い渡された七名の刑が執行された日であった。茂吉はこうした状況の中で、ニーチェに思いを馳せ、その著書を繙いていたのである。同年には次のような歌がのこる。

墨田川の彼岸《かのきし》にぶきものの音amor fatiと聞《き》こえ来らむか　（「猫柳の花」）

amor fatiはニーチェのあらゆる思想を結束させる重要な思想である。ニーチェ最晩年の自伝的主著『この人を見よ』において、この語は次のように使われている。

> ……人間に於ける偉大を表はす私の方式は「運命を愛すること」（amor fati）である。人が何も外のものを持たうと欲しないこと、前に向つても欲せず、後に向つても欲せず、全永遠に亘つて欲しないことである。必然的なものに単に堪へるばかりでなく、尚更包み隠すのではなく——あらゆる理想主義は必然的なものに対する欺瞞である——これを愛するのである……（安倍能成訳、岩波文庫版、七六頁）[256]

茂吉はこのとき、ニーチェの想念したamor fatiの響きを全身で聴いていた。

昭和二四年の強羅山中では、

箱根なる強羅の山にひとり臥しひとり寂しきおもひをぞする　（「黄蝶」）

と作った。ツァラトゥストラに自身を重ねるように創作におもむくことが、茂吉の支えとなっていたかのようである。ここで問題とした昭和二四年夏の強羅の「長鳴く」犬の歌は、このような時節に作られたものであった。

まとめ

本章では、茂吉が『ツァラトゥストラ』を読んでいたことを踏まえて、茂吉の抄訳の仕事および白秋が朔太郎に与えた序文を検討することにより、明治四五年七月に掲載された「ある夜」（歌集では「犬の長鳴」）――「かの犬族《けんぞく》」「神」という語が用いられ、「燃ゆるところの」ものに吠える犬という構図をもった一連――が、『ツァラトゥストラ』第三部「幻影と謎」の章の一場面に触発され、それを取り込むことによって成立していることを明らかにした。

冒頭の問いにあらためて答えると、「かの犬族の」の「かの」とは、ツァラトゥストラが自身の語る永劫回帰の思想に戦慄したときに咆哮した犬を指している。茂吉の作品に即して言えば、いま鳴いているのは（自分が聞いているのは）、あの「幻影と謎」の場面で鳴いた犬と同じ種族ではないか、という感慨がこめられていたのである。

犬の鳴き声を聞き、ツァラトゥストラの想念が過去へ回帰したように、昭和二四年夏の強羅山中でその鳴き声聞いた茂吉もまた、明治四五年の「ある夜」に回帰した。それは現実の一夜としての「ある夜」でもあり、作品の「ある夜」でもあった。歌集に換えていうならば、『つきかげ』から『赤光』への回帰であり、それはそのまま歌人の生涯に永遠なる円環として刻まれることになった。

第七章　遺稿集『つきかげ』巻軸歌を染めた夕映え

――ニーチェから鷗外、そして茂吉へ――

はじめに

昭和二八年二月二五日、斎藤茂吉は七〇年九か月の人生をとじた。『全集』によると、没年にあたる二八年の歌は残されていないが、二七年には八首の歌が残されている。茂吉は歌人として、独自の写生の説を提唱し、意欲的に作歌におもむいた。その生涯歌数は、一七の歌集に収録されたものだけでも一四〇〇〇首余りを数える。作歌の契機は、第一高等学校在学中に正岡子規の遺稿集『竹の里歌』を読んだことにあったと、後年の文章で述懐しているが、実際にはそれ以前の開成中学校時代の歌も残されている。そうすると、満七〇年という人生は、歌人としての茂吉の時間とほぼかさなると見てよいのではないか。歌人茂吉を総体としてとらえることの難しいゆえんである。

第一七歌集を「つきかげ」という。次に掲出するその掉尾の一首は、一般読者に向けての最後の詠歌と言ってよいだろう。

いつしかも日がしづみゆきうつせみのわれもおのづからきはまるらしも

もう体の自由もきかなくなった茂吉の、その枕元の紙にいつの間にか書きつけてあったという。(257) この歌に表現された、最晩年の落日の光景は、茂吉にどのように眺められたのであろうか。

歌集『つきかげ』は、茂吉没後一年目にあたる昭和二九年二月二五日に、岩波書店より刊行された。巻末に、土屋文明・山口茂吉の「後記」が付され、歌集名命名の経緯などをうかがい知ることができる。

「つきかげ」は、「白き山」につづくべき歌集で、斎藤先生の昭和二十三年から、逝去までの短歌九百七十四首を収めたものである。二十八年の作品を欠くのは、一に先生の健康によるものである。「つきかげ」は先生自ら、歌集の題として善い名であると、佐藤佐太郎君に告げられたことがあるので、此の部分の作品集に名づけられる心持であつたか否かは明かでないが、編輯者等が、取つて此の集に題することにしたのである。[258]

右の文章につづけて、昭和二五年の「晩春」までは、茂吉自身によって大体まとめ置かれていたが、以後の稿については、山口茂吉を中心に柴生田稔、佐藤佐太郎等が編輯にあたったことが記されている。

収録歌数は、初版九七四首であったところ、『全集』に収めるにあたって増補・削除・訂正・排列の変更等を施し、最終的には一〇〇八首となった。全一七歌集のうち、歌数一〇〇〇首を超えるものには、『石泉』（一〇二五首）、『白桃』（一〇三三首）、『寒雲』（一一一五首）があり、『つきかげ』は、それらに継ぐ歌数をほこるが、一年あたりに換算すると決して多くはない。先にも述べたように、昭和二八年中に歌はなく、二七年には次にあげる八首が収められているに過ぎない。はじめの二首は「新年」という小題を持ち、あとの六首に題はない。[259] ここでは六首を一括してあげるが、『全集』には、一首、三首、一首、一首とわけて排列されている。

新年

ゆづり葉の紅の新《にひ》ぐきにほへるを象徴として今朝新たなり
あめつちに充ちわたりたる平《たひ》らぎのかがやく心空しからめや

無題

午前より御園《みその》の森に鴉鳴く人間のつれあひものいふごとく
浜名湖の蓮根をわれにおくり来ぬその蓮根をあげものにする
梅の花うすくれなゐにひろがりしその中心《なかど》にてもの栄ゆるらし
ゆふぐれの鐘の鳴るとき思ふどちおぼろになりてゆかむとすらむ

わが部屋の硝子戸あらく音たてて二人の孫が折々来る
いつしかも日がしづみゆきうつせみのわれもおのづからきはまるらしも

巻軸に位置する「いつしかも」の歌は、昭和二七年の「アララギ」二月号に、ただ一首掲載されたものである。発表当時の様子を加藤淑子は、「読者を粛然とさせた(260)」と簡潔に記している。前年の二六年二月には心臓喘息の発作が起り、危篤の噂は新聞社にもながれ追悼記事が準備されていたという。

本章は、その邂逅のはじめから晩年にいたるまで、茂吉が関心を寄せつづけ、折に触れて精神的支柱となったニーチェと鷗外、二人の著作との関連において、当該作に表現された茂吉の夕映えの相を解き明かそうという試みである。

一　茂吉における観潮楼歌会――ニーチェへの架橋として――

明治三八（一九〇五）年九月、茂吉は、東京帝国大学医科大学に入学した。大学時代における茂吉のニーチェ接近の一途として、小堀桂一郎は、観潮楼歌会をあげている(261)。観潮楼歌会は、本郷区（現、文京区）駒込千駄木町の森鷗外邸で開催された歌会で、明治四〇年三月に始まり、四三年四月までつづいた(262)。

茂吉は、渡辺幸造に宛てた書簡に「小生の歌四首の中誉められたるは蔵王の石のだけに候、あれは鷗外歌会にても誉めてくれしとの事に候」（明治四〇年七月二四日(263)）と記している。文面は、茂吉の歌を伊藤左千夫が持って出席したらしいことや（四〇年の観潮楼歌会においては、各自歌を持参して相互評をする方法をとっていた）、「鷗外歌会」で誉められたことを喜ぶ茂吉の様子をよく伝えている。のちに書かれた「文学の師・医学の師」の中に、「鷗外先生は左千夫先生に連れられて観潮楼《くわんてうろう》歌会に出席した以来の恩であり(264)」と記されていることによって、茂吉と鷗外の直接の対面がこの会によるものであったことが知れる。茂吉の初出席は、明治四二年一月九日であった。

観潮楼歌会への茂吉の参加が確認できるのは、この一月九日のほか、同年の二月六日と四月五日の三回にすぎない。少ないながら、「いつも刺戟を受けることの多い会合であつた」（「観潮楼断片記」[265]）と回想している。医学と文学、二つの道を同じくし、常に先を行く鷗外の謦咳にこの時期に触れ得たことが、歌人茂吉・医師茂吉の形成に与えた影響はいかばかりであったろうか。のちに、「鷗外先生は君、五百年に一人出る偉い人だ」と茂吉が言ったことも伝わっている。[266]

ここに、観潮楼歌会の開催趣旨について、主宰鷗外の言を引いておこう。詩歌集『沙羅の木』（大正四年九月）の序に、次のように記されている。

其頃雑誌あららぎと明星とが参商の如くに相隔たつてゐるのを見て、私は二つのものを接近せしめようと思つて、双方を代表すべき作者を観潮楼に請待した。[267]

茂吉の記録により参会者をあげると、鷗外のほか、上田敏、竹柏会の佐佐木信綱、新詩社側からは与謝野寛、平出修、平野万里、北原白秋、吉井勇、石川啄木、木下杢太郎等、アララギ側からは、伊藤左千夫、長塚節、平福百穂、古泉千樫等が出席した。[268]

観潮楼歌会が参会者にもたらした影響を、茂吉の視点から押さえておこう。

初期「スバル」の歌風は、末期「明星」の連続と看做してもいいが、一面には、森鷗外の考の影響によつてもつと西洋象徴流になつた。それから万葉の調子を取入れて、線を太くするといふ傾向も見えた。これは観潮楼歌会から根岸短歌会あたりの影響である。その前後に、与謝野寛は万葉草廬の歌といふ万葉調ばりの歌を雑誌「太陽」に発表したりした。また、第二号の平野万里の「我妹子」といふのはなかなか佳い作であるが、それにもその傾向が見える。[269]

「スバル」第一号の発行は、明治四二年一月であり、これは茂吉が観潮楼歌会に初出席した月に当たる。右の文章は、観潮楼歌会を通して、新詩社の与謝野寛と平野万里の歌風に、アララギの歌風の影響が見られるようになったとの指摘であろう。

鷗外も例外ではなく、この歌会によって得るものがあったようである。続く文章で茂吉は、鷗外の歌が「独特の歌調をなすに至つたのは、いはゆる観潮楼歌会以後であつ」たと記している。左千夫については、「あれほど強烈に自我を主張」しながらも、歌風が変化していったことを認め、その理由を「鷗外的精神力の働き[270]」に求めている。

以上の茂吉が指摘した変化は、また茂吉自身にも言えるのではないだろうか。「観潮楼歌会での両派の融合といふやうな顕象は目立つてはあらはれなかつた」が、「それは表面で、潜流としてはもつと働きかけるものがあつた」とは茂吉みずからの言である。[271]

観潮楼歌会が茂吉にもたらした主要なことの一つとして、これまで以上に鷗外の作品に目が向くようになったことがある。これについては後に補足するが、茂吉の歌会への出席と時を同じくして、鷗外作品中にニーチェへの言及の増加が見られる。遠くから仰ぐばかりであった鷗外の知遇を得た年、鷗外の興味の所在に茂吉が無頓着でいられたとは思われない。茂吉もまたこれまで以上に、ニーチェに注目していったことであろう。この時期すでに鷗外はナウマン書店版のニーチェ全集を座右においていた。茂吉は、観潮楼で、それを目にする機会もあったのではないか。

そしてこの年、ニーチェ受容史上特筆に値する出来事として、「ニイチエの生田か、生田のニイチエか[272]」と言われることになる生田長江が『ツァラトゥストラ』の翻訳にあたって鷗外に教示を仰いでいる。

二　観潮楼歌会の頃の鷗外のニーチェ言及

鷗外とニーチェとの文学史上における最初の接触、そしてそれ以後の、鷗外のニーチェに対する関心のあり方やその推移については、小堀桂一郎の詳細な論究がある。[273] 小堀は、明治二九年から三四年に至るまでの鷗外のすべてのニーチェ言及がみな「研究文献に依拠した間接的知識から来るものである」と分析する。これは、無論、入沢達吉が第一回の外遊から戻ったとき、持ち帰ったニーチェの既刊著作をすべて鷗外に貸したという話を踏まえた上での見解である。[274] それではいつ研究文献によらず、ニーチェに向かうようになったのか。

これについて、小堀は、「鷗外の筆のあとに、ニーチェの原典にふれたことによると覚しき具体性と引用の直接性が看取されるやうになるのは、やはり明治三十九年以後、彼が一九〇六年版の全集を座右に置くやうになつてより後[275]」であり、作品で言えば、明治四一年一一月の執筆である随筆「夜なかに思つた事」にはじまり、四二年に急増し、四四年の「妄想」で「いはば決着をつけられる」とする。[276]

小堀は、ニーチェ言及の割合の増加するこの時期の鷗外の「饒舌」ぶりには注意を喚起することを忘れないが、明治四二年は、鷗外や茂吉ばかりではなく、観潮楼歌会参会者それぞれに何らかの変化があった時期ではなかったかと思われる。例えば、茂吉の記録に、一夜の歌会の様子を伝えた次のような文章がある。

また其夜杢太郎さんは鷗外先生と芸術論上のこと、哲学のこと、文芸思潮のことについて話合ひ、先生が時々独逸語を交へるのに耳を傾けたりしたのであつた。[277]

文学のみならず、美術・哲学と話題の幅は広かった。質も高かったことは容易に想像される。そこではニーチェが話題に上ることもあったろう。短い文章のうちに、鷗外を中心に知的水準の高い意見の交換が行われた歌会の雰囲気をうかがうことができる。この空気を呼吸することで、一人ひとりが自己の理論や方法を醸成していったのである。

後年、約四〇年を経て茂吉の随筆「節分」（「夕刊読売」昭和二五年二月四日）[278]に引用される鷗外の随筆「追儺」（「東亜之光」明治四二年五月）は、この年に執筆された。[279]後述するように「追儺」には、ニーチェの箴言が、鷗外による要約を経て引用されている。

先に、観潮楼歌会が茂吉にもたらしたものとして、鷗外の間接的な促しによってニーチェに目が向くようになったと述べた。その理由として、明治四二年における鷗外のニーチェ言及増加をあげたが、実はそれだけでは、ニーチェに注目した理由としては不十分である。その時期に鷗外の言及が増えたのは、ニーチェただ一人ではなかったからである。なぜ、ニーチェだったのか。無論、深い意味はなく偶然ということも考えられるが、茂吉のニーチェに寄せる関心には一途なところがあり、それは最晩年までつづく。偶然で片づけるのはためらわれるのである。

氷上英広は、茂吉とニーチェの血縁性を指摘し、「茂吉の創作の根柢にある意欲と信念が、ニーチェの内蔵するものにきわめて近」く、「いわば血縁的なものをニーチェに直感している」（九三頁）、「思想的な考察とは別のみちによって、かれはニーチェ的根源を直感し、それによって終始親近感を抱きつづけた」（一〇三頁）と分析する。茂吉は、ニーチェに血縁的なものを感じた。鷗外や、ほかの参会者を通じてさまざまな文学者・思想家を知ったことによって、ニーチェの蔵する類縁の何かがより際だって感じられることになったのではないだろうか。観潮楼歌会、そして主宰の鷗外は、茂吉にこのような認識を得る環境を提供したのである。

三　「鷗外的精神力」に包摂された夕映え

ここまで、茂吉における観潮楼歌会の意義を、茂吉の鷗外への憧憬を若干織り交ぜつつ確認してきた。

ここで、先にも触れた、最晩年といってよい昭和二五年に書かれた「節分」を見てみよう。この小品は、ほぼ半分が鷗外の「追儺」からの引用によって成立している。次にあげるのは、さらにその引用の半分程度であるが、興味深い構造をもつ文章である。

『ニイチエに芸術の夕映といふ文がある。人が老年になつてから、若かつた時の事を思つて、記念日の祝をするやうに、芸術の最も深く感ぜられるのは、死の魔力がそれを籠絡してしまつた時にある。南伊太利には一年に一度希臘の祭をする民がある。我等の内にある最も善なるものは、古い時代の感覚の遺伝であるかも知れぬ。日は既に没した。我等の生活の天は、最早見えなくなつた日の余光に照らされてゐるといふのだ。芸術ばかりではない。宗教も道徳も何もかも同じ事である』云々。

私は鷗外のこのところの文章を愛して飽く事を知らなかつた。

二重鉤括弧内が、鷗外の「追儺」の引用である。ただし、冒頭の「ニイチエ」は鷗外原文では「Nietzsche」となっている。さらに括弧内を詳しく見ると、それはニーチェの文章とそれに添えた鷗外の文章とからなっている。すなわち、文頭「ニイチエには芸術の夕映といふ文がある」と末尾「といふのだ。芸術ばかりではない。宗教も道徳も何もかも同じ事である」が、鷗外の文章であり、これに挟まれてニーチェの箴言の要約がある。ここで鷗外が引用したのは、*Menschliches, Allzumenschliches I*, 4. Aus der Seele der Künstler und Schriftsteller, 223. Abendröthe der Kunst.（『人間的、あまりに人間的Ⅰ』第四章「芸術家や著作家の魂から」最終節第二二三番「芸術の夕映え」）である。阿部六郎訳により全文をあげておく。

芸術の夕焼。――老年なつて青春のことを回想して追憶の祭を祝うように、間もなく人類は芸術に対して青春の悦びの感動的な回想という関係に立つのだ。死の魔術がその周りに戯れているように見える今ほど芸術が深く感動に充ちて捉えられたことは恐らく未だかつてなかつた。彼等のもたらした風習の上にますます異邦の蛮風が勝ち誇つて行くことに憂愁と涙に昏れながら、一年に一日なおギリシア風の祭を祝つたあの南イタリーのギリシア町のことを想つてみるがいい、この滅びて行くヘラス人のもとにおけるほどヘラス的なものを味識したことは恐らくかつてなかつたし、この金色の神酒をそれほどの快楽で啜つたところはどこにもなかつたのだ。芸術家は間もなく一つの素晴しい遺物と見られ、その力と美に前代の幸福がかかつていた不思議な異郷人に対するように、吾吾が同類の者には容易に与えないような尊敬を示されるであろう。吾吾の身にある最上のものは恐らく前の諸時代の感情から承け嗣がれたものであつて、吾吾は今直接な途ではもう殆どそういう感情まで行き着くことができないのだ、日はもう落ちてしまつた、だが吾吾の生の空は燃えていて、日はもう見えないのに、まだ日に照り映えている。

（『ニーチェ全集Ⅲ』昭和二五年一二月、新潮社。二〇八頁）

茂吉が、ニーチェの著書 *Morgenröthe* からたびたび引用し、その書名を、「暁紅」と訳し、第一一歌集の表題としたことはよく知られている（第四章参照）。阿部が「夕焼」と訳したAbendröteは、一見してわかるように、Morgenröte と対をなす言葉である。Morgenröte 同様に、茂吉はこの語を慕っていた。「接吻」（「改造」大正一四年六月）[280] という随筆に次のような描写がある。作品中の回想場面は、留学中の大正一一年のウィーンである。ある夏の日の夕に、ひとり夕食をすませた茂吉は、ギュルテル街を歩きながら次のようなことを思う。

太陽が落ちてしまつても、夕映《ゆふばえ》がある。残紅がある。余光《よくわう》がある。薄明がある。独逸語には、Abendröteがあり、ゆふべのDämmerungがあつて、ゲーテでもニイチエあたりでも、実に気持よく使つてゐる。これを日本語に移す場合に、やまと言葉などにいいのが無いだらうか。そして、夕あかり。うすあかり。なごりのひかり。消のこるひかりなど、いろいろ頭のなかで並べたことなどもあつた。欧羅巴の夏の夕の余光はいつまでも残つてゐた。

茂吉は、落日の表現をさまざまに考えている。[281] ここで注目したいのは、Abendröte をニーチェが「実に気持よく使つてゐる」と、茂吉が感じたことである。それは何に由来する実感だったのであろうか。こう問うのは、思想的語調で用いられるニーチェの Abendröte は、気持ちのよさからは隔たったところにあると思われるからである。

それについて小堀は、先にあげた茂吉の「節分」に注目し、「鷗外の訳文」を媒介として、「穿鑿すればいずれもかなり重く鋭い意味が滲み出てくる」ニーチェの Abendröte という語の、実に気持ちのよい使い方を思い出していたのではないか、と茂吉に理解を示している。[282]

茂吉は、「節分」に鷗外の「追儺」からもう一場面引用している。それは先にあげた「芸術の夕映え」の要約の直前に位置する。築地の新喜楽で、主人公の「僕」が体験する「豆打」の場面である。

『此の時僕のすわつてゐる処とデイアゴナールになつてゐる、西北の隅の襖《ふすま》がすうと開いて、一間にはいつて来るものがある。小さい萎《しな》びたお婆あさんの、白髪を一本並べにして祖母子《おぼこ》に結つたのである。しかもそれが赤いちやんちやんこを着てゐる。左の手に枡をわきに挟んで、ずんずん座敷の真中まで出る。すわらずに右の手の指尖を一寸畳に衝いて、僕に挨拶をする。僕はあつけに取られて見てゐる。「福は内、鬼は外。」お婆あさんは豆を蒔きはじめた。北がはの襖を開《あ》けて、女中が二三人ばらばらと出て、翻《こぼ》れた豆を拾ふ。お婆あさんの態度は極めて活々《いきいき》としてゐて気味が好い』

茂吉が「デイアゴナール」と書く語は、鷗外原文では、「diagonal」である。茂吉は引用していないが、このあと、「僕は問はずして新喜楽のお上《かみ》なることを暁つた」とつづく。右の文章では、そのお上の手振りが、鷗外によって見事に活写されている。茂吉が引用し、「鷗外の訳文」の直前に置かれたこの文章もまた、ニーチェの Abendröte という語を気持ちのよいものとして記憶の底にたたみこむ役割を果したのではなかったか。

こうして見ると、「気持よく」とは、実に鷗外の「追儺」によって培われた心理であった。つまり、茂吉の脳裏において、Abendröte というドイツ語は、確かにニーチェと結びついていたに違いないが、そこには、ニーチェの思想にかかわる深刻な語感は伴われず、むしろ、「鷗外的精神力」に包摂されることによって生じた、気持ちのよい感覚が刻印されていたのである。

まとめ

いつしかも日がしづみゆきうつせみのわれもおのづからきはまるらしも

ふたたび本章の主題である一首を引いた。ここまで見てきたように、ニーチェの Abendröte der Kunst. を、鷗外は「追儺」において包摂し、その部分を鷗外の言葉もろとも茂吉は「節分」に包摂した。「追儺」に包み込まれたとき、ニーチェの Abendröte は、茂吉において気持ちのよいものとして想起される現象となった。

当該歌は、茂吉の病状が予断をゆるさないことを知る周囲の人々を、「粛然とさせ」る要素をたしかに持っている。人生の終焉の淵にたつ人を前にするとき、粛然となる以外の術を持たないからであろう。そしてそれは、茂吉の外面的事情を考慮すれば当然のことと言える。それでは、その内面において捉えられていた光景はどのようなものだったのだろうか。一首は、ニーチェの Abendröte der Kunst. を背景に持つ。ニーチェは、「死の魔力」(鷗外訳) がそれを籠絡してしまったときにこそ、芸術は深い感動をもって捉えられると記した。茂吉がそこに表現された「死の魔力」の戯れを感じていたかどうか、それは分からない。しかし茂吉はたしかに「最早見えなくなつた日の余光」(鷗外訳) を観じていた。見ることにこだわった茂吉は、みずからが樹立した短歌における写生の説のままに、かろうじてのこる余光さえも見守りつづけた。気がつけばすでに太陽の姿はなく、余光が照り映える。天にとどまる余光に照らされたとき、鷗外を通過してくるニーチェの夕映えの印象をみずからの詩嚢に育みつづけてきた茂吉は、今まさに消えていく余光さえ、懐かしさに包まれ満ち足りた気持ちで眺めていたと思われてならない。

それは歌の表記によく表われていよう。一見してそれと知られるひらがなの多用が、茂吉の心持ちの不思議な明るさを伝える。かつて茂吉は、「やまと言葉などにいいのが無いだらうか」（「接吻」）と、やまと言葉を探し求めた。当該歌においては、すべての言葉がひらかれている。ここに、やまと言葉の結晶を見るひとは多いのではないだろうか。結句の「らし・も」という助動詞・助詞が、しかるべき位置をあたえられて、そこはかとない明るさをたたえている。

結章

茂吉におけるニーチェの関係を明らかにするために、稿を書き継いできた。あらためて振り返ると、やはり、ニーチェは茂吉の基底に触れている、と言わざるを得ない。序章に述べたように、本論文は、結果として、山本健吉の述べる茂吉歌業の「起の部分」にあたる『赤光』『暁紅』『つきかげ』を取り上げることになったが、これは、他の歌集やこれ以外の時期にニーチェの痕跡が見出せないとして退けたからではない。「起」ゆえに目に留まりやすかったと言うべきであろう。取り上げた歌集の範囲においても、まだ論じるべき課題は多く残されているが、本論文の範囲からもれてしまった歌集から、ニーチェの名前が詠み込まれた歌をあげておきたい。

留学時代に取材した作品を収める『遠遊』（第四歌集、昭和二二年八月、岩波書店）、そして『遍歴』（第五歌集、昭和二三年四月、岩波書店）から掲出する。次の歌は、八月二四日のワイマール行にかかわる。

ニイチエもこの町に来て果てしかど好《この》みてここに来《こ》しにはあらず　（大正一一年、『遠遊』）

次の歌には、「二月十日（日曜）、オデオン座にワーグネル祭を行ふ」の詞書が付されている。

ニイチエの詩の朗読をひとりの若き女性《ぢよせい》のしたるが好しも　（大正一三年、『遍歴』）

六月二四日に再度ワイマールを訪れる。「二たびの訪問なれど心飽かず青き園にても心足らひて」の歌のあとに次の歌が見える。

この街のゲエテ、シルラー、ニイチエと親しむものは親《した》しみ来《きた》る　（同）

六月二六日には次の作がある。

Röcken《レッケン》のニイチエの墓にたどりつき遥けくもわれ来《き》たるおもひす

フリードリヒ・ニイチエがまだ穉《いとけな》く遊びてゐたる池のさざなみ　（同）

これらは、ニーチェのゆかりの地を訪れた感慨の素直な表白であったろう。

その数か月後に茂吉は青山脳病院全焼の報に接することになる。その「艱難」の中で、

とりよろふ青野《あをぬ》を越えてあゆみつつ神死《かみし》したりといひし人はも

（大正一五年、『ともしび』「山房の夜中」）

という歌が作られた。踏まえられているのは、ツァラトゥストラ（あるいはニーチェ）の告げる「神は死せり」[283]である。

第一〇歌集『白桃』（昭和一七年二月、岩波書店）には、「青野」の題のもとに次の一首がある。

あやしみて人はおもふな年老《としお》いしショオペンハウエル笛《ふえ》ふきしかど

（昭和九年）

これは、『善悪の彼岸』第五章「道徳の博物学について」の次の個所に想を得たものであり、[284]ニーチェの刺激が茂吉に生産性をもたらしたわかりやすい一例と言えるであろう。

ショーペンハウアーは、もともと厭世主義者《ペシミスト》でありながら、——毎日きまって食後に、フリュートを吹いた・・・ということを。これについては彼の伝記を読まれるがよい。ところで、ついでながらうかがうと、神と世界との否定者たる厭世主義者《ペシミスト》の身で、道徳の前に立ちどまり、——道徳にたいし、それも〈なんぴとをも害するなかれ〉式の道徳にたいし然《ヤー》りを言い、フリュートを吹くとは、どういうものだろう？　これでも本当に——ペシミストといえるであろうか？

（ちくま版、一五三頁）

以上の例は、いずれもニーチェに接した痕跡が明白である。しかし現状は、茂吉に対するニーチェの関係が一般に認知されているとは言いがたい。短歌作品の理解についてはなおのことで、近代を代表する歌人といわれ、その作品は現在でも多くの読者を得、繰り返し論じられている茂吉にして、右に引いたようなニーチェの名前やよく知られたその用語が記された数首を除いては、ニーチェを視野に入れての解釈や鑑賞は未開拓の分野に属している。無論、ニーチェを念頭においた作品鑑賞をうながすためには、前提として、その影響が一般に認識されることが不可欠である。序章で述べたように、本論文は、茂吉における西洋的側面としてニーチェの影響を追究した。その追究の結果には、当然、茂吉におけるニーチェの関係が一般にひろく知られることの期待も含まれている。

歌人としての歩みをはじめたころ、茂吉は、「力においてより多く」であろうとする思想をニーチェに学び、Wille zur Macht を「多力に向ふ意志」の語によって受け取った。ニーチェは、障礙に立ち向かう青年茂吉の「旗標」[285]となった（第三章）。そして敗戦後、戦争責任が問われる状況においては、老境の茂吉の慰め手となった（第六章）。

この間、茂吉はニーチェから何を受け取ったのか、用語と思想の側面から本論文を振り返っておく。もちろん、用語の受容は思想の受容である場合も多く、両者を分かつことは難しいが、茂吉がみずからの語として用いた語を、便宜上、用語として整理したい。

まず、用語に注目しよう。

「多力に向ふ意志」や「紅血流通」（第三章）などがニーチェに由来することは、比較的よく知られているだろう。その「多力に向ふ意志」の茂吉における重要性は、「古代芸術の讃」の分析によって、改めて確認されたことと思う（第五章）。本論文中に引用した文章の語調から明らかなように、茂吉は「多力者」や「紅血流通」の語を得たことで、評言（表現）が自在になったように見える。それは「お陰を蒙る」（第五章）という言葉についても言えることである。この語を、茂吉は、言葉に腐心する歌人として感謝の念をこめて用いた。単独に取り出してみると、迫力あるとは見えないが、ひとたび茂吉の筆に取り込まれると熱を帯びてくる。

「ディオニュソス的」（第二章）とは、長谷川如是閑の論難に立ち向かうために、また、当時の社会不安を乗り越えるために、茂吉が人麻呂に付与した「根源の特徴」であった。人麻呂を御用詩人として貶めた如是閑に対しては、「(純粋）衝迫」の語を用いて人麻呂のディオニュソス性を強調し、不安の超克の文脈では、生命の原理としてのディオニュソス、全的肯定者の意味におけるディオニュソス性を強調した。前者は、人麻呂を歌人として論じた場合であり、後者は、人麻呂をディオニュソス的なものの体現者、すなわちタイプとして造型した場合である。後者の、タイプの造型という問題に、以下の点を付け加えておきたい。茂吉は歌壇の実情をあからさまに歎きはしたが、声高に社会批判をすることはなかった。茂吉に思想性がないとは、一般的な見方として定着しているように思われる。そのためであろうか、この「柿本人麿私見覚書」も社会批判の書として論じられることはなかった。しかしここには、茂吉の社会批判の、おのずからなる表われがあるとは言えないだろうか。社会を改良しようという意図に発したものではなく、自身の問題として必要に駆られた結果としての批判である。

「暁紅」(第四章)の語も、ニーチェから継承したものとして数えられる。第一一歌集を、おそらくは、その恋を記念する意味をこめて「暁紅」と名づけたことは、短歌の「鍛錬道」を説いた赤彦が、その恋を断ち切るために歌集名を「切火」[286]としたこととは対照的である。そこに、茂吉芸術のロマン主義的傾向を読み取ることもできよう。

次に思想面に注目してみよう。

第一章では、茂吉が写生説に説く一体化の思想を、ニーチェとの関連で論じた。茂吉の書いた文章を考察することで、その説のニーチェ芸術観との親和性を強調したが、広く文献を渉猟した茂吉の説の起源を一つに限定しようとの意図は毛頭ない。すでに指摘されているように、[287]芭蕉の思想もまた、茂吉の「実相に観入して自然・自己一元の生を写す」の思想に注ぎ込んでいるだろう。しかし、芭蕉が強調されるのと同様に、茂吉の定義が、ニーチェの開示する芸術上の世界観に深く根を下ろしていることも、また動かせないのである。

茂吉は、回帰思想に触れていた。その関心はどこから来たのか。回帰思想には、形のうえで類縁のものがある。第四章で言及したヴェーダ時代のインド思想や、万物流転を教説したヘラクレイトスをあげるまでもなく古代ギリシア思想にもそれは見られる。ニーチェについて言えば、古代インド・古代ギリシアへの造詣の深さからいって、それらに根をおろす回帰思想は、当然考えられる起源である。ニーチェの永劫回帰説は、一般に、その言葉に即して「同じきものの回帰」[288]と説明される。茂吉は、「輪廻回帰」と言ったが、そこにどういうイメージをもっていたかは定めがたい。ただ、茂吉のこの思想への関心が、『ツァラトゥストラ』第三部「幻影と謎」の章を知ることによって明確に意識されるようになったことは明らかである。それ以前の茂吉は、仏教的雰囲気の中で育ったとはいえ、かえってそれを当然のこととして、ことさらに仏教的「輪廻回帰」を意識することはなかったのではないかと思われる。少なくとも大正二年という早い時期に茂吉は、「幻影と謎」に描写された永劫回帰の予感をかたる光景が、ニーチェの幼年期の体験に基づいていることを、妹エリーザベトの書いた伝記『若きニーチェ』（茂吉訳「穉きニイチエ」の原典）によって知った（第六章）。

最後に触れておくべきは、夕映えの思想であろう。ニーチェ受容と踵を接するように、茂吉が鷗外の謦咳に触れたことの意義は大きい。『つきかげ』巻軸の一首が、それを語っている（第七章）。最晩年に茂吉が病床にあって観た、ニーチェ－鷗外によって切なくも明るく照り映える夕映えは、どれほど茂吉を慰めたことだろうか。

以上のように、茂吉におけるニーチェ受容の様相を明らかにし、その影響を認めたうえで茂吉の歌をながめると、その作歌時に、ニーチェに思いを致していたことが伝わってくる作品が浮かびあがってくる。

税務署へ届けに行かむ道すがら馬に逢ひたりあゝ馬のかほ

（「猫柳の花」、『つきかげ』）

この、茂吉作品の中でもよく知られた歌は、ニーチェとの関連で論じられたことはないようである。[289]一八八九年一月三日、ニーチェの精神が崩壊したと言われるその日のことが逸話として伝わっている。トリノの広場で鞭打たれる馬を見たニーチェは、馬を守ろうとして駆け寄り、その首を抱きしめながら泣き崩れ、やがて昏倒した、というものである。『ニーチェ事典』には、「狂気の発作を起こしたとき、ニーチェはトリノの街頭で馭者に鞭打たれる馬を見て、通りを横切って馬の首に抱きつき、声を上げて泣いたという話が伝わっているが、ドストエフスキーの『罪と罰』の一場面を思わせるこの挿話の真偽のほどはたしかではない」(「トリノ」の項、四一五頁)とある。税務署へ行く途上、馬と出くわした茂吉の脳裏に、その精神が社会的時間の軌道から外れるまさにその瞬間の、ニーチェの姿態がよぎったのではなかったろうか。そう考えたとき、ようやく「あゝ馬のかほ」という詠嘆が、低くくぐもった声として聞こえてきて腑に落ちるのである。

次の歌はどうだろうか。

わが生《せい》の途上にありて山岸の薔薇《ばら》の朱実《あけみ》を記念したりき　(「朱実」、『つきかげ』)

「あけび」を詠み、「おきな草」を詠む茂吉に、薔薇はおよそふさわしからぬ嘱目である。[290]茂吉にとって薔薇の実を記念するとはどういうことか。塚本邦雄の評言に耳を傾けてみよう。「薔薇《ばら》の朱実《あけみ》」は、「梔子《くちなし》の実のやうな鮮明な朱色ではない。暗橙・暗紅と言つた方がより近い、いささか風情のあるものだが、「記念したりき」は、即座に結びつかない。だがこの、一般読者の理解を阻むかの、独善的表現に、それなりの潔さとかなしみが漂つて、愛誦に価する一首となりおほせてゐるやうだ」。塚本は、「滞欧時代の記憶」との結びつきを予感するものの、理解は「万事休す」とも言い、「不可解なままにその姿と心に引かれてゆくたぐひのもの」と結んでいる。[291]「長鳴くは」の歌を評したときも、塚本は「不可解」の語を用いていた(第六章)。ここでの不可解さ解明の手がかりも、やはりニーチェにある。次に引くのは、留学中におとずれたニーチェの埋葬地の描写である。

墓場と謂つても極く狭いところで、その境内《けいだい》には馬鈴薯畑があり、林檎畑がある。その間に極く小さい墓が散在してゐる。そこに古びた小さい寺がある。その隣に一軒の住宅があり、それがニイチエの生家であつた。今はそこの寺の牧師が住んで居る。寺の東側であらうか、そこに、古の騎士の墓があり、ニイチエの父の墓があり、その間にニイチエの墓がある。墓は皆寝墓で、Friedrich Nietzsche 15. October. 1844. 25.

August. 1900. と単簡に刻されてゐる。墓のまはりには薔薇の花が咲いてゐる。

（「ニイチエの墓を弔ふ記――Röcken 紀行略――」、「思想」大正一五年一月）

その日、茂吉はレッケンの墓地で薔薇のそばにたたずんでいた。このときから薔薇は記念すべき植物となる。墓参の折、咲いていた花が、いま眼前に「朱実」となって揺れている。青年期にニーチェに接してから、「山岸」のその時までに流れた時間への感慨と、今、自分は生きているという「生」への実感が、「生の途上」という表現を呼び寄せたのであろう。ニーチェは青年茂吉を鼓舞し、老境の茂吉を慰めた。「記念」する胸中には、ニーチェの墓地に咲いていた薔薇の面影が思われている。

作品は、各人の立場から思い思いに読まれる。一般に作品を読む場合、読者は、その成立背景や作者の伝記的事項を知らずに読むことのほうが多いだろう。鑑賞するにせよ評価するにせよ、作品本位であるべきことは言を俟たない。しかし、その周縁を知ることによって、理解が深まり、作品世界が豊かに立ち上がってくる場合があることも、また確かである。茂吉の場合とくに、ニーチェという周縁を知ることで作品がより身近になるのである。

【注】

序章

（1）「西洋の衝撃」という表現は、近代日本を論じる際のキーワードとして、論文の表題や書名などに用いられている。芳賀徹他編『西洋の衝撃と日本』（講座比較文学5、昭和四八年一〇月、東京大学出版会）、平川祐弘『西欧の衝撃と日本』（昭和六〇年一〇月、講談社学術文庫）など。

（2）国の文化の青年期と茂吉の青年期が重なるという視点は、早くは中野重治が与えている。「人の生涯のうち、その青年期はいづれにしても一種のSturm＝und Drangperiodeであらう。しかしそれだからといつて、ある人の青年期が、その国の文化の青年期に重なるかどうかは人間の勝手に処理し得ぬ問題である」。『斎藤茂吉ノオト』（昭和一八年一月新版、筑摩書房）、一〇二頁。初版は昭和一七年六月。

（3）現代短歌全集12『斎藤茂吉集・島木赤彦集』（昭和四年一二月、改造社）付属の年譜（自筆年譜）、明治三八年条に「一月、神田の貸本店より正岡子規先生の「竹の里歌」を借り読み、作歌の志あり」とある。

（4）明治四三年から大正七年にかけて「アララギ」に掲載された文章を中心に編纂された随想的歌論書である。大正八年八月春陽堂刊。『全集』第九巻所収。

（5）「僻見」（「斎藤茂吉」の章、「女性改造」大正一三年三月）、『芥川龍之介全集』第一一巻（全二四巻、平成八年九月、岩波書店）、一九四頁。

（6）竹内英之助は、茂吉の歌論書に言及されたドイツ詩人に注目している。「斎藤茂吉とドイツ人――ニーチェ、ゲーテ、デーメルの場合について――」（「国語と国文学」昭和三〇年八月、東京大学国語国文学会）、日本文学研究資料刊行会編『近代短歌 正岡子規・与謝野晶子・斎藤茂吉・北原白秋』（日本文学研究資料叢書、昭和四八年五月、有精堂）所収。

（7）「ニイチエの墓を弔ふ記――Röcken紀行略――」（「思想」大正一五年一月）、『全集』第五巻、一二三五頁。

（8）「ニイチエの病」（「童馬小筆」中。「中央公論」昭和一二年四月）、『全集』第六巻、五〇四頁。「ニイチエの病気」（「茂吉小話」中。「アララギ」昭和二五年一月）、『全集』第七巻、五四五頁。

（9）『斎藤茂吉の短歌観――歌人的自己形成への一考察――』（昭和三八年三月、共立女子大学）。「共立女子大学紀要」第九輯として単行本化されている。のちに『斎藤茂吉の研究――その生と表現――』（平成二年五月、桜楓社）等に所収（補筆等あり）。梶木剛編『斎藤茂吉『赤光』作品論集成』第三巻（平成七年一一月、大空社）所収。

(10)「斎藤茂吉とニーチェ――日本におけるニーチェ影響史への一寄与として――」、「比較文学研究」第一一号（昭和四一年七月）、のちに、日本文学研究資料刊行会編『斎藤茂吉』（昭和五五年九月、有精堂）、氷上英広『大いなる正午』（昭和五四年一二月、筑摩書房）、『ニーチェとの対話』（昭和六三年一二月、岩波書店）に収録。本論文における氷上の引用はすべて『斎藤茂吉』所収論文により、以下、頁数のみを記す場合がある。

(11)「斎藤茂吉における「多力への意志」――「深処の生」の支えとしてのニーチェ――」、『近代日本の思想と芸術Ⅱ』（講座比較文学4、昭和四九年六月、東京大学出版会）。同論文は、『全集』月報二～五、七、八号に連載した「斎藤茂吉とニーチェ」（一～六）を加筆訂正したものである。

(12) 山本はもう一冊に、『ともしび』（第六歌集）をあげる。これは、「欧洲留学から帰朝直後の時期の歌集「ともしび」は、「あらたま」と「白桃」とのあひだの長い期間をつなぐ意味からも、外せないと思ふ」として選ばれた。

(13) その後、本林勝夫は、山本の見解を「若干ずらして『赤光』、『ともしび』、『白桃』後半から『暁紅』、それに『小園』末期から『白き山』の四つの時期」（「作風の展開――四つの峰――」、近代文学注釈大系『斎藤茂吉』（昭和五三年六月再版、有精堂）、三七五頁）に分かった。歌集を選ぶという条件で選定にあたった山本と、歌集という枠組みを解体し、「実生活上における危機」を考慮に入れ作風の展開をたどった本林との立場の違いと言えよう。

　『つきかげ』の評価をめぐって。同歌集を選ぶにあたって、山本は、上田三四二の『つきかげ』評価の低さを考量している。上田は、『斎藤茂吉』（昭和三九年七月、筑摩書房）で、「最後の歌集「つきかげ」のはじまる昭和二十三年から没年の二十八年にいたる六年間は、文学者茂吉にとつて本当はどうでもいい歳月」（三二頁）と書き、また「『つきかげ』の茂吉」（「短歌研究」昭和四一年二月）では、「『つきかげ』は、実はどうでもいい歌集であろう」と書き起こしていた（結論では、「茂吉の一般読者《レクトウール》にはどうでもいい歌集」だが、「茂吉の精読者《リズール》」にとっては、襟を正して向かうべき歌集としている）。そうした意見を踏まえたうえで、山本は評価すべき歌集として、『つきかげ』を「起」の位に置いた。上田は、前記論文から一〇年余り後の昭和五三年に「『つきかげ』嘆」（「短歌」五月号）を書き、「かつては『つきかげ』に感じたある痛ましさを、そこに見られる可能性の探究という意欲的な面から、いまいくらかなだめることが出来るような気がしている」と述べ、評価の重心が「どうでもいい歌集」という地点から移っていることを窺わせた。現在は、「岡井隆や小池光らの言動もあって、『つきかげ』の評価が急速にあがっている」（小高賢「老いという切断」、「短歌」平成二四年五月）。その間には、鮎川信夫、佐藤通雅らの発言もあった。鮎川は、「最晩期の斎藤茂吉――『つきかげ』について」を書き、「『つきかげ』はつまらぬ歌集かというと、決してそうではない。少なくとも、予感、あるいは怖れとしてあった〈老い〉と、実際の老いとが、どう違うかを証しているだけでも、注目すべき歌集なのである」と述べた（山形新聞編集局編『茂吉秀詠』（昭和五七年五月、深夜叢書社）所収（原題「つきかげ」）。引用は、『鮎川信夫全集7　自伝、随筆』（平成一三年四月、思潮社）による）。佐藤「『つきかげ』の茂吉斎藤茂吉」（『横書きの現代短歌』平成二年五月、五柳書院）は、「『つきかげ』は単に老年の境涯を歌ったというのでなく、老年を普遍化し、現実に即くことばの極致をもたらした」と評価する。

(14)『全集』第九巻、八〇四頁。

(15)「写生とは実相観入に縁つて生を写すの謂である。（中略）『生』とは『いのち』の義である。『写』とは『表現』の義である」（「写生といふ事」、「アララギ」大正八年一月）と書き、「写生」が〈生命表現〉であることを強調した。

(16)『全集』第一一巻、一八三頁。

(17)たとえば、『童馬漫語』に以下の例がある。「『せずに居られぬ』とは大きな力である」（「作歌の態度」）、「力に満ちた、内性命に直接な叫びの歌は尊い」（「叫びの歌、その他に対する感想」）、「何ゆゑに此作者はかういふことに力瘤をいれて『みじかければ』といひ『畳の上にとどかざりけり』と詠歎して居るかを味ふことになる」（「子規の歌一つ」）、「まことに力ある歌だと感じ来つた」（「『安見子得たり』の歌」）、「それに独自の血を通はせるやうにするには大力を要する」（「模倣の歌」）、「心力の集注」（「怨敵」）、「一種の力と光」（「『作歌炎』」）、「うちに漲り切つた力の一団」「火炎力団」「多力者に苦あり非力者には苦あることなし」（以上、「詞の吟味と世評」）など。

(18)ここでの『暁紅』期は、昭和一〇年と一一年の両年とする。

第一章

(19)昭和一四年執筆の文章に「私は嘗て写生に定義して、『実相に観入して自然・自己一元の生《せい》を写《うつ》すのは即ち写生である』と云つたが、今になつても大体これで差支ないやうである」とある。「短歌初学門」、『全集』第一〇巻、二〇九頁。

(20)「写生といふ事」（「アララギ」大正八年一月）に、「子規は写生を実行したけれども、『写生』の語義を説明するに、『手段』などと無造作に云つてゐる。予等を以てみれば、『写生』は手段、方法、過程《くわてい》ではなくて総和《そうわ》であり全体である」とある。『全集』第一一巻、五〇九頁。

(21)各人の「写生」の諸相については、北住敏夫『写生派歌人の研究』（昭和三四年四月、宝文館）に詳しい。

(22)明治四五年二月四日の「読売新聞日曜附録」に掲載された「内生活直写の文学（再び）」を指す。同論文は『悲劇の誕生』の影響が著しい。日本近代文学大系35『阿部次郎・和辻哲郎集』（昭和四九年七月、角川書店）など。

(23) ニーチェによれば、芸術衝動には、過剰、陶酔、激情を志向するものと、秩序、明晰、静観、夢想を志向するものとの二種類がある。前者は酒神ディオニュソスにちなんで「ディオニュソス的」、後者は太陽神アポロンにちなんで「アポロン的」とよばれる。「これら二つの衝動は、ギリシア悲劇において事実そうであったように、もともと、結合しなければならないものである。／ディオニュソス的な豊饒《ほうじょう》と充溢《じゅういつ》、過剰と狂奔は、アポロン的な明晰、節度、秩序と一体化して、はじめて真に芸術的な美の次元に高められる。芸術は、法則や秩序の無視にではなく、それらのものの束縛のなかにあって、なおかつ奔放軽快に遊び踊ることのできる高い自由のうちに生きるものである」。「もしアポロン的なものが一方的に支配するならば、すべては冷たく硬直するであろう。それゆえ、ディオニュソス的なもののあふれる高潮のような生命性がなければならない。しかし逆に、ディオニュソス的な契機だけが支配しても、残るのは、にぶい叙情的な混沌のみで、そこにはなんらの美もないであろう。それゆえ、ディオニュソス的なものは「多くに過ぎぬ」ことを命じ、叙事詩的な明晰と節度を友とする個体性（形象）の原理＝アポロンを必要とする」（山崎庸佑『ニーチェ』、二四〇頁）。茂吉が短歌において重視した「衝迫」は、ディオニュソス的なものである（第二章参照）。これに関連して、中野重治は、「茂吉における時間的距離表象の明確、しかしそれの肉眼的表出は、いわば両者の結合の問題として考えられ、この表出自身はアポロ的に追求されているといえるのである。茂吉はそれを「写生」の問題として扱つている」（『斎藤茂吉ノート』（筑摩叢書21）、四五頁）と述べている。

(24) 大正九年九月発表の「第四「短歌と写生」一家言」においては、「実相」「自然」「生」「写」の語義は説明されたが、「観入」及び「自然・自己一元」についての具体的説明はなされなかった。発表後、とくに「観入」の語を不審とする意見が聞かれた。茂吉は「「観入」といふ語に就て」（昭和九年一月執筆）、「観入の語補遺」（昭和一七年六月）などを著している。

(25) 『全集』第一五巻、一六七頁。

(26) 訳文の引用は、ちくま学芸文庫版ニーチェ全集による。五五頁。以下、同全集より引用する場合は、ちくま版と略記する。

(27) 摩耶夫人のまとう薄衣。その衣は、森羅万象を映すといわれ、そこから仮象の世界、迷妄に譬えられる。

(28) 「写生の歌」（『童馬漫語』54。初出は「アララギ」大正三年三月）、『全集』第九巻、七五頁。

(29) 『全集』第九巻、九二頁。

(30) 「或る反時代的人間の遊撃」八「芸術家の心理学によせて」。ハイデッガーは、「講義」（一九三六／三七年冬学期）でこの個所を引用し、引用理由を「美的状態についてのニーチェの規定では最高の明確さと統一性を示すものだからである」と説明している。ハイデッガー全集第43巻『ニーチェ、芸術としての力への意志』（薗田宗人、セヴスティアン・ウンジン訳、平成四年三月、創文社）、一一四頁。

（31）本林勝夫は、茂吉の「短歌形式の把握は、『権力への意志』の第三書「新しき価値定立の原理」あたりから示唆されたものであることは、殆ど疑う余地がない」と述べている。『斎藤茂吉の研究——その生と表現——』（平成二年五月、桜楓社）、一一七頁。

（32）氷上は、『ツァラトゥストラ』『曙光』「詩集」は読んだと結論している。

（33）「作歌稽古の思ひ出」（「短歌雑誌」大正九年一二月。『童牛漫語』）、『全集』第一一巻、六八一頁。

（34）小堀は、「控えめに見ても（明治——引用者注）四十四年中には茂吉はニーチェ全集を座右に置いて繙くようになっていたであろう」と分析する。「斎藤茂吉における「多力への意志」——「深処の生」の支えとしてのニーチェ——」、『近代日本の思想と芸術Ⅱ』（昭和四九年六月、東京大学出版会）所収、三四五頁。小堀の指摘による茂吉所有のニーチェ全集は、*Nietzsche's Werke. Taschen-Ausgabe*, 10 Bde. C.G.Naumann. Leipzig 1906. である。上記論文（三四五頁）に、森鷗外所有のニーチェ全集は「茂吉所蔵のものと同じ版」とあり、『西学東漸の門——森鷗外研究——』（昭和五一年一〇月、朝日出版社）に、鷗外座右の全集は「一九〇六年版の全集」（三六二頁）とある。

茂吉所有版の内容は以下のとおり。

Bd. 1: *Die Geburt der Tragödie;* Aus dem Nachlaß 1869-73
Bd. 2: *Unzeitgemäße Betrachtungen;* Aus dem Nachlaß 1873-75
Bd. 3, Bd. 4: *Menschliches, Allzumenschliches I,II;* Aus dem Nachlaß 1874-78
Bd. 5: *Morgenröthe;* aus dem Nachlaß 1880-81
Bd. 6: *Die fröhliche Wissenschaft;* aus dem Nachlaß 1871-88
Bd. 7: *Also sprach Zarathustra;* aus dem Nachlaß 1882-85
Bd. 8: *Jenseits von Gut und Böse; Zur Genealogie der Moral;* aus dem Nachlaß 1885-86
Bd. 9: *Der Wille zur Macht* 1884-88: Versuch einer Umwerthung aller Werthe
Bd. 10: *Der Wille zur Macht* 1884-88 (Fortsetzung); *Götzen-Dämmerung* 1888; *Der Antichrist* 1888; *Dionysos-Dithyramben* 1888

（35）『全集』第九巻、五二頁。本林は、同文執筆の時期を「主体的なニーチェ摂取の確立した時期」（前掲『斎藤茂吉の研究——その生と表現——』、一一六頁。注（31）参照）と見る。

（36）「山中手帳」の一項、『全集』第七巻、二四〇頁。『文学直路』（昭和二〇年四月、青磁社）所収。再版（昭和二二年一一月）では、「靖国神」は、「占領軍政下では不利を招く虞れがあるので」、「渓その他」に差し替えられた。板垣家子夫『斎藤茂吉

随行記』上巻（昭和五八年五月、古川書房）、昭和二一年四月条（二二六頁）。

第二章

（37）注（16）参照。

（38）『阿部次郎全集』第二巻（昭和三六年六月、角川書店）、一六〇頁。北住敏夫『阿部次郎と斎藤茂吉』上巻（昭和五九年一一月、桜楓社）は、阿部の同論文が、茂吉の短歌観形成に影響を与えたとの観点から論じている。

（39）最初の抄出掲載（「雑俎」）においても、アポロン型に関する引用はわずかだったが、再度の掲載では、その個所が削られている。

（40）昭和七年一二月一九日（月）の日記に、「大橋松平君来リテ長谷川如是閑ノ論文ニツイニ〔原〕カケト云フ、カヽヌ」と記している。『全集』第三〇巻、二二一頁。

（41）「総論篇」（昭和九年一一月）、「鴨山考補註篇」（昭和一〇年一〇月）、「評釈篇巻之上」（昭和一二年五月）、「評釈篇巻之下」（昭和一四年一二月）、「雑纂篇」（昭和一五年一二月）。

（42）人麻呂をディオニュソスをもって論じる手法はニーチェに学んだ形跡がある。ニーチェはゲーテをその名をもって呼んだ。「彼はもはや否定しない……しかし乍ら、かくの如き信念は総てのあり得べき信念の中なる最高のものである。私はこれに命ずるにディオニゾスの名を以てした」。生田長江訳新潮社版『偶像の薄明』「時代との戦に於ける小ぜりあひ」四九より引用、一三六頁。

（43）西郷信綱『斎藤茂吉』（平成一四年一〇月、朝日新聞社）は、茂吉の「ディオニュソス的」の問題に紙幅を割き、「「ディオニュソス的」な声調や語気とは茂吉にとって、歌における生成の歓喜の極限を象徴するものであったといえる」（一九五頁）、「さて茂吉にとって、このさい「ディオニュソス的」とは、何を意味したか。「ディオニュソス的」が強く喚起されてきたのも、やはりわが身に今まさにふりかかっているこの「苦痛を喜びに転換」しようとする志向と、ほとんど無意識のうちに重なりあっていたはずである」（二〇三頁）などの結論を得ている。

（44）日本近代文学大系35『阿部次郎・和辻哲郎集』（昭和四九年七月、角川書店）、頭注（一八八頁）による。

（45）ニーチェは、アポロンの作用を以下のように表現している。「しかし今やこの音楽が、アポロン的な夢の作用の下《もと》に、あたかも一つの比喩的な夢の形象のごとき姿をとって、再び彼に見得るものとなる」（ちくま版、五五頁）。「今やアポロンが彼に近づき、その身に月桂樹で触れる。眠れるアルキロコスのディオニュソス的音楽的な恍惚たる陶酔は、今やその周囲にいわば形象の火花を撒《ま》き散らす。これがすなわち抒情詩であり、それが最高の発展を見るとき、悲劇および劇的ディテュランボスと称せられるのである」（同、五六頁）。

（46）例えば、「表はされた言語の直接性と、従而それに伴ふ力と純と単（Einfachheit）とに留意する」（「叫びの歌、その他に対する感想」、「アララギ」明治四五年六月。『全集』第九巻、三四頁）、「心持に直接であれ」（「短歌雑論」、「アララギ」大正元年一〇月。『全集』第一一巻、二一四頁）、「命《いのち》の直接性」（「沢氏の歌。沼波氏の歌評」、「時事新報」大正四年二月。『全集』第九巻、二四〇頁）、「短歌は本来純抒情詩で、自分の喜怒哀楽を、直接に、純粋に、端的に現はすものである」（大正一五年八月三峯山上アララギ安居会講義「作歌法真髄」「九、独語的歌」、『全集』第二六巻、五六八頁）など。

（47）雑誌には、「童馬漫筆（二）」として掲載。その文末に「（二月十七日）」の日付が記されている。のちに「作歌の態度」と題され『童馬漫語』に収められる。

（48）この語は、同号の「アララギ」掲載の「歌の鑑賞」においても使用されている。「一首を吟味するに際して、作者はなぜかういふことを言はずに居られなかつたか、如何なる内部急迫から、このやうな表現をしなければならなかつたかを吟味することである」。

（49）阿部はアポロン型個性の表現への衝動を次のように説明している。「アポロ型の人と雖ももとより純粋に自己の内的衝動に応ぜむがために製作し得ることは云ふまでもない。しかしこの型の人にありて製作の衝動となるものは、何ものかを表現することであつて、ある事を表現することではない。ある対象を眼前に据ゑてこれを観照し、ある渾沌たる物を整理してある形象を拵へ出す処にその中心興味があるのである。（中略）一言にして尽せばアポロ型の人を駆りて製作に向はしめるものは内容の圧迫にあらずして表現の活動に対する渇望である。（中略）彼らの内に動くものは何ものかを拵へむとする衝動である」。ここでは、ディオニュソス型個性との対比において重要なことが述べられている。アポロン型個性の場合も、「純粋に自己の内的衝動に応ぜむがために製作」する点は同じであるが、その衝動が「内容の圧迫」に基づくのではないというのがそれである。アポロン型の場合、「表現の活動に対する渇望」、言い換えれば、衝動の契機となるのは創作への欲求なのだと阿部は述べている。約言すると、アポロ型の個性を表現に駆り立てるのは、「表現行為」そのものであり、ディオニュソス型の個性の場合は「表現内容」ということになる。

（50）「叫びの歌、その他に対する感想」（『童馬漫語』21）、『全集』第九巻、三三頁。括弧内原文二行取り。

（51）昭和八年六月二一日から二三日にかけて執筆。『全集』第一〇巻、二七八頁。

（52）「衝迫」（「短歌初学門」）、『全集』第一〇巻、二八四頁。

(53)「人麿のものの中には、天皇を讃仰し奉る歌も恋人をおもふ歌も死に臨んでの詠歎も、衝迫に至る動因には差別があるけれども、それを統一するに強烈純粋なる衝迫を以てしてゐるのは人麿の偉いところで、後世の批評家どもはこの根本を見のがしてはならぬのである」との言もある。

(54)茂吉が「純粋衝迫」の語を発想した契機として、西田幾多郎『善の研究』(明治四四年一月)が考えられる。同書「第一編純粋経験」の冒頭に以下のような叙述がある。「経験するといふのは事実其儘に知るの意である。全く自己の細工を棄てゝ、事実に従うて知るのである。純粋といふのは、普通に経験といつて居る者も其実は何等かの思想を交へて居るから、毫も思慮分別を加へない、真に経験其儘の状態をいふのである。例へば、色を見、音を聞く刹那、未だ之が外物の作用であるとか、我が之を感じて居るとかいふやうな考のないのみならず、此色、此音は何であるといふ判断すら加はらない前をいふのである。それで純粋経験は直接経験と同一である。自己の意識状態を直下に経験した時、未だ主もなく客もない、知識と其対象とが全く合一して居る。これが経験の最醇なる者である」(『西田幾多郎全集』第一巻(全一九巻)、昭和二二年七月、岩波書店。九頁)。また、ヘーゲルへの関心から(「柿本人麿私見覚書」にヘーゲル「講義第一巻」からの引用がある)、『精神現象学』に説かれた「純粋洞察(透見)」の影響も考えられる。「柿本人麿私見覚書」執筆(昭和八年)の前年に、『精神現象学』上巻(金子武蔵訳、岩波書店)、『精神現象論序説』(大江精志郎、理想社)などが刊行されている。その前年の昭和六年は、ヘーゲル没後一〇〇年にあたり、ヘーゲルが見直されその全集の刊行が始まっていた。竹田青嗣・西研『完全解読ヘーゲル『精神現象学』』(講談社選書メチエ402、平成一九年一二月、講談社)によると、「純粋洞察とは、分裂した意識のように世界の空しさを語ることをやめ、むしろ積極的に世界の実相を理解してそれを「わがもの」にしようとする自己意識であり、つまり近代的な理性のことである」(一九〇頁)。

(55)『阿部次郎全集』第一五巻(全一七冊、昭和三八年四月、角川書店)、一八頁。その前日の二一日の日記には、「床に入りてシエストフの悲劇の哲学を六郎の訳にて読み出す」、二五日には、「発信――六郎(シエストフのこと)」の記事がある。

(56)引用は、昭和一四年一〇月に刊行された創元社版『悲劇の哲学』による。

(57)阿部は、『悲劇の哲学』刊行に先だつ昭和八年六月の「作品」に「シェストフ覚書」を発表し、その後もシェストフに関する論文を発表している。

(58)昭和九年一二月二二日の茂吉の日記に「Leo Schestow ヲ読ム」とある。

(59)『三木清全集』第一〇巻(昭和四二年七月、岩波書店)、二八五頁。

(60)創元社版『悲劇の哲学』(昭和一四年一〇月)「あとがき」。河上は、昭和九年七月に刊行された『虚無よりの創造』の跋にも、

『悲劇の哲学』の予想外の反響に驚いた旨記している。
(61)『小林秀雄全集』第三巻「私小説論」(平成一三年一二月、新潮社)、九六頁。
(62)引用は、当時のシェストフ受容の様相を概観する立場から編集された平野謙・小田切秀雄・山本健吉編『現代日本文学論争史』下巻(昭和三二年一〇月、未来社)「シェストフ論争」所収論文による。
(63)茂吉がはじめて芥川と対面したのは、大正八年五月である。当時長崎県立病院の精神科部長をしていた茂吉を、芥川は菊池寛とともに訪れた。そのときの様子を茂吉は文章にして残している。「芥川氏」(現代日本文学全集附録「改造社文学月報」第一三号、昭和三年一月)、『全集』第五巻、六四九頁。
(64)『芥川龍之介全集』第一六巻(全二四巻、平成九年二月、岩波書店)、三頁。
(65)同前、「後記」による。
(66)『全集』第二四巻、二三六頁。
(67)茂吉は、折に触れて芥川のことを思い出している。香川景樹の一首「津《つ》の国《くに》にありときさつる芥川《あくたがは》まことは清きながれなりけり」を引き、芥川の挽歌のためにできたもののような気がしてならないと記したこともある。「芥川」(「文芸春秋」昭和三年二月)、『全集』第五巻、六七七頁。
(68)『芥川龍之介全集』第一一巻(全二四巻、平成八年九月、岩波書店)、一八八頁。
(69)『芥川龍之介全集』第一九巻(全二四巻、平成九年六月、岩波書店)、二四九頁。
(70)『芥川龍之介全集』第二〇巻(全二四巻、平成九年八月、岩波書店)、二七七頁。
(71)同前、二七三頁。
(72)この結句には、岡井隆「芥川龍之介の死――後期斎藤茂吉の出発(七)」(「短歌現代」平成一七年一一月)が注意している。
(73)これには、海老井英次「芥川龍之介から斎藤茂吉へ」(「国文学　解釈と教材の研究」昭和五四年一一月)が注意している。
(74)『全集』第二九巻、四三三頁。この時期、リープクネヒトの『カール・マルクス追憶』(小椋広勝訳註、昭和二年一一月、刀江書院)が出版されている。
(75)『芥川龍之介全集』第二〇巻(全二四巻、平成九年八月、岩波書店)、「注解」三九二頁参照。
(76)プラトン社発行の雑誌。金子洋文は「リープクネヒトでも、「苦楽」でも同じだよ」と発言していた(「新潮」合評会)。同前「注解」。
(77)同前、二八七頁。

（78）この「附記」の発想はニーチェ由来であろう。ニーチェが妹に宛てた書簡に以下の文がある。「ツァラトゥストラのあらゆる言葉は、現代の理想に対する勝利に充ちた侮蔑で、さうして侮蔑以上だ。さうして殆んどの言葉の背後にも個人的体験が、最高の自己征服が隠れてゐる」（和辻哲郎訳『ニイチエ書簡集』大正六年五月、岩波書店、三九四頁）。この書簡は、阿部次郎も『ニイチェのツァラツストラ　解釈並びに批評』の中で引用している。ニーチェは、『善悪の彼岸』二八九「隠遁者の哲学」でも同様のことを述べている。「私の本のようなアフォリズムの本の中には、短いアフォリズムの間やその背後にまさに禁じられた長いもの、すなわち思想の連鎖が隠されているのである」。茂吉は、言葉を操る歌人として、一語であってさえ、自身が単独で生み出したものではなく、その背後には思想の連鎖があることを感じていた。「お蔭を蒙つた言葉」（第五章参照）とは、茂吉がよく用いた表現である。

（79）「dionysisches Symbol」の語は、氷上によって、『この人を見よ』の「何故に私はかかる良書を書くか」の中の『悲劇の誕生』について回想された文中にあることが指摘されている。氷上は、「この表現はニーチェの全著作中この個所以外のどこにも、まだ私は発見することができない」（九八頁）と記している。ドイツ語文の引用は、*Nietzsche's Werke*, 2. Abt. Bd.15. A. Kröner Verlag. Leipzig 1911. による。

（80）茂吉は「柿本人麿私見覚書」において、安倍訳『この人を見よ』を引用している。「柿本人麿私見覚書」執筆以前に刊行された安倍訳『この人を見よ』には、大正二年版（南北社）と昭和三年版（岩波文庫）がある。茂吉は岩波文庫版から引用した。以下、岩波文庫版からの引用の頁数は、昭和三五年二月第二八刷発行による。安倍と茂吉の交友は深く、茂吉の葬儀の際、安倍は葬儀委員長を務めた。

（81）ニーチェは、詩人が悲劇を書くのは、「驚愕と憐憫とをのり越えて自ら生成の永劫の快楽たらんがためであり――破壊の快楽をさえも含んでいるあの快楽そのものたらんがためなのだ」と言う。『この人を見よ』「悲劇の誕生」三、川原栄峰訳、ちくま版、九八頁。

（82）「ニイチェ」、岩波講座『世界思潮』第一〇冊（昭和五年三月）。『三木清全集』第一〇巻（前掲。注（59）参照）、一三二頁。シェストフは、「ニーチェは無意識のうちに、何処へ行きつくかも予想せずに、懐疑の道に入った。行先の予想どころか、むしろ逆に彼は、いかなる結果にも到達しないであろうということを殆ど確信しており、」（二一一頁）と述べている（近田友一訳『悲劇の哲学』昭和四三年三月初版、平成八年五月第九刷、現代思潮新社）。

（83）前掲書、三〇七頁。注（59）参照。

（84）同前、三〇四頁。

（85）「不安の思想とその超克」の結語（同前、三〇九頁）である。タイプを創造することが、なぜ社会不安を超克することになるのか、についての三木の考えが示されたものと解せる。四か月後に発表した「ネオヒューマニズムの問題と文学」では、さらに詳しく、「人間といふ自然は芸術家の創造した人間を模倣することによつて自分自身を変化する」という考えに立ち、「芸術家の創造した人間タイプは、いましがた道で会つたばかりの人間よりも鮮かに我々の目の前にあつて、我々は我々の生活の細部に至るまで知らず識らずそれを模倣してゐる。芸術家が社会的革新に参与するといふことは、政治的実践の問題としてだけでなく、特にこのやうな方面から考へてみなければならない」（『三木清全集』第一一巻（昭和四二年八月、岩波書店）、二二七頁）と述べている。

（86）「ネオヒューマニズムのもとに理解すべきは何よりも新しい人間性の探求、人間の新しいタイプへの努力であり、それはかやうな探求と努力とを文学においても期待するものでなければならぬ」（『三木清全集』第一一巻、二二〇頁）。

（87）明治の歌人の人麻呂観についても、「異口同音に人麿を歌聖といひ歌神といつて騒いでゐるがそれはただの偶像礼拝に過ぎなかつた」（「柿本人麿私見覚書」）と断じている。

第三章

（88）「柿本人麿私見覚書」、『柿本人麿』総論篇（昭和九年一一月、岩波書店）、『全集』第一五巻所収。

（89）自選歌集『朝の蛍』（大正一四年四月、改造社）の巻末記。「『朝の蛍』巻末の小記」、『全集』第一一巻、七五四頁。

（90）『全集』巻九巻、五三頁。

（91）「独語抄――歌の雑誌」（『童牛漫語』）、『全集』第一一巻、六四九頁。

（92）茂吉が引く書簡は、妹の偽造であったことが明らかにされている。渡辺二郎「ニーチェ物語（抄）」「6　ニーチェの妹による書簡偽造の事実　シュレヒタによるこの事実の暴露の全貌」（『渡辺二郎著作集6　ニーチェと実存思想』（平成二二年一一月、筑摩書房）、三三〇頁）に詳しい。

（93）和辻は、訳者「序言」で、自身のニーチェ理解を以下のように述べる。「ニイチェの蒙つた多くの誤解は、弁解するまでもなく彼自身の手紙によつて反駁せられてゐる。彼は冷血残忍な怪物ではない。また驕慢を極めた誇大妄想家でもない。たゞ病弱な体と愛なくしては生きられない弱い心とを持った一人の求道者であつた。彼が偉いのは、さうして強いのは、その弱点に打ち克つてあくまでもその清純な道を押し進んだ所にある。その意味で彼はデカダンの相反である」。当時のニーチェ理解として、「冷血残忍な怪物」「驕慢を極めた誇大妄想家」などがあったことが知られる。和辻はこうした立場にはなく、茂吉のニーチェ理解も同様である。

(94)「紅血流通」の熟語的表現は、「三たび詞の吟味と世評」(『童馬漫語』95。初出は「アララギ」大正四年一二月)にみえる。「おもふに生命を尊重する歌人は紅血流通の詞を飽くなく貯へて置かんことを欲する。西人の謂ふ „hat Blut in sich“ の詞を包蔵しておくのである」(『全集』第九巻、一三三頁)。

(95)秋山英夫は、『悲劇の誕生』を論じて、「アポロ的、ディオニュソス的と言うのは、そのような類型 Typen があるというのではない。それはただ元一 das Ureine たる意志の現象面にすぎない。芸術創作の衝動 Trieb、芸術意欲の方向を指摘したのみである。／いかなる芸術も、それが芸術たる以上、単なるディオニュソス的陶酔によって生まれるものではない。そこには、きびしいアポロ的制約がなければならない。アランが口をきわめて言っているように、いわゆる想像、あるいは構想力そのものが、芸術を生み出すのではなくて、われわれに抵抗する物質の力によって、想像が規制せられて始めて芸術の形となって保存せられるのである」(『ニーチェ論——ディオニュソスと超人——』(昭和二三年一〇月、理想社)、一四頁)と述べている。茂吉の考えは、秋山が引用したアランの考えに近いように思われる。なお、注(23)にあるように、中野重治は、茂吉の「写生」のアポロン的な側面を指摘している。

(96)ニーチェの次のアフォリズムとの関連が見て取れる。「言葉の匂。——各の言葉は其匂を有す。匂に調和あり、不調和あり。言葉も亦然りとす」。生田長江訳編『ニイチエ語録』(明治四四年三月、玄黄社)、三三頁。「人間的、あまりに人間的」抄。

(97)竹山は、茂吉がその翻訳を心待ちにした人物である。田中隆尚『茂吉随聞』上巻(昭和三五年五月、筑摩書房)に、茂吉の言として「『ツアラツストラ』の下巻は出たかな。竹山とかいふ人の訳は」(昭和一九年一月三日条、一四三頁)とある。

(98)大学卒業と同時に購入したというポケット版全集の第六巻四一九頁に収録されている。*Die fröhliche Wissenschaft;* aus dem Nachlaß 1871-88 (Nietzsche's Werke, Bd. 6.), C.G.Naumann. Leipzig 1906.

(99)『折口信夫事典』(西村亨編、昭和六三年七月、大修館書店)「略年譜」による。

(100)「茂吉への返事」(「アララギ」大正七年六月)、『折口信夫全集』第二七巻(昭和四三年一月、中央公論社)、二五六頁。

(101)ちくま版『ツァラトゥストラ』上、一〇五頁。

(102)大正一三年三月の新潮社版では、「そは力への彼等の意志の声なり」と改められ、「威力」は「力」に改訳されている。井上哲次郎『新独和辞典』(明治三五年一二月初版、大倉書店)は、「力」「勢」「威力」「兵力」「国力」を載せる。

(103)茂吉の使用した辞書類については、『全集』第一一巻所収「漫言　其の二」(六一頁)、「短歌小論」(一二六頁)などによってその一端をうかがうことができる。

（104）現在容易に手にできる辞書類には、「たりょく」の読みで「多力」が収載されている。『日本国語大辞典』第二版（小学館）、『広辞苑』第五版（岩波書店）など。

（105）『全集』第七巻、三一五頁。

（106）昭和一七年夏に着手し一九年夏に完成。『全集』第一〇巻所収。

（107）「文芸春秋」昭和一二年一月。『不断経』（昭和一五年四月、書物展望社）。『全集』第六巻、四三〇頁（引用は四四一頁）。

（108）早いものでは、中野重治『斎藤茂吉ノオト』（昭和一七年六月、筑摩書房）が触れている。以下に本稿で取り上げない論著を若干あげる。土橋利彦「露伴先生と茂吉先生」（「余情」昭和二三年一〇月）、幸田文「よしなしごと」（藤森朋夫編『斎藤茂吉の人間と芸術』昭和二六年一月、羽田書店）、臼井吉見「斎藤茂吉の死」（「婦人公論」昭和二八年四月）、幸田文「はにかみ」（『斎藤茂吉全集』月報、昭和二八年四月）、小林勇「露伴・茂吉の対面」（「世界」昭和二八年五月）、幸田文「茂吉と露伴」（「図書」昭和三〇年七月）、高尾亮一「鷗外・露伴と茂吉」（「国文学　解釈と鑑賞」昭和四〇年四月）、古川哲史「茂吉と露伴」（『定本斎藤茂吉』昭和四〇年七月、有信堂）など。

（109）朝日新聞社編『折り折りの人Ⅰ』（昭和四一年一一月）、一八頁。

（110）『阿部次郎と斎藤茂吉』上巻（昭和五九年一一月、桜楓社）、二二頁。

（111）柴生田稔は、露伴の影響について「露伴はまづ万葉調の世界などには縁のなかつた人であらうから、茂吉の作歌表現の基本的な部分に対しては露伴の働きかける余地はあまりなかつたのではあるまいか。それよりも茂吉の文章のその初期においては、（鷗外ほどではないにしても）露伴の影響が案外認められるのではないかと思ふ。しかし一番大切なことはやはりその生き方、対人世の根本のところの問題であらう」と述べている。『斎藤茂吉伝』（昭和五四年六月、新潮社）、五三頁。

（112）これについて、藤岡武雄は「茂吉の最も愛好した」（「斎藤茂吉と幸田露伴——露伴文学の影響について——」、「日本大学文理学部（三島）研究年報」第二〇輯（昭和四六年一二月）、九七頁）と書き、北住は「「靏護精舎雑筆」に見えて茂吉の胸に深く刻み込まれた」（前掲『阿部次郎と斎藤茂吉』上巻。注（110）参照）と書いている。

（113）茂吉は、『ひげ男』（明治二九年一二月、博文館）に収録されていた「靏護精舎雑筆」を読んでいる。同書の「其二十六」は、『露伴全集』第三一巻（昭和三一年八月、岩波書店）では、「折々草」中の「二十七　損益」にあたる。

（114）ここに引く茂吉の文章については、本林勝夫が、ニーチェとの関連においてすでに注目している。

（115）『全集』第二四巻、八六頁。

（116）「天うつ浪」其五十一に、「かつて我が読みし書の中《うち》に「幻《ヴイジヨン》と謎《リツドル》と」といへる一章ありて、其の幽怪神異の趣味《おもむき》は、骨身に沁みて忘れ難く、今に鮮明《あざやか》に心頭《むなさき》に遺《のこ》れる、」とあり、以下の個所が引用されている。「爾《なんぢ》見よ、此の刹那《せつな》を。刹那の此の関より彼方《かなた》には涯《かぎり》無き路の長路《ながぢ》ぞ遥《はるか》に亘《わた》れるなる。利那の関より此方《こなた》にも涯無き路の長路ぞ遥に亘れるなる。／思へ爾、起りし事のかつて此路《こゝ》に起りし事ならぬやある?。思へ爾、為されし事のかつて此路《こゝ》になされしならぬやある?。思へ爾、万般《よろづ》の事、万般の物、此の路に上《のぼ》り此の関を過ぎざりしものやある?。／物の能く此の路に上《のぼ》るものは、復《また》必ず再度《ふたゝび》此の路に上らん。事の能く此の関を過ぐるものは復《また》必ず二度《ふたたび》此の関を過ぎん!。／やをらく月の光に這へる此の蜘蛛!、爾思ひ得ずや此の蜘蛛の過去《むかし》既に一度《ひとたび》世にありしとは。月の此の光!、爾思ひ得ずや月の此の光の過去《むかし》既に一度《ひとたび》世に在りしとは。／此の関に立ちて囁きて、共に限無く窮《きはみ》無きものにつきて囁ける爾よ我よ爾よ、爾思ひ得ずや我も爾も過去《むかし》既に一度《ひとたび》世に在りしとは。／爾も我も、爾と我との前なる路の、長々しき迷《まよひ》の路に復現《またあらは》れて、爾もふたゝび行き、我もふたたび行き、さてしも限り無く窮み無き輪廻《りんね》の路に、千度百度《ちたびもゝたび》往き返らでは叶はぬにはあらずや。」『露伴全集』第九巻（全四二巻、昭和二四年六月第一刷、昭和五三年九月第三刷、岩波書店）、一六二頁。

(117) 「幸田露伴」、『全集』第二四巻、二八六頁。

(118) 露伴「天うつ浪」におけるニーチェ受容を論じたものに、井田卓「『天うつ浪』ノート」がある。氷上英広編『ニーチェとその周辺』（昭和四七年五月、朝日出版社）、五一三頁。

(119) 「万葉短歌鈔」、『全集』第一一巻、三〇四頁。

(120) 「人麿短歌評釈」、『全集』第一六巻、一六一頁。

(121) 「切火合評の中」、『全集』第一一巻、四〇二頁。

(122) 「正岡先生の云はれた『捉へどころ』といふ事も単に輪郭だけの急所でなく、もつと深い生命の急所にまで突込んで捉へる様に努力したいのである」。「写生の歌」（『童馬漫語』54。初出は「アララギ」大正三年三月）、『全集』第九巻、七五頁。

(123) 「歌評」、『全集』第一一巻、五七四頁。

(124) 「動く動かぬ」（『童馬漫語』45）、『全集』第九巻、六六頁。

(125) 『斎藤茂吉研究』（昭和五九年九月、日本図書センター）、六二頁。初版は、昭和三二年一〇月（宝文館）。藤岡武雄「解説」によると、『斎藤茂吉全集』（全五六巻、岩波書店）の「完結直後の出版であり、当時これからの研究に、多くの手がかりや示唆を与えた書」である。

(126) 「柿本人麿私見覚書」、『全集』第一五巻、一八七頁。

(127) 「露伴がいつぞや、『学者に苦あり』と云つて文《ぶん》を行《や》つたことがある。歌人の『苦』は一つの天爾遠波《てにをは》の苦にある」との言もある（「気運と多力者と」、『全集』第一一巻、八九五頁）。

(128)「柿本人麿私見覚書」、『全集』第一五巻、一七三頁。

(129)「「新月」を読む記」（『童牛漫語』）、『全集』第一一巻、二六七頁。

(130)「気運と多力者と」、『全集』第一一巻、八九二頁。

(131) 気運の輝いた時代の中心として茂吉の念頭には、芭蕉やレオナルド・ダ・ヴィンチがあった。

(132)「思出す事ども」（「アララギ」大正八年一〇月。のちに『童牛漫語』に所収）、『全集』第五巻、三八頁。このように考え、新気運を意欲した背景には、歌壇全体に関わる問題としては短歌否定の思潮があり、一結社アララギの立場からは、「当時の日本歌壇からは殆ど全く黙殺されてゐ、森鷗外等少数の専門家をのぞくのほかは、アララギの存在すら知らないといふ状態」（「アララギ二十五巻回顧」、「アララギ」昭和八年一月。のちに「アララギ二十五年史」と改題。『全集』第二一巻所収）があった。

(133) なお、大正三年には、次郎・杢太郎のほか、北原白秋・室生犀星・柳沢健・河野慎吾・若山喜志子・山村暮鳥・尾山篤二郎・萩原朔太郎・西村陽吉等の寄稿を得ている。「アララギ二十五年史」、『全集』第二一巻、四六〇頁。

(134) 同前、四二八頁。

(135)「歴史画題論」、『樗牛全集』第一巻、一五〇頁。高山樗牛は、茂吉が上京し府立開成中学に入学する二年ほど前に文壇に健筆をふるいはじめ、同時代の多くの青年を魅了した。茂吉も例外ではなく、そればかりか両者には共通の体験があり、それを介したゆえに同時代の多くの樗牛享受者と比べたとき、共感はいっそう深かった。茂吉が樗牛の名前を記した文章に、吉田幸助宛書簡（明治三六年九月八日）、「樗牛のこころ」（「アララギ」大正三年六月）などがある。樗牛は茂吉のニーチェ受容の初期の方向性に影響をあたえた人物である。

(136) 茂吉と泡鳴の関係については、青山星三「「岩野泡鳴を」」（『感慨ふかき古雲　茂吉短歌考（四）』昭和六〇年一〇月、桜楓社）が論じている。

(137)『全集』第二五巻、四四七頁。

(138)『明治文学全集』第六三巻（昭和四二年一〇月、筑摩書房）、一八〇頁。

(139)『全集』第九巻、一三五頁。

(140)「穉きニーチエ　一」の訳出時に茂吉が読んだクレーナー版（一九一二年）は、Das Leben Friedrich Nietzsches, Bd.1. C.G.Naumann. Leipzig 1895; 1. Abt. Bd.2. C.G.Naumann. Leipzig 1897; 2. Abt. C.G.Naumann. Leipzig 1904. を短縮して二冊に分けたものの前半部にあたる。この抄訳は、のちに「穉きニイチエ」の題で完結。

(141) 「短歌雑論」（「アララギ」大正二年二月）、『全集』第一一巻、二八七頁。
(142) 初出は「アララギ」大正三年一月。『全集』第九巻、六六頁。
(143) 初出は「アララギ」明治四五年三月。『全集』第九巻、三〇頁。
(144) 茂吉と、その生年の刊行である『新体詩抄』の接触を示す資料に、茂吉の随筆「グレエの詩」（昭和一三年一〇月執筆。『砂石』（昭和一六年四月、新声閣）。『全集』第六巻、六五五頁）がある。授業でこの詩が取り上げられ、茂吉はそれを暗誦する経験を持っていた。「そのころ（中学校の頃 —— 引用者注）私等の習つてゐる読本の中に、トオマス・グレエの悲歌（Elegy, written in the country churchyard）があつた。さうすると先生はそれを訳読したあとで、英詩の朗読法に従つてその詩を生徒等に諳記せしめた。生徒等は未だ少年で物覚えの好いころなので、殆ど皆の生徒があの詩を諳で覚えるまでになつて居た」。この文の後に「グレエの悲歌」が、『新体詩抄』に、矢田部訳「グレー氏墳上感懐の詩」として収録されていると記されている。
(145) 日本近代文学大系43『斎藤茂吉集』（昭和四五年一月、角川書店）「解説」による。
(146) 『全集』第一巻、一一一頁。
(147) 『全集』第一巻、九八頁（改選版）、一三〇頁（初版）。初版と改選版との間に異同なし。
(148) 大正二年五月二三日に没した生母守谷いくの挽歌。茂吉三一歳、東京帝国大学医科大学助手のときの製作。歌集は、三首が加えられ、五九首の収録。
(149) 『全集』第一一巻、三一四頁。
(150) 『全集』第一〇巻、四〇三頁。
(151) 正宗敦夫『万葉集総索引』下巻・単語篇（昭和一九年九月、伊藤書店）による。三例は以下のとおり。巻七・一三五七、巻一一・二三六四、巻一一・二五七〇。
(152) 小学館、平成一三年八月、第二版。
(153) 三省堂、昭和六三年一一月。
(154) 金田一京助、三省堂、昭和二七年五月。
(155) 小学館、昭和五八年一二月。
(156) 岩波書店、昭和四九年一二月。
(157) 岩波書店、昭和四四年五月、第二版。
(158) 福井久蔵著、不二書房、昭和二年一〇月、三三九頁。

（159）賀茂真淵『冠辞考』、『地名研究資料集（第五巻　万葉集）』（平成一五年五月、クレス出版）所収、三二六頁。

（160）『言海』の増補改訂版として位置づけられる『新編大言海』（昭和五七年二月）においては、「垂乳根」ではなく、「足乳根」が見出し語としてあげられている。「足乳根」への改訂理由については特に記されていない。『言海』の見出し語と解釈との調整を図ったものであろうか。

（161）引用は、『新編日本古典文学全集』第一巻（小学館、平成九年六月）による（七九頁）。

（162）茂吉は、「よ」は使い方によっては、軽薄に響く。語感を破って軽薄に響かないようにするためには、「特有の節奏」が必要と考えていた。「『よ』どめの結句」（『童馬漫語』11。初出は「アララギ」明治四五年一月）、『全集』第九巻、一九頁。

（163）「単純化」は茂吉歌論の重要な一項目である。「短歌初学門」では、短歌単純化論の骨髄を言い表わしたものとして、賀茂真淵の「その心《こころさは》多なりといふも、直《なほ》くひたぶるなるものは詞《ことばおほ》多からず」を引いている（『全集』第一〇巻、二九八頁）。

（164）ドイツ語の文法構造である枠構造に着想を得て仮称した。ドイツ語では定動詞と最も関係の深い要素が文の最後に置かれ、あたかも枠のような形を作り、その枠によって文のその他の要素を挟み込む。枠構造は、読解の手がかりとなり、それは視覚的に把握されるためにドイツ語の文法構造の安定感として感得される。

（165）「釈迢空に与ふ」（『童馬漫語』139。初出は「アララギ」大正七年五月）、『全集』第九巻、二二一頁。

（166）「歌ことば」（『童馬漫語』16。初出は「アララギ」明治四五年三月）、『全集』第九巻、二九頁。

（167）『万葉集』本文の引用は、『新日本古典文学大系』（岩波書店）による。

（168）「死にたまふ母（斎藤茂吉）」、「国文学　解釈と鑑賞」（昭和三四年九月）、一五五頁。

（169）茂吉が人の死に対して「死」を用いた例は「死にたまふ母」以前に見られる。例えば、明治四三年作中「悼堀内卓」の「堀内はまこと死にたるかありの世かいめ世かくやしいたましきかも」「信濃路のゆく秋の夜のふかき夜をなにを思《も》ひつつ死にてゆきしか」、四四年作中「おくに」の「なにか言《い》ひたかりつらむその言《こと》も言《い》へなくなりて汝《なれ》は死にしか」「はや死にてゆきしか汝《いまし》いとほしと命《いのち》のうちに吾《あ》はいひしかな」「なにゆゑに泣くと額《ぬか》なで虚言《いつはり》も死に近き子に吾《あ》は言へりしか」「これの世に好《す》きななんぢに死にゆかれ生きの命《いのち》の力なし我《あれ》は」「あのやうにかい細りつつ死にし汝《な》があはれになりて居《を》りがてぬかも」など。また、「死にたまふ」の表現については、「子規十周忌三首」（四四年）中の一首「なみだ落ちて懐《なつか》しむかもこの室《へや》にいにしへ人は死に給ひにし」の例がある。短歌の用例を離れれば、明治三七年九月の「明星」に発表された与謝野晶子の詩「君死にたまふこと勿れ」に、「死にたまふ」の先例がある。付言すると、茂吉が短歌に「死」を詠み込んだ早い例として、「雲に入る薬もがもと雲恋ひしもろこしの君は昔死にけり」（明治四〇年）がある（引用は『赤光』初版による）。

(170) 小堀、前掲書、三五九頁。注(11)参照。
(171) 山崎庸佑『ニーチェ』(平成八年一月、講談社学術文庫)、八四頁参照。
(172) 細谷貞雄監訳『ニーチェ　I　美と永遠回帰』(平成九年一月、平凡社)、八七頁。
(173) 同前、九二頁。
(174) 「万葉集を読む」、『明治文学全集』第五三巻(昭和五〇年四月、筑摩書房)、二五六頁。初出は、「日本附録週報」(日本新聞社、明治三三年六月一一日)、三頁。
(175) 得能文による訳をひく。「沙門、仏に問ふ、何をか多力となし、何をか最明《さいみやう》となすや。仏言く、忍辱は多力なり、悪を懐《おも》はざるが故に。兼ねて安健を加ふ。忍ぶ者には悪無し。必ず人の為に尊ばる。心の垢滅尽して、浄め瑕穢《けゑ》無き、是れを最明と為す。未だ天地有らざるより今日に逮ぶまで、十方の所有《あらゆる》こと、見ずといふこと有ること無く、知らずといふこと有ること無く、聞かずといふこと有ること無く、一切智を得るは、明と謂ふべし。」『仏説四十二章経・仏遺教経』(昭和一一年一一月、岩波書店)。引用は昭和一七年五月第五刷による。
(176) 昭和一一年一一月二九日永井ふさ子宛書簡(書簡八五一八(補遺))に「老境は静寂を要求します。忍辱は多力也です」と書いている。『全集』第三六巻、六一八頁。
(177) 「短歌拾遺」、『全集』第四巻、一〇九頁・四五八頁。

第四章

(178) 本名ハインリヒ・ケーゼリッツ。バーゼル大学でニーチェ、オーヴァーベック、ブルクハルトの講義を聴講し、やがて目の悪いニーチェのために、原稿の清書や校正を手伝うようになった(『ニーチェ事典』、九八頁)。
(179) この経緯をガストは「題目はもともと《犂頭》ということであった。しかし私は清書のとき扉紙にリグ・ヴェーダからの《許多の曙光がある——》を書き入れたので、ニーチェはその本を《ひとつの曙光》(Ein Morgenröthe)と名づけようという考えが起こった。「ひとつの」という言葉は、そのあとニーチェが校正刷りを見たときあまり要求がましいように思われたので、それを削ることに決心した」と語る(KN版 IV,383.)。ちくま版『曙光』「『曙光』の題名とその副題について」、四六七頁。
(180) 『ニーチェ全集』9(第I期全12巻、昭和五五年一月、白水社)。
(181) 氷上の指摘による。氷上は、このほか、第五七一番(後掲)、第一七一番「近代人の養育。」、第一二八番「夢と責任。」、第五五四番「前進。」を指摘している。

(182) このアフォリズムの反映が見られる歌として、「灰燼の中《なか》より吾もフエニキスとなりてし飛ばむ小さけれども」（「秋のみのり」、『小園』）を指摘しておく。原歌は、第三句の表記を「Phoenix《フェニキス》」とし、「手帳五十五」（『全集』第二八巻、五四九頁）に見える。フェニックスについては、安倍能成が『この人を見よ』で、「フェニックスは希臘神話に出る。五百年生きて死し灰となり灰中より蘇生して又五百年生き、かくていつまでも死なない鳥である。フェニックスとここにいふは再生の象徴であらう」（岩波文庫版、一三六頁）と訳者注を付している。

(183) 書簡三〇六（月日不詳）、『全集』第三三巻、二一六頁。

(184) 注（179）参照。大正二年一一月に刊行された安倍訳『この人を見よ』（南北社）に「「極めて多くの曙光あり、未だ輝かず」——この印度の格言は此書（『曙光』——引用者注）の扉にある」（一九五頁）とある。

(185) 草稿の一部が報告されている。今西順吉「わが国最初の「印度哲学史」講義——井上哲次郎の未公刊草稿——」（一）・（二）・（三）、「北海道大学文学部紀要」平成二年一一月・三年二月・五年一一月。

(186) ちくま版『道徳の系譜』、五四一頁。

(187) ドイセンにショーペンハウアー『意志と表象としての世界』（原題 *Die Welt als Wille und Vorstellung*）を読むように勧めたのはニーチェであり、これが契機となってドイセンはのちにインド研究に進んだ。ドイセンのもとで学んだ姉崎が、帰国後に同書を翻訳した（明治四三年～四四年に、邦題『意志と現識としての世界』）機縁もここにあったのだろう。この苦心の翻訳は大正から昭和初期にかけて多くの読者をえた。茂吉もそのひとりであった。茂吉は後年、「ショウペンハウエルはとにかく大物だからね。それに文章がいい。姉崎（正治）さんは寂しくなると今でもショウペンハウエルを読むというが、僕らが読んでも胸にしみるところがあるからね」（昭和一八年四月五日条、佐藤佐太郎『斎藤茂吉言行——付索引』平成元年七月再版、角川書店）と語っている。

(188) 『新版　わが生涯　姉崎正治先生の業績』（伝記叢書134、平成五年九月、大空社）付属の「略年譜」による。

(189) 高桑（一八六八～一九二七年）は、明治後期から昭和初期にいたる代表的な通史的概説書の著述家。早稲田大学講師をつとめ、大正八年より東洋大学教授就任。鈴木正弘「明治後期の啓蒙的歴史雑誌『史学界』について」、「歴史教育史研究」第一号（平成一五年一〇月、歴史教育研究会）による。

(190) 『世界聖典全集　前輯』第六巻。これとは別に、高楠訳『印度古聖歌（婆羅門教）全』が、大正一〇年三月に同じく世界聖典全集刊行会より出された。これは「有島生馬装幀意匠」の「非売品」。引用は同書による。

(191) 現在容易に手に取ることのできる辻直四郎『リグ・ヴェーダ讃歌』（昭和四五年五月、岩波書店）を見ると、ウシャスを「暁紅の女神」として解説している。これは高楠を継承したものであろう。辻はサンスクリットを高楠に学んでいる。

（192）引用は『鷗外全集』著作篇第三巻（昭和一二年三月、岩波書店）による（三七〇頁）。

（193）ただし、後年茂吉は、高楠訳『印度古聖歌』を見ていないと述べたという。茂吉の言行を書き留めた佐藤佐太郎『斎藤茂吉言行――付索引』（前掲。注（187）参照）の昭和一七年六月八日条に、佐藤が、高楠訳『印度古聖歌』（世界聖典全集）にある、ウシャス（暁紅）女神の歌を抄録して持参したという記録がある。そのとき茂吉は以下のように答えている。「世界聖典全集というのは、僕は前にみたことがあるな。インドはみずにしまったが、エジプトもあった。なんでも太陽なんかばかり出てきて、直接やくにたたないが、条件がちがうからぴったりしないところもあるしね。しかしいいもんです。ショウペンハウエルも印度から来ているんだ。なんのことはない、厭世観でも仏教だもの。ニーチェでも印度だ、僕は〈モルゲーン〉というのを訳して〈暁紅〉としたんだが、普通は〈曙光〉と訳している。生田長江のもそうだったろうな」（五六頁、傍点は引用者）。「インドはみずにしまった」とは茂吉の韜晦ではなかったかと考える。

（194）ちくま版『ツァラトゥストラ』下、一四二頁。

（195）松村武雄『印度文学講話』（大正四年一〇月、阿蘭陀書房）は、平易に書かれた解説書であり、白秋の弟（北原鉄雄）の経営する書房から刊行されている点に注目すると、茂吉のウシャス理解を助けた可能性がある。これには、「『暁の女神』烏舎《ウーシャス》」と表記されている。

（196）書簡八五一三（補遺）、『全集』第三六巻、六一四頁。「短歌拾遺」、『全集』第四巻、三九五頁。

（197）永井ふさ子『斎藤茂吉・愛の手紙によせて』（昭和五六年一一月、求龍堂）、七四頁。

（198）「小説中央公論」（昭和三八年七月～一一月）に掲載。

（199）岡井隆によると、「リュクルゴスの回帰」は、「スパルタ教育礼賛の風潮が「回帰」して来たことを指してゐる」（「新しい連作論（多数首の統合について）」、『茂吉と現代　リアリズムの超克』（平成八年七月、短歌研究社）、三六七頁）。岡井は同書において、「近作十首」を詳細に分析している。「リュクルゴスの」の歌については、青山星三『感慨ふかき古雲　茂吉短歌考（四）』（昭和六〇年一〇月、桜楓社）が紙幅を割いている。

（200）本林勝夫は茂吉の韜晦を指摘して、「『暁紅』では「映画中」の題をつけて韜晦する」と書いている（前掲『斎藤茂吉の研究――その生と表現――』、三二五頁。注（31）参照）。その韜晦は、歌集編纂にも及ぶ。寺尾登志子は、本林「歌集とは何か」を踏まえて、「両歌集（『暁紅』『寒雲』――引用者注）に関する限り「全部収録」したという叙述には、恋愛隠蔽の編集意図がうかがえる」（「『寒雲』」、「国文学　解釈と鑑賞」平成一七年九月、一四二頁）と述べる。

(201)「胡頽子《ぐみ》の果《み》のあかき色ほにいづるゆゑほにいづるゆゑに歎かひにけり（女中おくにを憶ふ一首）」（明治四五年作）に、同様の用法がある。引用は初出誌による。

(202) 強羅と茂吉については、斎藤茂太「箱根と父」（『茂吉の体臭』昭和三九年四月、岩波書店）が参考になる。「父と箱根とはきってもきれない関係があろう。／「人麿」をはじめ父の多くの作品が強羅から生れた」。「父の養父、斎藤紀一がこの地に別荘をしつらえたのは確か大正十一年のことと思う」（二六五頁）。「昭和五、六年の頃から父はぼつぼつ暑を箱根へ避けるようになり、昭和十年を境として、毎年欠かさず夏を其処で過すようになった」（二六八頁）。

(203) 書簡八四八一（補遺）、『全集』第三六巻、六〇二頁。小堀桂一郎は、「ニーチェは茂吉の「支柱」になっていた」ことを論証した（前掲論文。注（11）参照）。その論文の最後にこの書簡を引用し、「ニーチェを初めて知った頃は言葉の感覚を通じて言わば審美的に悟入していったのであったが、それから三十年余り、彼はたえることなくニーチェとつきあいつづけていた。そしてこの年齢に至っても遂に青年のそれのような若々しい、愛すべき関心の有り様を見せているのである」と結んだ。

(204)「強羅雑記」。執筆は、九月一八日～一九日。『不断経』（昭和一五年四月、書物展望社）。『全集』第六巻、四二五頁。

(205) 当該個所を引用する。

強羅は、大湧谿、早雲山の方から幾つも谿があつて早川に終つてゐる。その谿は物さびてあるが中には水の無いのも幾つかある。私は時折さういふ谿間に行つて沈黙してゐることがあつた。ある時には感傷して次のごときものを作つた。

山なかに心かなしみてわが落す涙を舐むる獅子さへもなし

ひとが読んだらをかしからうと思つて公表しないが、こんなこともあつた。そしてこの獅子云云といふのは、洞窟内のツアラツストラに従つてゐる獅子が年老いた彼の流す涙を舐めてくれるところが書いてある。それに本づいたのであつたが、こんなことは今の歌人にはちつとも共鳴が無いとおもつて雑誌にださなかつたものである。

（『全集』第六巻、四二八頁）

強羅の地勢の雄大な書き出しが文章に重みを加えている。書簡で恋情をうったえていた茂吉はここにはいない。すべての恋情を、「感傷して」に集約してしまっている。実際を作品へ昇華する際の機微がうかがわれる例である。

(206) 一首目「渦ごもり」の歌の原形は、「渦ごもりネザメノトコノフカフチニスムイヲをしオモフココロシヅケサ」（「手帳三十九」、『全集』第二七巻、八六二頁）。「ネザメノトコ」が「巌垣淵《いはがきぶち》」に改められた。「巌垣淵」は当時評釈をしていた人麻呂歌中の語句にある。この改稿で、三首目に一回限り使用された「寝覚の床」を際立たせた。二首目「白き巌《いは》の」の歌は、若干の表記の違いはあるものの、ほぼそのまま手帳に書きつけられている（同、八六三頁）。

(207) 書簡八五一七（補遺）、『全集』第三六巻、六一六頁。

(208) 「三筋町界隈」（昭和一一年一一月二三日〜二六日執筆）。注（107）参照。引用は、『全集』第六巻、四四五頁。

(209) 加藤敏他編『現代精神医学事典』（平成二三年一〇月、弘文堂）、一〇六五頁。

(210) ドイツの精神科医。病跡学 Pathographie という用語を創案した。病跡学とは、天才の生涯には精神障害があることが多くそれは業績や創造性と関連している、との見地からその病を解明する方法である（同前、八九〇頁）。茂吉は「ニイチエの病気」（「アララギ」昭和二五年一月）の中で、「そのころ、教室の図書室に、『境界状態』といふ一群の叢書が渡来してゐた。これは学者芸術家等の精神状態をいろいろ検索して、完全健康者と狂人との境界状態、中間状態とでも謂ふべきものに属するといふことを論じたもので、学者間の一種の流行といつても好かつた。（中略）ニイチエのことはメビウスといふ医師が論じてゐた」と書いている。

(211) 老境に入ってからのゲーテの恋に思いを馳せている。「年老いてかなしき恋にしづみたる西方《さいはう》のひとの歌遺《のこ》りけり」（『暁紅』）と詠み、「別離の悲哀感はゲーテなどもどのくらゐ痛感したものでしたか、彼のものに充満してゐます」（一〇月一〇日付書簡）と書いた。

(212) 『全集』第一六巻、一八一頁。

(213) 守谷家の菩提寺宝泉寺は、当時、時宗寺院であった。「時宗は、すなわち踊り念仏で、発生的には古代漂芸能団の伝承する文芸と中世浄土思想との習合により成立した庶民宗教である。この宗教のもつ芸能的要因が、やがて、熱狂乱舞する神ディオニュソスに憧憬する詩人茂吉を生みだしたであろう過程を、わたくしは指摘しておく」。斎藤正二「「小園」「白き山」時代――伝統的和歌文芸の本体――」、「国文学　解釈と鑑賞」昭和四〇年四月。

(214) 茂吉が上山の弟と墓石建立の相談をし、戒名をみずから揮毫した昭和一二年二月は、もっとも多く永井に手紙を書いた月である。戒名については、佐藤佐太郎『童馬山房随聞』（昭和五一年二月、岩波書店）の昭和一二年二月五日条に、茂吉の言として「戒名もつけてしまった。〈赤光院仁誉遊阿暁清居士〉というんだが、〈誉〉は宗旨で入れるんだ。なかなかいい戒名ですよ。いま隆一（山口、宝泉寺住職）に相談してやっているが、こんなところだな。〈暁清〉は、〈赤光〉でも朝と夕方とあるから、朝の意味だ。〈遊阿〉というのは、こんどみつけたが、松平の殿さまで〈阿遊〉というのがある。それをひっくりかえしたんだ」（六一頁）と記録されている。

(215) 茂吉は筆名に「暁」の文字を使用した時期があった。『アララギ総目次』（昭和四四年六月、桜楓社）によると、明治四四年一〇月、一一月、同四五年一月、二月、七月号の五誌において「水上守暁」（「守暁」「守暁生」）という筆名をつかっている。

（216）同書は、明治三五年一二月初版発行後、多くの利用者を得、増刷を重ねた。参照した本は、明治四三年一〇月発行の第二七版である。

（217）田中隆尚『茂吉随聞』上巻（昭和三五年五月、筑摩書房）、一五二頁。「巻頭の文」とは、**Es giebt so viele Morgenröthen, die noch nicht geleuchtet haben.** を指すと思われる。「曙光」の語については、明治三四年一月の「帝国文学」（第七巻第一号）「海外騒壇」の欄で、登張信一郎「ニイチエの自伝」の中に「曙光」の左側に「モルゲンレエテ」と読み仮名を付した例がある。

（218）森暁紅の経歴は、『日本近代文学大事典』（講談社）第三巻、三七〇頁による。

第五章

（219）同文の末尾には、初出誌、単行本ともに「（昭和二十年一月二十三日夜話）」と明記されている。全集は新旧版ともに「（一月二十三日夜話）」とのみ記す。初出にしたがえば、昭和二〇年一月に執筆したものを、翌二一年一月号に発表したことになり、ここに約一年の隔たりがある。当時の社会情勢にあっては起こり得ることだろう。昭和一九年一二月の「アララギ」の「編輯所便」で土屋文明は「用紙量のため又々十一月号より減頁になつて居る。従つて会員の作品は誌上に掲載の場合は益々少くなる。（中略）尚十一月号がひどく遅れたので、本号も又少し遅れるかと思ふ。その中に何とか対策を講じたい」と雑誌編集の困難な状況を訴えている。この号を最後にアララギは会員にも予告なしに休刊する。敗戦をまたいで復刊にこぎつけた昭和二〇年九月号の「アララギ」は全体で一六頁である。おもて表紙に目次が印字されている（表紙のないつくり、というべきか）。この号に掲載された「休刊中の報告」によって、一九年一二月号が二〇年三月に発送されて、その後この九月号にいたるまで休刊を余儀なくされていたことが分かる。九月号も遅れて刊行されている。その経緯は三枝昂之『昭和短歌の精神史』（平成一七年七月、本阿弥書店）に詳しい。この事情のために、昭和二〇年一月に書かれた文章は、使われないままに復刊を待つことになったと思われる。

（220）昭和一四年二月の「アララギ」に、「真淵とウインケルマン」（「童馬山房夜話」）という文章を書いている。

（221）長江は二度の全集訳を果たしている。『ニイチエ全集』（大正五年一〇月～昭和四年一月、新潮社）、『新訳決定版　ニイチェ全集』（昭和一〇年四月～昭和一一年九月、日本評論社）。

（222）茂吉が「多力にむかふ意志」を当該個所に置いたのは、長江訳の影響として説明できるが、長江がなぜそう訳したのかは分からない。

（223）Orgiasmus の語は、この個所のほか、もう一か所確認できる。この第二の個所も茂吉・長江ともに「機能亢進」とする。

(224) 昭和二年七月初版発行の『双解独和大辞典』(片山正雄、南江堂)。昭和三年一〇月発行の『最新独和辞典』第六版(権田保之助編著、有朋堂)。昭和四年一〇月発行の『双解独和小辞典』(片山正雄、南江堂)。昭和一〇年四月発行の『標準独和辞典』(橋本忠夫監修、南江堂)。昭和一一年四月発行の『独和言林』(佐藤通次、白水社)。昭和一二年三月発行の『ゴンダ独和新辞典』第五版(有朋堂)。

(225) これ以後の Orgiasmus の登載について。昭和三六年三月発行の改新版『独和言林』(佐藤通次、白水社)は載せるが、訳は「底ぬけ騒ぎ」「気違い沙汰」とあるばかりで、小学館や相良が第一義に掲げる意味には及んでいない。昭和三八年一一月発行の三省堂編修所編、新訂版『独和新辞典』は載せ、「古代ギリシアの Dionysos (Bacchus) 祭の狂喜乱舞」と記す。昭和三八年二月発行の新訂版『木村・相良独和辞典』(博友社)に Orgiasmus は不載であるが、Orgiastisch の項で Orgie を扱い、「Dionysos 又は Bacchus の忘我的な秘密祭」と記す。

(226) 茂吉の「多力にむかふ意志」の語が訳語として一般性をもち得なかったのは、あまりにも茂吉の個に即したもの、その内奥から選びとられたものであったためであろう。

(227) この模倣の例は他に、昭和一四年四月の「アララギ」に吹田順助訳『二十世紀の神話』を紹介した文章で、「ローゼンベルクは好い事を云つてゐた」「ローゼンベルクはその事をいつてゐるのである」「さうローゼンベルクは云ふのである」「ローゼンベルクの芸術論は、」と用いた例がある。『童馬山房夜話』「双葉山」、『全集』第八巻、四四五頁。

(228) 茂吉の「産婦の陣痛」に対応する長江の訳語は「産婦の苦み」。

(229) 『童馬漫語』82、『全集』第九巻、一一六頁。

(230) 『ニーチェ事典』も同様の区分により解説している。「日本における受容」の項、四六二頁。

第六章

(231) 歌集には「生けるものうつつに生ける獣《けだもの》はくれなゐの火に長鳴きにけり」と改作されて載る。

(232) 長塚節「斎藤茂吉著歌集「赤光」書き入れ」に、「此の火は何が燃えてゐるのか、火事のことか、火事とすると稍変だ。三句までの続きに異存がある」の短い記述がある。『長塚節全集』第四巻(大正一五年一二月、春陽堂)、二四三頁。

(233) 本林勝夫が留意している。「「犬の長鳴」は、彼(茂吉——引用者注)のニーチェ熱が俄に高まった時期の作だったことは注意していいだろう」。『論考 茂吉と文明』(平成三年一〇月、明治書院)、一一六頁。

(234) 鷗外「沈黙の塔」は、「三田文学」(明治四三年一一月)に発表された短編。政府の幸徳秋水(大逆)事件に対する痛烈な批判が込められている。

(235)「訳者の序　第一」、ニイチェ全集7『ツァラトゥストラ』（昭和一〇年四月、日本評論社）、一頁。

(236)長江の死後に刊行された日本評論社版ニイチェ全集11「附録」の、「ニイチエ」第五号（昭和一一年二月二〇日発行）の「長江先生年譜略」は、『ツァラトゥストラ』の翻訳着手を、明治四二年五月のこととする。荒波力『知の巨人　評伝生田長江』（平成二五年二月、白水社）の巻末年譜は、「七月ごろ」とする（四三九頁）。

(237)引用は、明治四四年一月刊行の版による。二八〇頁。

(238)竹山道雄は、この幼時の回想を、「過去と現在との錯覚的混同をのべて、以《もっ》て永劫回帰を気分的に暗示するエピソード」と注している。『ツァラトストラかく語りき（下）』（平成二〇年一一月五一刷、新潮文庫）、三〇頁。

(239)「自己を神と感じ」の表現は『悲劇の誕生』にもある。ちくま版、三七頁。

(240)発表当時、難解と言われた歌。このころ、茂吉はみずからを「狂人守」と称している。『赤光』の明治四五年（大正元年）作中に「狂人守」と題する一連（全八首）もある。「うけもちの狂人《きやうじん》も幾たりか死にゆきて折《をり》あはれを感ずるかな」「くれなゐの百日紅は咲きぬれど此《この》きやうじんはもの云はずけり」「としわかき狂人守《きやうじんも》りのかなしみは通草の花の散らふかなしみ」など。

(241)『童牛漫語』（昭和二二年七月、斎藤書店）、『全集』第二四巻所収（四七五頁）。

(242)『ニーチェの生涯　下巻　孤独なるニーチェ』は同年七月の刊行。

(243)大正三年一〇月の「アララギ」に「再会」「旅上」「畑」の三篇が載る。

(244)『萩原朔太郎全集』第六巻（昭和五〇年一一月、筑摩書房）、一四九頁。

(245)「生田長江氏が、日本にニイチエを紹介されたことは、何物にもまして偉大な功績であつた。僕は氏の全訳によつて、始めてニイチエを知り、ニイチエを読んだ。この意味に於て、長江氏は僕の間接の先生であつた」（「長江先生のこと」、「現代詩」昭和一一年四月。『萩原朔太郎全集』補巻　平成元年二月、筑摩書房）。

(246)『月に吠える』に対する茂吉の感想が、「感情」（大正六年四月）の「詩集『月に吠える』に就いて諸名家の言葉」に掲載されている。「かういふ立派なものを頂戴するのは何とも忝ない。一行一行考へながら拝読してゐる。まだ全部読みきれないが興奮しながら読んでゐる。ぼくももう少し詩が分かつて少し作れると張合があると思ふが残念である」。

(247)日本文学研究資料叢書『萩原朔太郎』（昭和四六年一月、有精堂）、八三頁。

(248)引用は、日本近代文学大系37『萩原朔太郎集』（久保忠夫注釈、昭和四六年五月、角川書店）の「補注」（三八九頁）による。

(249)『萩原朔太郎全集』第一巻（昭和五〇年五月、筑摩書房）、八頁。

(250)同書簡は、岩波書店版『白秋全集』に未収録。引用は、大正四年四月の「アララギ」による。

(251)茂吉没後に門弟によって刊行された遺歌集。題「つきかげ」は、茂吉が手帳に書きつけていたものの中から編者によって選ばれている。

(252)書簡六六一八、『全集』第三六巻、五頁。

(253)「新日本文学」の引用は、新日本文学会編『「新日本文学」復刻縮刷版』第一巻（平成五年五月、第三書館）による。四月号の引用は、三九頁。六月号は、七一頁。

(254)板垣家子夫『斎藤茂吉随行記』上巻（昭和五八年五月、古川書房）、二三〇頁。

(255)短歌において戦争に加担した茂吉の戦後は、現代詩における高村光太郎（明治一六年生れ）と対比することで明瞭になる点がある。辻井喬は、茂吉は「『新しき時代』を〝軽薄〟にも祝福することが可能だった」が、高村は「自己処罰を通過することなしに、何事もなし得ない境地に苦し」んだと述べる。それは、千年以上の伝統をもつ短歌の第一人者であるという自覚のもとにあった茂吉と、西洋に学び伝統から切り離されたところで仕事を続けてきた高村との違いであり、近代日本の敗北は、高村にとってはすなわち自分の敗北であったが、茂吉の場合、伝統が続いていくのであれば敗戦は悲しいことであっても自分の敗北ではなかった、と指摘している（「高村光太郎と斎藤茂吉」（第4章「伝統の継承」）、『伝統の創造力』（岩波新書平成一三年一二月、岩波書店）。高村は戦後七年を花巻近くの山小屋に蟄居した。そこで、「もう一度自分の生涯の精神史を或る一面の致命点摘発によつて追及した」（高村光太郎「序」、詩集『典型』昭和二五年一〇月、中央公論社）。一方、茂吉は、高村が戦時下の自身を省みて自己批判を行った意味において、自己を追及することはなかった。

(256)また、『権力への意志』一〇四一には、次のようにある。「それは寧ろ反対な物にまで、世界に対するディオニゾス的肯定にまで行かうとする――あのやうに、減殺も、除却も、選択もなしに。それは永久の循環を欲する。同一の事物を、同一の論理及び非論理を。ある哲学者の到達し得べき最高の情態――人生に対してディオニゾス的態度をとること。これに対する私の方式は **amor fati**（訳者註――宿命愛）である」（「『然り』への私の新しい道」）。長江訳『権力への意志（下）』（ニイチェ全集11、昭和一一年二月、日本評論社）、八六八頁。

第七章

(257)北杜夫「死」、岩波書店編集部編『戦後短篇小説選』4（平成一二年四月、岩波書店）所収、一一頁。このことは、北『茂

吉晩年 「白き山」「つきかげ」時代』(平成一〇年三月、岩波書店)にも記されている(二五五頁)。
(258)『全集』第三巻、八二四頁。
(259)発表当時に題が無かったものについては、「無題」としたことが「後記」(土屋文明)に記されている。
(260)加藤『茂吉形影』(平成一九年七月、幻戯書房)、二七頁。
(261)小堀、前掲書。注(11)参照。
(262)観潮楼歌会の開催期間については、八角真の調査研究に基づいた。八角真「森鷗外と短歌――観潮楼歌会の示すもの――」、「人文科学研究」通巻八号(昭和三二年、明治大学人文科学研究所)、同「観潮楼歌会の全貌」(一)・(二)、「短歌」第五巻第一〇号・同第一三号(昭和三三年)。なお、終会の時期を、茂吉は、「明治四十二年夏」(『全集』第二一巻、一八一頁など)と記しているが、八角は、「明らかに誤り」と指摘する。
(263)書簡八四、『全集』第三三巻、一一九頁。
(264)『全集』第七巻、三三〇頁。
(265)同前、三九四頁。
(266)苦木虎雄『鷗外研究年表』(平成一八年六月、鷗出版)、「あとがき」(波多野欧一郎)による。苦木(波多野)虎雄と茂吉との交流の記事が、佐藤佐太郎『斎藤茂吉言行――付索引』(前掲。注(187)参照)の昭和二五年七月一八~一九日条などにある。
(267)『鷗外全集』著作篇第二四巻(昭和二九年三月、岩波書店)、四二八頁。
(268)「明治大正短歌史概観」(『明治大正短歌史』昭和二五年一〇月、中央公論社)、『全集』第二一巻、一八一頁。
(269)同前、一七九頁。
(270)「森鷗外と伊藤左千夫」(「浪漫古典」昭和九年七月。『小歌論』所収)、『全集』第一三巻、四七一頁。
(271)同前。
(272)長江は、茂吉と同年の明治一五年生れ。代表的ニーチェ紹介者。死亡翌日(昭和一一年一月一二日)の「報知新聞」の訃報記事に「本名弘治、鳥取県日野郡根雨町に生れ、東京帝大文科を卒業し文芸評論家として著名であった『ニイチエの生田か、生田のニイチエか』といはれ、我文壇におけるニイチエ紹介者として大きな功績を残し、(後略)」と記された。
(273)小堀桂一郎『西学東漸の門――森鷗外研究――』(昭和五一年一〇月、朝日出版社)第四部「ニーチェの光と影」は、「森鷗外のニーチェ像――我国におけるニーチェ理解史初期の一面――」として、氷上英広教授還暦記念論文集『ニーチェとその周辺』(昭和四七年五月、朝日出版社)に発表された論文であり、本書収録にあたり、「初出時の稿の後半部分に大幅に加筆」

されている。

(274) 高松敏男は、最初期におけるニーチェ移入の経路について分析し、その一つに、入沢達吉から鷗外への流れをあげる。これは、大正一一年九月の「心の花」に掲載された「森鷗外博士のおもひで」(高松敏男・西尾幹二編『日本人のニーチェ研究譜』(ニーチェ全集別巻、昭和五七年九月、白水社)収録)という一文に、入沢がドイツから帰国する際、ニーチェ著作の、その時までに出版されていたものを一通り取り揃えて持ち帰り、それを全て鷗外に貸したと記されていることに基づいている。このときの入沢の帰国(入国)は、明治二七年二月であるという。『ニーチェから日本近代文学へ』(昭和五六年四月、幻想社)の六～八頁に詳しい。

(275) 小堀、前掲『西学東漸の門――森鷗外研究――』、三六二頁。注(273)参照。

(276) 同前、三六七頁。

(277) 「観潮楼断片記」、『全集』第七巻、三九六頁。

(278) 「夕刊読売」の「一日一題」欄に掲載。『全集』第七巻、七八六頁。

(279) 明治四二年執筆作品のうち、ニーチェの名または思想に触れているものに、「追儺」のほか、「混沌」「仮面」「ヰタ・セクスアリス」「金毘羅」「影」等がある。小堀、前掲『西学東漸の門――森鷗外研究――』、三六八頁。注(273)参照。

(280) 『全集』第五巻、一三〇頁。

(281) これに関連して、たとえば、歌集『暁紅』に、「木曽山をくだりてくれば日は入りて余光《なごりのひかり》とほくもあるか」の歌がある。ウィーンの夏の夕に思いをめぐらせていた「余光」を、後年、「なごりのひかり」と訓じた例である。

(282) 小堀、前掲書、三六九頁。注(11)参照。

結章

(283) 「われわれの快活さが意味するもの。――近代の最大の出来事――「神は死んだ」ということ、キリスト教の神の信仰が信ずるに足らぬものとなったということ――、この出来事は早くもその最初の影をヨーロッパの上に投げ始めている」(ちくま版『悦ばしき知識』、三六七頁)。「しかしツァラトゥストラは、ひとりになると、自分の心に向かって次のように語った。「いったいこんなことがありうるのだろうか! この年老いた聖者は、自分の森のなかにいて、神が死んだことについて、まだ何も聞いていないのだ。」」(同『ツァラトゥストラ』上、二一頁)。

(284) ニーチェ『善悪の彼岸』第五章「道徳の博物学」中に〈ショーペンハウアーのフルート〉言及があり、茂吉はこの個所に着想を得たのではないかという指摘は、昭和五九年に持田鋼一郎「『白桃』の一首」（「短歌現代」一一月号）によってなされている。「茂吉はおそらくニーチェの「善悪の彼岸」を読んで、ショーペンハウアーのフルート演奏の事実を知ったのであろうと私は考える」。それを踏まえて本林勝夫『論考　茂吉と文明』（平成三年一〇月、明治書院）が、一首に、懇切な解説を加えている（一三五頁）。その後、加藤『茂吉形影』（前掲。注(260)参照）の「鑑賞と考察」にもあがる（九三頁）。

(285) 茂吉の語。「アララギ」（大正二年二月）の「編輯所便」に、「城郭も旗標もない裸体の僕等は銘々で歩むのだ」と書いた。

(286) 明治四二年、小学校校長を務めていた赤彦は、教師として赴任してきた中原静子と恋愛関係になる。赤彦には妻子があった。川井（中原）静子遺歌集『丹の花』（昭和三八年一一月、理論社）の解説「『丹の花』について」（川井奎吾）が、赤彦の歌集について触れている。「相互の恋情の深さに悶えるも、赤彦の新生の道を開き得ず、諏訪様の宝物の角『切火』の名を持って、恋火を切るに至る。この『切火』が赤彦第二歌集名となる」（一三頁）。

(287) 西郷信綱は、茂吉の写生説に芭蕉の思想の関与を指摘している。「「自然・自己一元の生」というあたりには存外、『赤さうし』が芭蕉につき次のように伝えているのと無縁ではなさそうに思えてならない」と書き、「松の事は松に習へ」以下を引いている。『斎藤茂吉』（平成一四年一〇月、朝日新聞社）、一八三頁。

(288) 白水社版『ニーチェ全集』12（第I期全12巻）、八〇頁。

(289) 塚本邦雄は、「辛みを帯びた、俳諧風の、簡潔な放言とでも言ひたい歌」の典型と見ている。小高賢はこの一首について、塚本の評言にも触れながら、「この「あゝ馬のかほ」の背景には、「アララギ」に対する茂吉の感慨が複合されていたと考えた方がいい」と述べている。小高はこの歌の受容史に触れている。「佐藤佐太郎『茂吉秀歌』にも、玉城徹『茂吉の方法』にも、もちろん上田三四二『斎藤茂吉』『戦後の秀歌』『茂吉晩年』にも、この一首はとりあげられていない」。「老いという切断」、「短歌」平成二四年五月（生誕130年総力特集　斎藤茂吉——その大河の源流へ）。

(290) 『赤光』から引くと、「ほのかにも通草《あけび》の花の散りぬれば山鳩のこゑ現《うつつ》なるかな」「寂しさに堪へて分け入る我が目には黒ぐろと通草の花ちりにけり」「としわかき狂人守《きやうじんも》りのかなしみは通草の花の散らふかなしみ」「屈《かが》まりて脳の切片《せつぺん》を染《そ》めながら通草《あけび》のはなをおもふなりけり」「くろく散る通草《あけび》の花のかなしさを稚《をさな》くてこそおもひそめしか」「おもひ出も遠き通草の悲し花きみに知らえず散りか過ぎなむ」（以上、「通草」）、「おきな草口《くち》あかく咲く野の道に光ながれて我《われ》ら行きつも」「おきなぐさに唇《くちびる》ふれて帰りしがあはれあはれいま思ひ出でつも」（以上、「おきな草」）の例がある。阿部次郎は『赤光』の植物に触れて「君の詩境の背景に、殆んど常に『東北』と『少年の感覚』とのあるのは特に僕に親しい感じを起させました。君と同じく東北に育つた僕には桜実、通草、桑の実などの詩趣が、どんなにしみじみとなつかしく、色々の聯想に満ちて響いて来るでせう」「『東北』の自然の風韻、並びに東北に育つて来たものゝ経験して来た『少年の感覚』は恐くは他に育つた人にはわからないでせう」との感想を寄せた（「赤光を読みて」、「アララギ」大正四年三月）。「おきな草」については、茂吉自身その愛着を記した文章（『作歌四十年』）がある。

(291)『茂吉秀歌『霜』『小園』『白き山』『つきかげ』百首』（昭和六二年九月、文芸春秋）、三〇一頁。

関連年譜

＊明治五年までの（　）内の月日等は、西暦に対応し、他は、太陰暦（旧暦）による。

和暦（西暦）茂吉の年齢	茂吉・ニーチェ（N）に関する事項	茂吉・ニーチェ（N）に関する人物についての事項	社会的事項
天保一五・弘化元年（一八四四）	（一〇月一五日）（N）プロイセンのザクセン州リュッツェン郊外のレッケンに、プロテスタントの牧師の長男として生れる。		
弘化三年（一八四六）		（七月）（N）の妹エリーザベト生れる。	
弘化五・嘉永元年（一八四八）		（二月）（N）弟ルードヴィヒ・ヨーゼフ生れる。	
嘉永二年（一八四九）		（七月）（N）父、歿。	
嘉永三年（一八五〇）	（四月）（N）ナウムブルクに移住。 ＊この引っ越しの日の経験が、『ツァラトゥストラ』第三部「幻影と謎」の章に取り込まれている。	（一月）（N）弟ルードヴィヒ・ヨーゼフ急死。	
安政六年（一八五九）	（N）パウル・ドイセンと知り合う。		
安政七・万延元年（一八六〇）		（九月）アルトゥル・ショーペンハウアー歿。	
文久二年（一八六二）		一月一九日　森鷗外生れる。	（九月）ビスマルク、宰相となる（～一八九〇）。
文久四・元治元年（一八六四）		八月一日　伊藤左千夫生れる。	
元治二・慶応元年（一八六五）	（春）（N）神学をやめることで母親と対立。 （一〇月末～一一月初め）ショーペンハウアーの『意志と表象としての世界』を読み、感銘を受ける。		

慶応三年（一八六七）		七月二三日　幸田露伴生れる。	
慶応四・明治元年（一八六八）	（三月）（N）落馬して胸を負傷。八月まで療養生活を送る。		
明治二年（一八六九）	（三月）（N）無試験で博士号を授与される。		
三年（一八七〇）	（四月）（N）正式にバーゼル大学の教授となる。		普仏戦争勃発。
四年（一八七一）		一月一〇日　高山樗牛生れる。	ドイツ帝国（第二帝政）成立。
五年（一八七二）	（一月）（N）『音楽の精神からの悲劇の誕生』刊行。	この年、樗牛、高山久平の養子となる。	
六年（一八七三）	八月　（N）『反時代的考察』第一編刊行。 この年以降、（N）激しい眼の痛みと偏頭痛に悩まされる。	七月二五日　姉崎嘲風（正治）生れる（昭和二四年歿）。	
七年（一八七四）	二月　（N）『反時代的考察』第二編刊行。 一〇月　（N）『反時代的考察』第三編刊行。		
八年（一八七五）		ドイセン、インド哲学の研究を決意。	
九年（一八七六）	七月　（N）『反時代的考察』第四編刊行。		
一〇年（一八七七）	五月　（N）眼の症状悪化。		
一一年（一八七八）	五月　（N）『人間的な、あまりに人間的な』刊行。ワーグナー夫妻との決裂、決定的となる。 九月以降、（N）健康状態はさらに悪化し、断続的な頭痛の発作と不眠に苦しめられる。		

一二年（一八七九）	一月以降、（N）健康状態さらに悪化。胃の不調、頭痛、眼の異常、嘔吐に苦しむ。 この年、（N）一一八日にわたって病床にあった。		
一四年（一八八一）	六月　（N）『曙光』刊行。 八月初旬、（N）ジルヴァプラーナ湖のほとりで「永遠回帰」の思想に襲われる。	四月二一日　生田長江生れる（昭和一一年歿）。	
一五年（一八八二）　0歳	五月一四日　守谷熊次郎（伝右衛門）・いくの三男として、山形県南村山郡金瓶村（現、上山市金瓶）に生れる。 八月　（N）『悦ばしき智恵』初版を受け取る。 一二月下旬以降、（N）母、妹との文通を絶つ。	八月　『新体詩抄　初編』（外山正一・矢田部良吉・井上哲次郎、丸家善七）刊行。	
一六年（一八八三）　1歳	六月　（N）『ツァラトゥストラ』第一部刊行。 九月　（N）『ツァラトゥストラ』第二部刊行。	二月　ワーグナー歿。 八月二七日　阿部次郎生れる（昭和三四年歿）。 一二月二三日　安倍能成生れる（昭和四一年歿）。	三月　カール・マルクス歿。
一七年（一八八四）　2歳	三月　（N）『ツァラトゥストラ』第三部刊行。		
一八年（一八八五）　3歳	四月～五月　（N）『ツァラトゥストラ』第四部刊行（私家版）。		
一九年（一八八六）　4歳	六月下旬以降、（N）不眠、眼の痛み、消耗に苦しむ。 八月　（N）『善悪の彼岸』を自費出版。	一一月一日　萩原朔太郎生れる（昭和一七年歿）。	
二〇年（一八八七）　5歳	一一月　（N）『道徳の系譜』を自費出版。		
二一年（一八八八）　6歳	四月　金瓶尋常小学校に入学。 八月二六日　（N）『力への意志。あらゆる価値の価値転換の試み』の最終計画を立てる。 一〇月中旬頃、（N）『この人を見よ』を書き始める。		

明治二二年（一八八九） 7歳	一月三日 （N）トリノのカルロ・アルベルト広場で昏倒し精神に異常をきたす。狂気の徴候。 一〇日 （N）バーゼルの神経科医院に入院。医師は回復の見込みなしと診断。 中旬 （N）『偶像の黄昏』刊行。	三月一日 和辻哲郎生れる（昭和三五年歿）。	大日本帝国憲法発布。
二三年（一八九〇） 8歳	四月 小学校合併のため、半郷尋常高等小学校に移る。	井上哲次郎、ドイツより帰国し、帝大教授となる。	
二四年（一八九一） 9歳	この頃から菩提寺宝泉寺（当時、時宗。現、浄土宗）の住職佐原窿応に習字・漢文を習う。	樗牛、「故郷論」発表。	
二五年（一八九二） 10歳	四月 半郷小学校尋常科を卒業して高等科に進学。 （N）『ツァラトゥストラ』第四部公刊。 六月 （N）病状悪化。 九月 上山尋常高等小学校落成開校にともない、高等科に転校。	三月一日 芥川龍之介生れる。	
二六年（一八九三） 11歳	（九月 エリーザベト、ドイツに帰国。ガストの編集作業に介入。ガストは、前年二月からニーチェ全集の編集を任されていた。）	六月 ケーベル来日し、東大講師となる。「ケーベルの口からニーチェの名が東京帝国大学の学生たち——桑木厳翼、姉崎嘲風、登張竹風、高山樗牛、等々——に伝えられたのは、明治二十八－九年」（西尾幹二、白水社版ニーチェ全集別巻）。 一二月 「心海」第四号に、「欧洲に於ける徳義思想の二代表者フリデリヒ、ニツシエ氏とレオ、トウストイ伯との意見比較」が掲載（「初めて日本でニーチェの名が活字になった」西尾幹二）。	

二七年（一八九四）　12歳	この年、（N）病状さらに悪化。外出もほとんど不可能になる。 （一月　エリーザベト、ガスト編の全集刊行を停止させる。）	一月「心海」第五号に、「ニッシェ氏とトウストイ伯徳義思想を評す」が掲載。 二月　入沢達吉、帰国。公衆医事会の席上で鷗外にニーチェの名を伝える。 〔関連著述〕樗牛『滝口入道』（四月より読売新聞紙上に連載）。	日清戦争勃発。
二八年（一八九五）　13歳	（N）ケーゲル編による全集の刊行が始まる。	七月　樗牛「青年文人の厭世観」（「太陽」）。 一一月　樗牛、結核発症。 一二月一一日　斎藤喜一郎次女てる子生れる。	日清戦争終結。
二九年（一八九六）　14歳	四月　上山尋常高等小学校高等科を卒業。これより先、親戚斎藤喜一郎から進学の勧めがあり、上京まで同校補習科に通う。 七月　父と湯殿山に参拝。 八月二五日　父とともに上京の途につき、二八日東京着。浅草区東三筋町五四番地斎藤喜一郎方（浅草医院）に落ち着く。 九月　斎藤姓（未入籍）で東京府開成尋常中学校（現、私立開成高校）第五級（一年）に編入学。	〔関連著述〕露伴『ひげ男』（一二月、博文館）附録「靄護精舎雑筆」。	
三〇年（一八九七）　15歳	この年、幸田露伴の文学に親しむ。	一月五日　三木清生れる。 〔関連著述〕姉崎『印度宗教史』一一月。	
三一年（一八九八）　16歳	四月　吹田順助、渡辺幸造らと同じ組になる。 この月以降、一高受験に備えて独逸協会別科に通い、ドイツ語の学習を始める。	〔関連著述〕姉崎訳『宗教哲学』（E・V・ハルトマンの *Religionsphilosophie* の部分訳）五月。姉崎『比較宗教学』七月。姉崎『印度宗教史考』八月。樗牛「歴史画題論」一一月。	七月　ビスマルク歿。

明治三二年（一八九九）　17歳	（N）ザイドル編による全集（グロースオクターフ版およびクラインオクターフ版）の刊行が始まる。	一〇月　喜一郎、紀一と改名。改名届を出す。 〔関連著述〕樗牛「東北の遺利」六月。姉崎『仏教聖典史論』八月。	
三三年（一九〇〇）　18歳	八月二五日　ニーチェ歿。享年五五歳。 二八日　故郷レッケンに埋葬。 この年、次兄富太郎および渡辺幸造宛書簡に短歌九首。	六月　樗牛、文部省から三年間のドイツ、フランス、イタリア三国への留学を命じられる。 一一月　紀一、ドイツ留学。 〔関連著述〕姉崎『上世印度宗教史』・『宗教学概論』（ともに三月）。	
三四年（一九〇一）　19歳	三月　東京府開成中学校を卒業。 六月二日　紀一の長男・西洋生れる。 七月　第一高等学校を受験したが不合格となる。 （N）ガスト、E・ホルネッファー編『力への意志』（第一五巻）。	一月　樗牛「文明批評家としての文学者」（「太陽」）。 五月　樗牛「姉崎嘲風に与ふる書」（「太陽」）。 八月　樗牛「美的生活を論ず」（「太陽」）。 八月一九・二六日　長谷川天渓「美的生活とは何ぞや」（「読売新聞」）。 九月　登張竹風「美的生活論とニイチエ」（「帝国文学」）。 一〇月一二日～一一月七日　坪内逍遥「馬骨人言」（「読売新聞」）。 一一月　樗牛「ニイチェの批難者」・「ニイチェ歎美者」（「太陽」）。	

三五年（一九〇二） 20歳	一月　徴兵猶予願を出す。 七月　第一高等学校三部に合格。九月に入学し、中寮七番室に入寮。入学とともに戸籍名守谷茂吉を名のる。	九月一九日　正岡子規歿。 一二月　樗牛歿。 この年、紀一、ドイツ留学。 〔関連著述〕登張竹風『ニイチエと二詩人』一月。登張『気焔録』七月。桑木厳翼『ニーチェ氏倫理説一斑』八月。	日英同盟。
三六年（一九〇三） 21歳	一月　阿部次郎を知る。 〔関連著述〕吉田幸助宛書簡（九月八日）。	一月　紀一、帰国。その後、東都病院を改築し、帝国脳病院を設立。脳神経科の診療を開始。八月には、赤坂区青山南町五丁目に青山脳病院を創設。 九月二一日　露伴、「天うつ浪」を「読売新聞」に連載開始。 〔関連著述〕高桑駒吉『印度史』。シェストフ『悲劇の哲学』。	五月二二日　藤村操、投身自殺。
三七年（一九〇四） 22歳	三月　チフス発生のため一高の寮閉鎖。	二月『樗牛全集』（斎藤信策編、博文館）刊行開始。 ＊『樗牛全集』全五巻、斎藤信策編、三七年〜三九年、博文館。	日露戦争勃発。（＊長兄・次兄あいついで応召。翌年一一月帰還。）
三八年（一九〇五） 23歳	一月（前年末からこの頃にかけて）　神田の貸本屋で正岡子規の遺稿第一篇『竹の里歌』を借りて読み、本格的に作歌を志す。 七月一日　婿養子として入籍。 五日　第一高等学校卒業。 九月　東京帝国大学医科大学（東京大学医学部）に入学。		日露戦争終結。

明治三九年（一九〇六）24歳	三月　はじめて伊藤左千夫を訪問。 （N）ポケット版全集（全一〇巻）刊行。	この年以後、鷗外、「一九〇六年版の全集を座右に置く」（小堀桂一郎）。 〔関連著述〕常盤大定『印度文明史』八月。	
四〇年（一九〇七）25歳	七月二四日（渡辺幸造宛書簡）「あれは鷗外歌会にても誉めてくれしとの事に候」。	三月　第一回観潮楼歌会（四三年四月まで続く）。	
四一年（一九〇八）26歳	二月　「アカネ」創刊号に、増田八風「「ツァラトゥストラ」の由来と製作当時ニイチエの生活」（評論）、ニーチェの「夜の歌」（増田八風訳）が載る。同誌に茂吉、短歌一二首（題「赤」）を発表。 八月　「アカネ」にニーチェの「墓の歌」（塩山訳）が載る。	一月　「馬酔木」終刊。 二月　「馬酔木」の後継誌として「アカネ」（三井甲之編集）創刊。 一〇月　左千夫を中心に「阿羅々木」（アララギ）創刊。（＊茂吉、「アカネ」から「アララギ」に移る。） 一二月　紀一、再度の洋行に出発。	
四二年（一九〇九）27歳	一月九日　観潮楼歌会に初出席（以後、二月六日・四月五日に出席）。 五月　徴兵検査を受けて丙種となる。 六月末〜八月　腸チフスに罹り臥床、そのため卒業試問を一年延期。一一月初旬、腸チフスが再発し入院、一二月二八日退院。	この年、鷗外のニーチェ言及急増。生田長江が『ツァラトゥストラ』の翻訳にあたって鷗外に教示を仰ぐ。 〔関連著述〕鷗外「追儺」（「東亜之光」五月）。	
四三年（一九一〇）28歳	八月以降、左千夫の選を経ずに「アララギ」に歌を発表する（明治四二年をもって、左千夫に歌の選を受けることを止め、しばらくの発表中絶後、翌明治四三年九月から改めて自選で発表することになった」柴生田稔）。 一二月　東京帝国大学医科大学医学科卒業。このころニーチェのポケット版全集（一九〇六年版）を購入。	七月　紀一、帰国。 〔関連著述〕姉崎訳『意志と現識としての世界』（明治四三年〜四四年、原著書ショーペンハウアー *Die Welt als Wille und Vorstellung*）。尾上柴舟「短歌滅亡私論」（「創作」一〇月）。鷗外「沈黙の塔」（「三田文学」一一月）。	大逆事件の大検挙はじまる。

四四年（一九一一）29歳	一月「しきしまのやまとの国のいづべにか病ほほけたるニーチエもゐむ」（短歌）を「アララギ」に掲載。 二月 東京帝国大学副手となり、付属病院（東京府巣鴨病院）に勤務（研究生）。以後、呉秀三、三宅鉱一のもとで精神病学を専攻。 七月 巣鴨病院医員となる。 九月「アララギ」第八号を正岡子規十周年記念号として発行。 一〇月 医師開業免状下附。 この年から「アララギ」の編集を担当し、「童馬言」「短歌小言」「短歌小論」等の歌論を発表する。	〔関連著述〕生田長江訳『ツァラトゥストラ』（一月、新潮社）。西田幾多郎『善の研究』（一月）。生田長江訳『ニイチエ語録』（三月、玄黄社）。阿部次郎「内生活直写の文学」（八月二九日「東京朝日新聞」）。久津見蕨村『人生の妙味』（一二月、丙午出版。『ツァラトゥストラ』の意訳、発禁処分）。
明治四五・大正元年（一九一二）30歳	一月「アララギ」に歌論「童馬漫筆」を連載開始。 四月「アララギ」に阿部「内生活直写の文学（再び）」を引用。 七月「ある夜」（短歌）を「アララギ」に発表。 一一月 東京帝国大学医科大学助手となる。付属病院にも引きつづき勤務。 前年来、「アララギ」の動向をめぐって左千夫との間に対立を生じ、一時雑誌刊行の危機に直面。新気運の醸成を企図。 〔関連著述〕「『よ』どめの結句」一月。「歌ことば」三月。「作歌の態度」同。「歌の鑑賞」同。「叫びの歌、その他に対する感想」六月。（すべて「アララギ」掲載）	二月四日 阿部次郎、「内生活直写の文学（再び）」を「読売新聞日曜附録」に掲載。 〔関連著述〕森鷗外「かのやうに」（「中央公論」一月）。阿部次郎「象徴主義の話」（「アララギ」五月）。前田夕暮評（「文章世界」八月。白秋の「君かへす朝の鋪石さくさくと雪よ林檎の香の如くふれ」、茂吉の「長鳴くは彼の犬族のなが鳴くは遠街にして火かもおこれる」等に対して）。

大正二年（一九一三）31歳	三月 「アララギ」に「ひとりごとの歌」、「歌の形式と歌壇」、抄訳「稚きニーチエ 一」など、ニーチェ関連の文章を発表。 九月 「アララギ」に「死にたまふ母」五六首を発表。 一〇月 第一歌集『赤光』（東雲堂書店）を刊行。 〔関連著述〕「編輯所便」二月（「城郭も旗標もない裸体の僕等は銘々で歩むのだ」）。「万葉短歌鈔」七月（「多力者」の用例）。「短歌雑論」二月。（すべて「アララギ」）	一月 「白樺」に、「森暁紅『曽我廼家五郎』」の掲載予告が載る。「アララギ」に林道倫訳『善悪の彼岸』の一部が掲載。 五月二三日 生母いく歿。 七月三〇日 伊藤左千夫歿。 一〇月 和辻哲郎『ニイチェ研究』（内田老鶴圃）刊行。 一一月 安倍能成訳『この人を見よ』（南北社）刊行。 〔関連著述〕岩野泡鳴訳『表象派の文学運動』（一〇月、新潮社）。一一月一七日付茂吉宛白秋書簡（「赤光拝誦」）。	
三年（一九一四）32歳	四月 紀一次女、斎藤てる子と結婚。 六月 「アララギ」に「樗牛のこころ」掲載。この月、編集発行人となる（大正四年二月から大正一五年初旬までは島木赤彦。赤彦歿後の五月以降、ふたたび茂吉）。 〔関連著述〕「古語の問題」（「アララギ」一月）。「アララギ」七月に阿部次郎の論文を再掲。「交合歓喜」（「アララギ」一〇月）。		六月二八日 オーストリア皇太子暗殺（サラエボ事件）。 第一次世界大戦勃発。（＊大戦勃発のため、茂吉、留学延期。）
四年（一九一五）33歳	この年、「お蔭を蒙る」の語を多用。赤彦とともに写生への関心を深める。 〔関連著述〕「言葉のこと」八月（「お蔭を蒙る」の用例）。「切火合評の中」同（「多力者」の用例）。「二たび詞の吟味と世評」一二月、「三たび詞の吟味と世評」同（「お蔭を蒙る」の用例）。「短歌作者」同。（すべて「アララギ」）	〔関連著述〕松村武雄『印度文学講話』（一〇月、阿蘭陀書房）。	

五年（一九一六）34歳	一月「アララギ」一月〜三月号、土岐哀果（善麿）との論争文を掲載。 〔関連著述〕短歌「汗いでてなほ目ざめゐる夜は暗しうつつは深し蠅の飛ぶおと」（「深夜」）に「＊ニイチエは"Die Welt ist tief."と謂へり。」と注記。		
六年（一九一七）35歳	一月　東京帝国大学医科大学助手ならびに付属病院勤務を依願退職。 一二月　長崎医学専門学校教授に任じられ、長崎に赴任（一八日、長崎着）。二二日、県立長崎病院精神科部長となる。 〔関連著述〕「感情」四月の「詩集『月に吠える』に就いて諸名家の言葉」中に茂吉の感想が載る。	五月　和辻哲郎訳『ニイチエ書簡集』（岩波書店）刊行。 〔関連著述〕萩原朔太郎『月に吠える』（二月、感情詩社・白日社出版部共刊）。	
七年（一九一八）36歳	〔関連著述〕「釈迢空に与ふ」（「アララギ」五月）。		第一次世界大戦終結。
八年（一九一九）37歳	五月七日　長崎来遊の芥川龍之介、菊池寛と会う（初見）。 〔関連著述〕「写生といふ事」（「アララギ」一月）。『童馬漫語』（八月、春陽堂）。「歌評」（「紅毛船」九月。「多力者」の用例）。「思出す事ども」（「アララギ」一〇月）。	〔関連著述〕阿部次郎『ニイチエのツァラツストラ　解釈並びに批評』四月。	
九年（一九二〇）38歳	一月　流行性感冒に罹り、翌月中旬ごろまで臥床。 四月「アララギ」四月号から「短歌に於ける写生の説」を連載。 六月二日　喀血し、二五日、県立長崎病院に入院（七月二日退院）。七月下旬以降、転地療養。一一月二日より出勤。 九月「アララギ」に「実相に観入して自然・自己一元の生を写す」（「第四「短歌と写生」一家言」）を掲載。 一〇月「アララギ」に「第五　続「短歌と写生」一家言」を掲載。 〔関連著述〕「獨語抄――歌の雑誌」（「秦皮」六月。「已に多力に向ふ意志の哲学の腹案の成つた時だ」）。		国際連盟発足。

大正一〇年（一九二一）　39歳	一月　第二歌集『あらたま』（春陽堂）を刊行。 二月二八日　文部省在外研究員を命じられる。 三月　長崎を去る。 八月五日　長野県富士見に静養に行く。九月六日に帰京。 一〇月二八日　横浜から日本郵船熱田丸に乗船、留学の途に就く。 一二月二〇日　ベルリン到着。	三月　高楠順次郎訳『印度古聖歌』（世界聖典全集刊行会）刊行。	
一一年（一九二二）　40歳	一月　オーストリアのウィーン大学神経学研究所に入り、マールブルク教授の指導を受けることになる。 七月二七日　ウィーンを立ち、ドナウ川を下航してブダペストに遊ぶ。二九日ウィーンに帰る。 八月四日　ウィーンを立ち、ミュンヘン、オーバーアマーガウ、ニュルンベルク、ヴュルツブルク、フランクフルト、ギーセン等を過ぎて、マインツからライン川を下航、ボン、ケルン、ベルリン、ワイマール、ライプツィヒ、ドレスデンを過ぎて再びベルリンに至り、九月一日ウィーンに帰る。 一二月二七日～三〇日　ゲゾイゼに遊ぶ。 ベルリンで、森鷗外の訃報（七月九日歿）に接す。	五月　三木清・田辺元、ドイツ留学。	
一二年（一九二三）　41歳	三月三〇日　ウィーンを立ち、バドガシュタイン、インスブルック、ザルツブルク、グムンデンを過ぎて、四月五日ウィーンに帰る。 五月二七日　阿部次郎に会う。 六月二日　イタリア旅行に出発。ベネチア、フィレンツェ、ローマ、ナポリ、ポンペイ、ベズビオ山、ミラノを過ぎて、二〇日ウィーンに帰る。 七月　ミュンヘンに転学する。 二一日　ドイツ精神病学研究所シュピールマイヤー研究室に入る。 三〇日　ベルリンに至り、八月一二日まで滞在（小宮豊隆等と会う）。 〔関連著述〕「ニイチェの病気」（八月稿）。	七月二七日　実父守谷伝右衛門歿。（＊茂吉、八月二九日訃報に接す。）	九月一日　関東大震災。（＊茂吉、三日、新聞報道で知る。） 一一月八日　ヒットラー事件が起こり町に戒厳令が敷かれる。

一三年（一九二四）　42歳

四月一八日　ドナウ川の源流をたずねて旅立つ。ウルム、ドナウエッシンゲン、コンスタンツ、オーベルストドルフを過ぎて、二二日ミュンヘンに帰る。
六月七日　ミュンヘンを立ち、ベルヒテスガーデンに旅し、九日ミュンヘンに帰る。
六月一〇日　ミュンヘンを立ち、ガルミッシュに旅し、一二日ミュンヘンに帰る。
六月一六日　ミュンヘンを立ち、シュトゥットガルト、テュービンゲン、フライブルク、ハイデルベルク、カッセル、ワイマール、イェーナ、ライプツィヒ、レッケン、ハレを過ぎてベルリンに到着（二九日～七月六日、滞在）。七日ハンブルクに至り、一〇日ふたたびベルリン、一三日ミュンヘンに帰る。
七月二二日　ミュンヘンを去り、パリに向かう。二三日妻てる子と落ち合い、ともにヨーロッパ各地を巡る（パリ滞在中小宮豊隆、木下杢太郎等と会う）。
八月二〇日　パリを立ち、ロンドン、ブリュッセル、ハーグ、アムステルダム、レイデン、ベルリン、チューリヒ、リギ山上、ルツェルン、ユングフラウ山上、ベルン、ミラノ、ベネチア、パドワ、ジェノバ、トリノ、リヨン等の各地を歴遊し、一〇月一〇日パリに帰着（一一月二六日までパリに滞在。滞在中、安倍能成、三木清等と会う）。
一〇月二四日　東京帝国大学医科大学より医学博士の学位を受ける。
一一月二六日　パリを去る。二七日マルセーユに着き、モナコに至り、二八日ニースを過ぎてマルセーユに帰る。
一一月三〇日　榛名丸に乗船、マルセーユを出帆。一二月五日ポートサイド、一七日コロンボ、二二日シンガポール、二九日香港。
一二月三〇日　船上にて青山脳病院全焼（二九日）の電報を受け取る。
〔関連著述〕短歌「Röcken のニイチエの墓にたどりつき遥けくもわれ来たるおもひす」（六月二六日）。

三月　芥川龍之介、「僻見」（「斎藤茂吉」の章）を「女性改造」に発表。
四月　「日光」創刊。古泉千樫、釈迢空ら「アララギ」を去り参加する。

大正一四年 （一九二五） 43歳	一月一日　榛名丸船上にて新年を迎える。二日上海、五日神戸着、七日東京到着（三年余の留学を終える）。 八月二三日～二五日　神奈川県箱根強羅の別荘に滞在。（本林年譜「八月下旬、はじめて箱根強羅の山荘に赴く」） 九月一日～五日　箱根強羅の別荘に滞在。 一二月二日　「ニイチエの墓を弔ふ記」執筆。 この年秋以降、病院再建の資金調達などに奔走。 〔関連著述〕自選歌集『朝の蛍』（四月、改造社）。短歌「偶像の黄昏などといふ語も今ぞかなしくおもほゆるかも」。随筆「接吻」六月。		
大正一五・昭和元年 （一九二六） 44歳	四月　東京府松原村（世田谷区松原町）に青山脳病院復興し、開業許可となる。 五月　「アララギ」五月号から再び編集発行人となる。 九月二五日　土屋文明とともに神奈川県鵠沼に芥川龍之介を訪ねる。 〔関連著述〕短歌「とりよろふ青野を越えてあゆみつつ神死したりといひし人はも」。『金槐集私鈔』（四月、春陽堂）。「気運と多力者と」（「改造」七月）。「作歌法真髄」（八月三峯山上アララギ安居会講義）。	三月二七日　島木赤彦歿。 〔関連著述〕生田長江訳『偶像の薄明』（一一月、新潮社）。	
昭和二年 （一九二七） 45歳	一月　「文芸春秋」に「寒土集」（全二五首）発表。 四月二七日　青山脳病院長に就任。	七月二四日　芥川龍之介自殺（「或旧友へ送る手記」）。 八月一一日　古泉千樫歿。	
三年 （一九二八） 46歳	五月一八日　東京を立ち、一九日仙台到着。阿部次郎と会い、二〇日東北帝国大学で講演し、二二日東京に帰る。 七月二八日　東京を立ち出羽三山に参拝。 九月一日～四日　箱根強羅の別荘に滞在。 一〇月二六日～二八日　箱根強羅の別荘に滞在。	一一月一七日　紀一歿。 〔関連著述〕萩原朔太郎『詩の原理』（一二月、第一書房）。	

四年（一九二九）　47歳	一月二一日　慢性腎臓炎と診断される。 四月　『短歌写生の説』（鉄塔書院）刊行。 八月八日～二一日　改造社の現代日本文学全集のために「明治大正短歌史概観」執筆、稿了。 一一月二八日　土岐善麿、前田夕暮、吉植庄亮等と朝日新聞社の飛行機に搭乗。 〔関連著述〕『新訂金槐和歌集』（四月、岩波文庫）。自選歌集『朝の蛍』（七月、改造文庫）。現代短歌全集第一二巻『斎藤茂吉集』（島木赤彦と合冊、一二月、改造社）。		世界大恐慌はじまる。
五年（一九三〇）　48歳	三月　「アララギ」三月号をもって、アララギの編集発行人を辞し、土屋文明に引き継ぐ。 七月　一五歳になった長男茂太を伴って出羽三山に参拝。 一〇月　南満州鉄道株式会社の招きに応じて満州旅行。 〔関連著述〕随筆集『念珠集』（八月、鉄塔書院）。		三木清逮捕される。
六年（一九三一）　49歳	五月二八日　熱海に転地静養し、六月五日東京に帰る。ついで、七日那須温泉に転地静養し、一四日東京に帰る。 六月二一日～七月二日　岩波講座「日本文学」のために「正岡子規」執筆、稿了。 七月二五日～八月五日　改造社「短歌講座」のために「明治大正和歌史」執筆、稿了。 八月一五日～二四日　箱根強羅の別荘に滞在。	八月一〇日　佐原窿応歿。 この年、ヘーゲル歿後一〇〇年。 〔関連著述〕『ヘーゲル全集』刊行開始。	満州事変勃発。
七年（一九三二）　50歳	一月～二月八日　岩波講座「日本文学」のために「源実朝」執筆、稿了。 一月四日（日記）「ニイチエヲ読ム。(Ecce homo) ヲ読ム。文章ニ波動アリ。」 二月一二日～一八日　岩波講座「日本文学」のために「近世歌人評伝」執筆、稿了。 二月二一日～二九日　改造社「短歌講座」のために「短歌声調論」執筆、稿了。 三月五日～一五日　「短歌初学門」を執筆。 七月一八日（日記）「家ニアリテニイチエノ書ナドヲ勉強ス。」 八月　北海道旅行。 一一月三日～一二月二日　「アララギ二十五巻回顧」を執筆、稿了。 一二月三日～九日　「改造」のために「新選秀歌百首」執筆、稿了。		ドイツ、ナチスが第一党になる。 満州国建国。

昭和八年（一九三三）　51歳	一月　「アララギ」一月号を「二十五周年記念号」として発行。 五月一八日～六月三日　春陽堂「万葉集講座」のために「万葉短歌声調論」執筆、稿了。 六月二二日～二六日　「短歌初学門」を書き継ぐ。「衝迫」執筆（二一日～二三日）。 一〇月六日～九日　箱根強羅の別荘に滞在。 一〇月一四日～一一月二〇日　「柿本人麿私見覚書」執筆、稿了。 一一月八日　ダンスホール事件に関連して妻てる子の私行に関する記事が新聞に掲載。以後別居生活。 〔関連著述〕「アララギ二十五巻回顧（「アララギ二十五年史」）」（「アララギ」一月）。「故郷へ寄せる言葉――三つの念願――」（「東京日日新聞山形版」一月七日）。	一月　長谷川如是閑、「万葉集に於ける自然主義　革命期における政治形態との関係」を「改造」に発表。 三月　長谷川如是閑、「御用詩人柿本人麿」を「短歌研究」に発表。 六月　三木清、「不安の思想とその超克」を「改造」に発表。 一〇月三〇日　平福百穂歿。	二月二〇日　小林多喜二、拷問死。 三月二三日　ドイツ、ヒットラー独裁体制確立。 二七日　日本、国際連盟脱退の詔書発布。 四月一日　ナチス、ユダヤ人迫害を開始。 五月二六日　京都帝国大学法学部教授会、滝川幸辰教授の休職処分に抗議し総辞職を表明（滝川事件）。 六月七日　日本共産党の幹部、佐野学・鍋山貞親、獄中から転向声明。
九年（一九三四）　52歳	一月一五日（日記）「ニーチエヲ読ム。文ハ明快ナリ。快シ。」 八月二六日～九月一日　箱根強羅の別荘に滞在。 九月一六日　百花園で開かれた正岡子規三三回忌歌会で永井ふさ子を知る。 一〇月一九日　日本学術振興会第一七小委員会（英訳万葉集）の委員を委嘱される。 一一月　『柿本人麿　第一冊　総論篇』（岩波書店）を刊行。 一二月一四日　岩波茂雄の尽力によって幸田露伴と会う。ともに熱海に行き一五日東京に帰る。 二二日（日記）「Leo Schestow ヲ読ム。」	一月　レオ・シェストフ『悲劇の哲学』（河上徹太郎・阿部六郎共訳、芝書店）刊行。 五月五日　中村憲吉歿。 〔関連著述〕小林秀雄「レオ・シェストフの「悲劇の哲学」」（「文芸春秋」四月）。青野季吉「「悲劇の哲学」に関するノート」（「文芸」九月）。三木清「シェストフ的不安について」（「改造」九月）。『シェストフ選集』刊行開始。	

一〇年（一九三五）　53歳	一月　「アララギ」一月号から「童馬山房夜話」を連載。 七月一八日～九月三日　箱根強羅の別荘に滞在（うち数日は東京）。 一〇月　『鷗外全集』（岩波書店）の編集委員となる。 〔関連著述〕『柿本人麿　第二冊　鴨山考補註篇』（一〇月、岩波書店）。「胡頽子を愛する歌」（全六首）。	〔関連著述〕生田長江訳『道徳系譜学・偶像の薄明・反基督』（八月、日本評論社）。	
一一年（一九三六）　54歳	四月二五日～二九日　改造社「短歌講座」のために「写生による短歌作法」執筆、稿了。 五月一日～九日　「文学」のために「鷗外の歴史小説」執筆、稿了。 五月三〇日～六月一日　箱根強羅滞在（一福旅館）。 七月二二日～九月二日　箱根強羅の別荘に滞在。 七月二四日（日記）「夜、ニイチエのツラツストラをひろひ読す。」 二五日（日記）「ニイチエを読む。」 九月一八日～一九日　「強羅雑記」執筆、稿了（「獅子の歌」を含む随想）。 一〇月一五日　東京を立ち、長野県木曽福島に至り、一六日講演し、ついで王滝に至り、一七日氷ケ瀬を経て三留野に至り、一八日飯田のアララギ歌会に出席、一九日上諏訪に至り森山汀川とともに滝温泉、二一日単身白骨温泉、二三日東京に帰る。 一一月二三日～二六日　「文芸春秋」のために「三筋町界隈」執筆、稿了。 〔関連著述〕「紅梅」（全六首）。「寝覚の床」（一〇月作中、全五首）。「仏説四十二章経」を引用（「アララギ」一二月。「忍辱多力」の用例）。		

昭和一二年（一九三七）55歳	一月「三筋町界隈」（「文芸春秋」）発表。一月九日～一一日　箱根強羅滞在（一福旅館）。 二月　茂吉、上山の弟と墓石建立の相談をし、戒名をみずから揮毫。 四月三〇日～五月二日　箱根強羅滞在（一福旅館）。 五月『柿本人麿　第三冊　評釈篇巻之上』（岩波書店）刊行。 この月、島根県下に人麻呂地理を踏査し、さらに四国に渡り、永井ふさ子の案内で子規の遺跡等をめぐる。 六月四日～六日　箱根強羅滞在（一福旅館）。 六月二四日　帝国芸術院会員となる。 七月二四日～九月八日　箱根強羅の別荘に滞在。 八月「アララギ」に「若し輪廻回帰の思想が成立つなら、」（『柿本人麿　第三冊　評釈篇巻之上』）を再掲。	〔関連著述〕宇野浩二編短歌文学全集『斎藤茂吉篇』（五月、第一書房）。	日中戦争勃発。
一三年（一九三八）56歳	一月「アララギ」一月号から表紙泰西美術の解説を連載。 三月一日（日記）「福本ニテニイチエヲ買フ。」 四月三〇日～五月一四日「文学」のために「露伴先生に関する私記」を執筆、稿了。七月二二日～九月九日　箱根強羅の別荘に滞在。 一二月　文部省の委嘱により国民歌「国土」を作詞（昭和一四年一月一二日定稿）。 〔関連著述〕随筆「グレエの詩」一〇月。『万葉秀歌』上・下（一一月、岩波新書）。		国家総動員法施行。
一四年（一九三九）57歳	七月　蔵王山上の歌碑を見る。 七月二二日～九月一二日　箱根強羅の別荘に滞在（八月二二、二三日は露伴と会う）。 一一月二四日（日記）「ドイツセンノニイチエ回想記を一読シタ。」 〔関連著述〕『柿本人麿　第四冊　評釈篇巻之下』（一二月、岩波書店）。		九月一日　ドイツ軍、ポーランド侵攻。第二次世界大戦勃発。

一五年（一九四〇）58歳	五月一四日　『柿本人麿』の業績に対して帝国学士院賞が授与される。 六月　歌集『暁紅』（岩波書店）刊行。 七月二二日～九月一三日　箱根強羅の別荘に滞在。夏、「靖国神」執筆（「二元」の用例）。大正二年執筆の「穉きニイチエ　一」を改稿、「穉きニイチエ」として完結。 一〇月二六日（日記）「アイスレルノニイチエ読ム、」 一一月二日（日記）「ニイチエナド見テ」 〔関連著述〕歌集『寒雲』（三月、古今書院）。『柿本人麿　第五冊　雑纂篇』（一二月、岩波書店）。短歌「ニイチエより二年おくれてみまかりし子規先生をこよひおもひつ」（「手帳四十九」）。	〔関連著述〕エリーザベト・ニーチェ『ニーチェの生涯　上巻　若きニーチェ』（山崎八郎他訳、四月、モダン日本社）、『ニーチェの生涯　下巻　孤独なるニーチェ』（七月）。	日独伊三国同盟。
一六年（一九四一）59歳	二月二六日（日記）「ニイチエ伝（岡本氏ヨリ拝借）ヲ読ミ、」 七月二日～九月一二日　箱根強羅の別荘に滞在。 八月一五日（日記）「ニイチエ穉時ノコトヲ原書参考シテ増補訂正スル。」 一六日（日記）「ニイチエヲ読ンダ。」 一七日（日記）「朝カラ午前ニニイチエナドヲヨンダ、」 〔関連著述〕短歌「忍辱の多力なること少年のときに吾知りていまぞ念はむ」。		一二月八日　真珠湾攻撃。太平洋戦争開戦。
一七年（一九四二）60歳	二月一二日　幸田露伴を訪ねる。 七月九日～九月八日　箱根強羅の別荘に滞在。 一一月　「アララギ」一一月号を「斎藤茂吉歌集批評特輯」として発行。 一二日（日記）「ニイチエ「人間的ナ」原書読ム、」 一五日（日記）「ベルトラムノニイチエ原文ヨム、」 〔関連著述〕歌集『白桃』（二月、岩波書店）。「文学の師・医学の師」（「婦人公論」三月）。	〔関連著述〕阿部六郎訳『偶像の薄明』（一月、創元社）。	
一八年（一九四三）61歳	七月一七日～九月七日　箱根強羅の別荘に滞在。強羅滞在第一日（一七日）の日記に「Nietzsche Aesthetik　ヲイソギヨミ、」とある。 〔関連著述〕『源実朝』（一一月、岩波書店）。歌集『のぼり路』（同、岩波書店）。『正岡子規』（一二月、創元社）。『小歌論』（同、第一書房）。		学徒出陣。

昭和一九年（一九四四）	62歳	七月一〇日～八月三一日　箱根強羅の別荘に滞在。 一二月　「アララギ」一二月号をもって休刊。 この年、ニーチェ生誕一〇〇年。 〔関連著述〕『童馬山房夜話　第一』七月、『童馬山房夜話　第二』九月（ともに八雲書店）。	一二月七日　井上哲次郎歿。	
二〇年（一九四五）	63歳	二月一六日　疎開の事を相談するために上山（山形県）に行く。三月七日帰京。 四月九日　義弟西洋から離れて分家することになる。 一〇日　疎開のため単身東京を立つ。一四日から郷里金瓶の斎藤十右衛門方（妹なをの婚家）に落着く。 五月二五日　空襲により青山の自宅及び病院が焼失。松原の病院も罹災。 一〇月五日　山形高等学校において「鴨山私考」の講演をする。 一〇月～一二月一一日　「幸田露伴」の執筆、稿了。 〔関連著述〕『文学直路』（四月、青磁社）。短歌「忍辱は多力なりとふことわりを今こそいはめわが後昆に」。		三月　東京大空襲。 八月　広島・長崎に原爆投下。ポツダム宣言受諾。敗戦。 九月二六日　三木清獄死。 一〇月　国際連合発足。
二一年（一九四六）	64歳	一月　「アララギ」に「古代芸術の讃」（「童馬山房夜話」一二三）を発表。 一月三〇日　金瓶から大石田に移る。二月一日より二藤部兵右衛門方の離れ家（聴禽書屋）に落ち着く。 三月　左湿性肋膜炎に罹り、五月上旬まで臥床療養する。 四月　「文学時標」第六号の「文学検察」欄および「新日本文学」四月号の渡辺順三「戦争と歌壇」で指弾される。 一〇月　昭和二二年度御歌会始選者に選定される（昭和二六年度まで選定）。 〔関連著述〕『童馬山房夜話　第三』（三月、八雲書店）。歌集『つゆじも』（八月、岩波書店）。『童馬山房夜話　第四』（一〇月、八雲書店）。短歌「現身はあはれなりけりさばき人安寝しなしてひとを裁くも」。「あめつちに陣痛ありとおもほゆるこれの時代に生きむとぞする」。	一月　荒正人・小田切秀雄・佐々木基一によって「文学時標」創刊。 六月　「新日本文学」六月号は、「文学における戦争責任の追求」（小田切秀雄執筆）を発表。（＊戦争の「主要な責任者」二五名の中に茂吉の名がある。）	一月四日　GHQは軍国主義者の公職追放の指令を出した。 三月　GHQによる追放指令の文学者への適応開始。五月三日　極東国際軍事裁判開廷。（＊茂吉は、昭和二二年一一月二〇日に裁判を傍聴。） 一一月三日　日本国憲法公布。

二二年（一九四七）　65歳	一月　「アララギ」一月号から「茂吉小話」連載。 五月　「人間」五月号に「ひとり歌へる」四〇首発表。 七月　「八雲」に短歌「山上の雪」四九首発表。『童牛漫語』（斎藤書店）刊行。 一一月三日　大石田を引きあげ、四日東京到着。世田谷区代田一丁目四〇〇番地の家に落ち着く。 〔関連著述〕『短歌一家言』（四月、斎藤書店）。『作歌実語鈔』（同、要書房）。『万葉の歌境』（同、青磁社）。歌集『遠遊』（八月、岩波書店）。斎藤茂吉編『幸田露伴集』（一一月、東方書局）。	七月三〇日　幸田露伴歿。 一〇月　雑誌「余情」、特輯「斎藤茂吉研究」発行。	
二三年（一九四八）　66歳	三月一三日（日記）「夜、ニイチエ伝」 一四日（日記）「〇ニイチエ伝少々、」「〇ニイチエ伝、（心シヅカニセシメル）」 一七日（日記）「〇田中隆尚ツアラツストラ買フ（100y）」 七月　「心」創刊号に「猫柳の花」三五首発表。 七月二六日～九月九日　箱根強羅の別荘に滞在。七月二七日（日記）「ニイチエノ疾病ノコトヲ読ンダ」 八月　朝日新聞歌壇の選者となる。 〔関連著述〕歌集『遍歴』（四月、岩波書店）。短歌「かくしつつ強羅の山の月読を二たび見むとわがおもひきや」。「戦犯の宣告ありしけふのよるひとり寝れば言の葉もなし」。「外出より帰りきたりて沈黙す十二月二十三日の午後」。「墨田川の彼岸ににぶきもの音 amor fati と聞こえ来らむか」。「税務署へ届けに行かむ道すがら馬に逢ひたりあゝ馬のかほ」。	一月二六日　養母ひさ歿。	世界人権宣言。 一二月二三日　巣鴨拘置所において、七名（A級戦犯）の刑が執行。

昭和二四年 （一九四九） 67歳	七月一九日～九月一五日　箱根強羅の別荘に滞在。 この年、「よるの犬長鳴くきこゆ箱根なる強羅の山にめざむるときに」など、〈犬の長鳴き〉を主題とした歌が作られる。 〔関連著述〕随筆集『茂吉小文』（二月、朝日新聞社）。『島木赤彦』（三月、角川書店）。新版『赤光』（四月、千日書房）。歌集『小園』（同、岩波書店）。『幸田露伴』（七月、洗心書林）。歌集『白き山』（八月、岩波書店）。『近世歌人評伝』（九月、要書房）。短歌「薬物のためならなくに或宵は不思議に心しづかになりぬ」。「箱根なる強羅の山にひとり臥しひとり寂しきおもひをぞする」。		
二五年 （一九五〇） 68歳	二月四日「夕刊読売」に随筆「節分」を発表。 五月　第一回読売文学賞受賞（『ともしび』に対して）。 七月一四日～九月七日　箱根強羅の別荘に滞在（最後の滞在となる）。 一〇月一九日　左側不全麻痺が起る。 一一月一四日　新宿区大京町二二番地に転住。 この年、ニーチェ歿後五〇年。 〔関連著述〕歌集『ともしび』（一月、岩波書店）。校註『金槐和歌集』（五月、朝日新聞社）。歌集『たかはら』（六月、岩波書店）。『明治大正短歌史』（一〇月、中央公論社）。歌集『連山』（一一月、岩波書店）。短歌「永世楽土、永遠童貞女、永遠回帰、而して永世中立、エトセトラ」。	〔関連著述〕阿部六郎訳『人間的なあまりに人間的なⅠ』（ニーチェ全集Ⅲ、一二月、新潮社）。	
二六年 （一九五一） 69歳	二月　心臓喘息の発作があり、呼吸困難が週日にわたって続く。 一一月三日　文化勲章を授与され参内する。 〔関連著述〕『続明治大正短歌史』（三月、中央公論社）。『歌壇夜叉語』（四月、中央公論社）。歌集『石泉』（六月、岩波書店）。歌集『霜』（一二月、岩波書店）。	〔関連著述〕藤森朋夫編『斎藤茂吉の人間と芸術』（一月、羽田書店）。佐藤佐太郎編『斎藤茂吉秀歌』（一二月、中央公論社）。	日米安全保障条約調印。

二七年（一九五二） 70歳	二月　短歌「いつしかも日がしづみゆきうつせみのわれもおのづからきはまるらしも」を「アララギ」に発表。 四月二日　最後の外出。 五月『斎藤茂吉全集』（岩波書店）第一回配本。 六月「アララギ」への最後の出詠（六月号に一首）、「冬粥を煮てゐたりけりくれなゐの鮭のはららご添へて食はむと」。 一一月　文化功労年金受賞者に決定。		
二八年（一九五三） 71歳	二月二五日　午前一一時二〇分、心臓喘息のため自宅にて死去。享年満七〇年九か月。戒名「赤光院仁誉遊阿暁寂清居士」。		
二九年（一九五四） 歿後一年	二月二五日　遺稿歌集『つきかげ』（岩波書店）刊行。		自衛隊発足。
三二年（一九五七） 歿後四年	七月　昭和二七年五月に刊行を開始した『斎藤茂吉全集』（全五六巻、岩波書店）、五年三か月をかけて完結。		
五一年（一九七六） 歿後二三年	七月　昭和四八年一月に刊行を開始した新版『斎藤茂吉全集』（全三六巻、岩波書店）、三年六か月をかけて完結。		

〔附記〕本年譜の作成にあたり、『斎藤茂吉全集』第二六巻（全三六巻）所載の柴生田稔編「斎藤茂吉年譜」、藤岡武雄『新訂版・年譜斎藤茂吉伝』（平成三年六月、沖積舎）、日本近代文学大系43『斎藤茂吉集』（角川書店）所載の本林勝夫編「年譜」、『ニーチェ事典』（弘文堂）所載の大石紀一郎編「ニーチェ年譜」、熊野純彦編著『日本哲学小史』（平成二一年一二月、中央公論新社）所載の「関連年表」を参照した。

参考文献

茂吉著作

全集・選集

『斎藤茂吉全集』（全五六巻）昭和二七年五月～三二年七月、岩波書店
『斎藤茂吉全集』（全三六巻）昭和四八年一月～五一年七月、岩波書店
『斎藤茂吉選集』（全二〇巻）昭和五六年一月～五七年八月、岩波書店

文学全集類

鑑賞日本現代文学9『斎藤茂吉』（塚本邦雄篇）昭和五六年一〇月、角川書店
近代作家追悼文集成34『久米正雄・斎藤茂吉・土井晩翠』平成九年一月、ゆまに書房
近代文学注釈大系『斎藤茂吉』（本林勝夫校訂・注釈・解説）昭和五三年六月再版（昭和四九年一一月初版）、有精堂
現代短歌大系1『斎藤茂吉・釈迢空・会津八一』（大岡信・塚本邦雄・中井英夫編、上田三四二解説）昭和四七年一〇月、三一書房
現代短歌全集12『斎藤茂吉集・島木赤彦集』昭和四年一二月、改造社
現代日本文学全集23『斎藤茂吉集』（佐藤佐太郎解説）昭和二八年一二月、筑摩書房
現代日本文学大系38『斎藤茂吉集』昭和四四年一一月、筑摩書房
現代文学大系16『斎藤茂吉・島木赤彦・若山牧水・釈迢空集』（山本健吉解説）昭和四一年七月、筑摩書房
新潮日本文学アルバム14『斎藤茂吉』（谷沢永一編著）昭和六〇年三月、新潮社
日本近代文学大系43『斎藤茂吉集』（柴生田稔解説、本林勝夫注釈）昭和四五年一月、角川書店

日本現代文学全集51『斎藤茂吉集』（山本健吉解説）初版昭和四一年五月、増補改訂版昭和五五年五月、講談社
日本詩人全集10『斎藤茂吉』（中野重治編著・柴生田稔解説）昭和四二年一二月、新潮社
日本の詩歌8『斎藤茂吉』（山本健吉鑑賞）昭和四三年五月、中央公論社
日本の文学26『柳田国男・斎藤茂吉・折口信夫』（大岡昇平解説）昭和四四年七月、中央公論社

ニーチェ著作

原書

Nietzsche's Werke. Taschen-Ausgabe, 10 Bde. C.G.Naumann. Leipzig 1906.
Sämtliche Werke. Kritische Studienausgabe, 15 Bde. hrsg. von G.Colli / M.Montinari, dtv, München/Walter de Gruyter, Berlin/New York 1980.
Sämtliche Briefe. Kritische Studienausgabe, 8 Bde. hrsg. von G.Colli / M.Montinari, dtv, München/Walter de Gruyter, Berlin/New York 1986.

翻訳

生田長江訳全集　新潮社版（全一〇巻）大正五年一〇月〜昭和四年一月
—日本評論社版（全一二巻）昭和一〇年四月〜昭和一一年九月
ちくま学芸文庫版全集（全一五巻、別巻四）平成五年六月〜平成六年九月、筑摩書房
白水社版全集　第Ⅰ期（全一二巻）・第Ⅱ期（全一二巻）・別巻　昭和五四年一一月〜平成元年五月
秋山英夫訳『悲劇の誕生』（岩波文庫）昭和四一年六月、岩波書店
秋山英夫・富岡近雄訳『ニーチェ全詩集』昭和四三年一一月、人文書院
安倍能成訳『この人を見よ』大正二年一一月、南北社
—『この人を見よ』（岩波文庫）昭和三年一〇月、岩波書店

阿部六郎訳『この人を見よ・偶像の薄明・ニイチエ対ワグナア』（ニイチエ選集第八巻）昭和一七年一月、創元社
阿部六郎・竹山道雄・氷上英広訳『偶像の黄昏・詩集・アンチクリスト』（ニーチエ全集Ⅹ）昭和二七年一〇月、新潮社
生田長江訳『ツァラトゥストラ』明治四四年一月、新潮社
――『ニイチエ語録』明治四四年三月、玄黄社
丘沢静也訳『ツァラトゥストラ』上・下（光文社古典新訳文庫）平成二二年一一月・二三年一月、光文社
木場深定訳『道徳の系譜』（岩波文庫）昭和三九年一〇月改版、岩波書店
竹山道雄訳『ツアラトストラかく語りき』（ニーチエ全集Ⅶ）昭和二五年八月、新潮社
――『善悪の彼岸』（新潮文庫）昭和二九年三月、新潮社
手塚富雄訳『この人を見よ』（岩波文庫）昭和四四年四月、岩波書店
――『ツァラトゥストラ』（中公文庫）昭和四八年六月、中央公論社
吹田順助訳註『訳註ツァラトゥストラ』昭和四年八月、郁文堂書店
中山元訳『道徳の系譜学』（光文社古典新訳文庫）平成二一年六月、光文社
西尾幹二訳『偶像の黄昏／アンチクリスト』（イデー選書）平成三年三月、白水社
氷上英広訳『ツァラトゥストラはこう言った』上・下（岩波文庫）昭和四二年四月・四五年五月、岩波書店

単行本

青山星三『こがらしの美　茂吉短歌考（一）』昭和六〇年一月、桜楓社
――『ドーナウの源泉　茂吉短歌考（二）』昭和六〇年四月、桜楓社
――『芸術の余光　茂吉短歌考（三）』昭和六〇年七月、桜楓社
――『感慨ふかき古雲　茂吉短歌考（四）』昭和六〇年一〇月、桜楓社

秋葉四郎『新論　歌人茂吉――その魅力再発見』平成一五年一〇月、角川書店
――『茂吉　幻の歌集『万軍』――戦争と斎藤茂吉』平成二四年八月、岩波書店
秋山英夫『ニーチェ論――ディオニュソスと超人――』昭和二三年一〇月、理想社
――『文学的ニーチェ像――ニーチェと詩人たち――』昭和四四年一〇月、勁草書房
アザール、ポール『ヨーロッパ精神の危機』野沢協訳（叢書・ウニベルシタス84）昭和四八年五月、法政大学出版局
阿部次郎『合本三太郎の日記』阿部次郎全集1、昭和三五年一二月、角川書店
――『三太郎の日記　補遺』阿部次郎全集2、昭和三六年六月、角川書店
――『ニイチェのツァラツストラ　解釈並びに批評』阿部次郎全集4、昭和三六年二月、角川書店
――『倫理学の根本問題』・『美学』阿部次郎全集3、昭和三六年七月、角川書店
荒波力『知の巨人　評伝生田長江』平成二五年二月、白水社
上田三四二『斎藤茂吉』（筑摩叢書24）昭和三九年七月、筑摩書房
――『茂吉晩年』昭和六三年一二月、弥生書房
宇沢甚吾『茂吉写生説の構造　写生語義篇』（現代歌論シリーズ・第3巻）昭和三七年一〇月、東出版
薄井忠雄『斎藤茂吉論序説』昭和四七年三月、桜楓社
宇野浩二『文学的散歩』明治大正文学回想集成12、昭和五八年四月、日本図書センター
扇畑忠雄『子規から茂吉へ』扇畑忠雄著作集3、平成八年三月、おうふう
大島史洋『定型の視野　近代短歌から現代短歌へ』（雁叢書110）昭和六三年一〇月、雁書館
大島徳丸『茂吉・光太郎の戦後――明治人に於ける天皇と国家――』昭和五四年三月、清水弘文堂
太田登『日本近代短歌史の構築　晶子・啄木・八一・茂吉・佐美雄』平成一八年四月、八木書店
大辻隆弘『アララギの脊梁』平成二一年二月、青磁社
岡井隆『茂吉の歌　夢あるいはつゆじも抄』昭和四九年一一月、創樹社

――『慰藉論――吉本隆明から斎藤茂吉』昭和五〇年一二月、思潮社
――『遥かなる斎藤茂吉』昭和五四年七月、思潮社
――『斎藤茂吉――人と作品』昭和五九年八月、砂子屋書房
――『茂吉の万葉　現代詩歌への架橋』昭和六〇年一二月、短歌研究社
――『人麿からの手紙――茂吉の読み方』昭和六三年一二月、短歌研究社
――『愛の茂吉　リビドウの連鎖』平成五年三月、短歌研究社
――『斎藤茂吉と中野重治』平成五年九月、砂子屋書房
――『茂吉と現代　リアリズムの超克』平成八年七月、短歌研究社
――『歌集『ともしび』とその背景――後期斎藤茂吉の出発』平成一九年一〇月、短歌新聞社
――『鷗外・茂吉・杢太郎――「テエベス百門」の夕映え』平成二〇年一〇月、書肆山田
――『今から読む斎藤茂吉』平成二四年四月、砂子屋書房
岡井隆・小池光・永田和宏『斎藤茂吉、その迷宮に遊ぶ』平成一〇年一二月、砂子屋書房
小倉真理子『斎藤茂吉――人と文学』（日本の作家１００人）平成一七年五月、勉誠出版
――『斎藤茂吉』（コレクション日本歌人選18）平成二三年一〇月、笠間書院
尾崎左永子『愛のうた――晶子・啄木・茂吉』平成五年三月、創樹社
オットー、ワルター・F『ディオニューソス――神話と祭儀』西沢竜生訳、平成九年三月、論創社
加賀乙彦『鷗外と茂吉』平成九年七月、潮出版社
角海武『斎藤茂吉の自然・自己一元』平成一二年一一月、角海武
梶木剛『増補斎藤茂吉』昭和五二年八月、芹沢出版
――『抒情の行程　茂吉、文明、佐太郎、赤彦』平成一一年八月、短歌新聞社
――『子規の像、茂吉の影』平成一五年三月、短歌新聞社

――編『斎藤茂吉『赤光』作品論集成』（全五巻）平成七年一一月、大空社
片野達郎『斎藤茂吉のヴァン・ゴッホ――歌人と西洋絵画との邂逅』昭和六一年二月、講談社
加藤周一『日本文学史序説』上・下　加藤周一著作集４・５（全15巻）、昭和五五年五月、平凡社
――『近代日本の文学的伝統』加藤周一著作集６（全15巻）、昭和五三年一二月、平凡社
――『鷗外・茂吉・杢太郎』（ＮＨＫ人間大学）平成七年一月～三月、日本放送出版協会
加藤孝男『近代短歌史の研究』平成二〇年三月、明治書院
加藤将之『改版　斎藤茂吉論』昭和二二年六月、風樹書院
加藤淑子『茂吉形影』平成一九年七月、幻戯書房
――『斎藤茂吉と医学』加藤淑子著作集１、平成二一年九月、みすず書房
――『斎藤茂吉の十五年戦争』加藤淑子著作集３、平成二一年九月、みすず書房
鎌田五郎『斎藤茂吉秀歌評釈』平成七年二月、風間書房
川本皓嗣『日本詩歌の伝統――七と五の詩学――』平成三年一一月、岩波書店
来嶋靖生『大正歌壇史私稿』平成二〇年四月、ゆまに書房
北住敏夫『写生説の研究』昭和二八年三月、角川書店
――『写生派歌人の研究』昭和三四年四月、宝文館
――『近代日本の文芸理論』（塙選書49）昭和四〇年一二月、塙書房
――『阿部次郎と斎藤茂吉』上・下　昭和五九年一一月・六〇年一月、桜楓社
北杜夫『青年茂吉　「赤光」「あらたま」時代』平成三年六月、岩波書店
――『壮年茂吉　「つゆじも」～「ともしび」時代』平成五年七月、岩波書店
――『茂吉彷徨　「たかはら」～「小園」時代』平成八年三月、岩波書店
――『茂吉晩年　「白き山」「つきかげ」時代』平成一〇年三月、岩波書店

木俣修『近代短歌の諸問題』昭和三一年七月、新典書房
――『近代短歌の鑑賞と批評』昭和三九年一一月、明治書院
工藤綏夫『ニーチェ』（人と思想22）昭和四二年一二月、清水書院
久保田正文『現代短歌の世界』（新潮選書）昭和四七年三月、新潮社
熊野純彦編著『日本哲学小史』（中公新書）平成二一年一二月、中央公論新社
黒江太郎『窿応の生涯と茂吉』昭和四七年一一月、白玉書房
クルツィウス、E・R『ヨーロッパ文学とラテン中世』南大路振一他訳、昭和四六年一一月、みすず書房
ケーラー、ヨアヒム『ニーチェ伝　ツァラトゥストラの秘密』五郎丸仁美訳、平成二一年一月、青土社
ケレーニイ、カール『ディオニューソス――破壊されざる生の根源像――』岡田素之訳、平成五年、白水社
小池光『茂吉を読む　五十代五歌集』（五柳叢書78）平成一五年六月、五柳書院
後藤直二『茂吉と文明』平成六年七月、短歌新聞社
小堀桂一郎『西学東漸の門――森鷗外研究――』昭和五一年一〇月、朝日出版社
小松原千里『茂吉を読む』平成一二年一一月、短歌新聞社
五郎丸仁美『遊戯の誕生　カント、シラー美学から初期ニーチェへ』（ICU比較文化叢書6）平成一六年四月、国際基督教大学比較文化研究会
今野寿美編『赤光語彙　付・斎藤茂吉『赤光』』平成二四年七月、りとむ
西郷信綱『万葉私記』昭和四五年九月、未来社
――『斎藤茂吉』平成一四年一〇月、朝日新聞社
斎藤邦明『斎藤茂吉と仏教』（山麓叢書第八六篇）平成八年七月、朝日新聞出版サービス
斎藤茂太『茂吉の体臭』昭和三九年四月、岩波書店
――『茂吉の周辺』昭和四八年一一月、毎日新聞社

斎藤茂太・北杜夫『この父にして』昭和五一年一〇月、毎日新聞社
斎藤美智子・茂太『「感謝」する人　茂吉、輝子、茂太に仕えたヨメの打ち明け話』平成九年六月、講談社
三枝昂之『昭和短歌の精神史』平成一七年七月、本阿弥書店
坂井修一『斎藤茂吉から塚本邦雄へ』（五柳叢書88）平成一八年一二月、五柳書院
桜本富雄『日本文学報国会　大東亜戦争下の文学者たち』平成七年六月、青木書店
佐藤佐太郎『斎藤茂吉研究』昭和三二年一〇月、宝文館
――『童馬山房随聞』昭和五一年二月、岩波書店
――『茂吉秀歌』上・下巻（岩波新書）昭和五三年四月、岩波書店
――『斎藤茂吉言行――付索引』平成元年七月再版（初版昭和四八年五月）、角川書店
佐藤通雅『茂吉覚書　評論を読む』（青磁社評論シリーズ5）平成二一年九月、青磁社
ザフランスキー、R『ニーチェ　その思考の伝記』山本尤訳（叢書・ウニベルシスタ724）平成二〇年八月、法政大学出版局
信太正三『永遠回帰と遊戯の哲学――ニーチェにおける無限革命の論理――』（哲学思想叢書）昭和四四年八月、勁草書房
品田悦一『斎藤茂吉――あかあかと一本の道とほりたり――』（ミネルヴァ日本評伝選）平成二二年六月、ミネルヴァ書房
――『斎藤茂吉　異形の短歌』（新潮選書）平成二六年二月、新潮社
篠弘『近代短歌史――無名者の世紀――』昭和四九年三月、三一書房
――『近代短歌論争史』明治大正編・昭和編　昭和五一年一〇月・五六年七月、角川書店
――『自然主義と近代短歌』昭和六〇年一一月、明治書院
篠田一士『詩的言語』（小沢コレクション9）昭和六〇年七月、小沢書店

柴生田稔『斎藤茂吉伝』昭和五四年六月・『続斎藤茂吉伝』昭和五六年一一月、新潮社
シモンズ、アーサー『表象派の文学運動』岩野泡鳴訳、岩野泡鳴全集第一四巻、平成八年六月、臨川書店
ショーペンハウアー、A『意志と現識としての世界』上・中・下巻　姉崎正治訳、明治四三年九月・四四年四月・四五年一月、博文館
——『意志と表象としての世界』正編（Ⅰ）・（Ⅱ）　斎藤忍随他訳、ショーペンハウアー全集2・3、昭和四七年一一月・四八年七月、白水社
——『意志と表象としての世界』続編（Ⅱ）　塩屋竹男他訳、ショーペンハウアー全集6、昭和四八年一〇月、白水社
昭和女子大学近代文学研究室『芥川龍之介』（近代文学研究叢書27）昭和四二年八月、昭和女子大学
——『井上哲次郎』（近代文学研究叢書54）昭和五八年四月、昭和女子大学近代文化研究所
——『高山樗牛』（近代文学研究叢書6）改訂増補版　昭和五八年一一月、昭和女子大学近代文化研究所
——『幸田露伴』（近代文学研究叢書61）昭和六三年一〇月、昭和女子大学近代文化研究所
——『斎藤茂吉』（近代文学研究叢書73）平成九年一〇月、昭和女子大学近代文化研究所
ジンメル、G『ショーペンハウアーとニーチェ』吉村博次訳、平成一三年六月、白水社
杉浦明平『斎藤茂吉』（要選書65）昭和二九年一一月、要書房
杉田弘子『漱石の『猫』とニーチェ　稀代の哲学者に震撼した近代日本の知性たち』平成二二年二月、白水社
スピンクス、リー『フリードリヒ・ニーチェ』大貫敦子・三島憲一訳（シリーズ　現代思想ガイドブック）平成一八年一〇月、青土社
関口安義『芥川龍之介とその時代』平成一一年三月、筑摩書房
先崎彰容『高山樗牛——美とナショナリズム』平成二二年八月、論創社
薗田宗人『ニーチェと言語——詩と思索のあいだ——』平成九年一二月、創文社
高橋宗伸『茂吉短歌の諸相』平成五年六月、短歌新聞社

――『続茂吉短歌の諸相』平成一四年三月、短歌新聞社
――『茂吉短歌表現考』平成一四年三月、短歌新聞社
高松敏男『ニーチェから日本近代文学へ』昭和五六年四月、幻想社
高山樗牛『樗牛全集』全五冊　斎藤信策編、第一巻（明治三七年一二月初版、＊大正一三年六月二〇版）、第二巻（明治三八年三月初版、＊大正一三年一一月二二版）、第三巻（明治三八年四月初版、＊明治四〇年四月五版）、第四巻（明治三八年八月初版、＊大正一三年六月二六版）、第五巻（明治三九年四月初版、＊大正一三年六月二七版）、博文館（＊は参照した版）
竹田青嗣・西研『完全解読ヘーゲル『精神現象学』』（講談社選書メチエ402）平成一九年一二月、講談社
立沢剛『ニイチエ　ツアラツストラ』昭和一一年七月、岩波書店
田中隆尚『茂吉随聞』上・下巻　昭和三五年五月、筑摩書房
田中隆尚・太田一郎・中村稔『共同討議　斎藤茂吉の世界』昭和五六年一一月、青土社
玉城徹『茂吉の方法』昭和五四年一二月、清水弘文堂
塚本邦雄『茂吉秀歌『赤光』百首』昭和五二年四月、文芸春秋
――『茂吉秀歌『あらたま』百首』昭和五三年九月、文芸春秋
――『茂吉秀歌『つゆじも』『遠遊』『遍歴』『ともしび』『たかはら』『連山』『石泉』百首』昭和五六年二月、文芸春秋
――『茂吉秀歌『白桃』『暁紅』『寒雲』『のぼり路』百首』昭和六〇年一一月、文芸春秋
――『茂吉秀歌『霜』『小園』『白き山』『つきかげ』百首』昭和六二年九月、文芸春秋
――『不可解ゆゑに我愛す――真の西行・茂吉を求めて』平成三年九月、花曜社
辻直四郎『インド文明の曙――ヴェーダとウパニシャッド――』（岩波新書）昭和四二年一月、岩波書店
――『ヴェーダ学Ｉ』辻直四郎著作集１、昭和五六年二月、法蔵館

辻井喬『伝統の創造力』（岩波新書）平成一三年一二月、岩波書店
土屋文明『伊藤左千夫』昭和三七年七月、白玉書房
——編『斎藤茂吉短歌合評』上・下　昭和六〇年一〇月・一一月、明治書院
ディルタイ、W『生の哲学』ノール、H編　久野昭監訳、昭和六二年三月、以文社
土井虎賀寿『斎藤茂吉とヨーロッパ的世界』昭和二三年七月、永言社
——『『ツァラトーストラ』羞恥・同情・運命』昭和二五年八月改装版（昭和二三年六月初版）、評論社
ドゥルーズ、G『ニーチェと哲学』足立和浩訳、昭和五七年七月新装版、国文社
内藤可夫『ニーチェ思想の根柢』平成一一年一一月、晃洋書房
中井英夫『黒衣の短歌史』昭和四六年六月、潮出版社
永井ふさ子『斎藤茂吉・愛の手紙によせて』昭和五六年一一月、求龍堂
中沢臨川、生田長江共編『近代思想十六講』大正四年一二月、新潮社
長沢一作『斎藤茂吉の秀歌』（現代短歌鑑賞シリーズ）昭和五二年六月、短歌新聞社
中島国彦『近代文学にみる感受性』平成六年一〇月、筑摩書房
中野重治『斎藤茂吉ノート』（筑摩叢書21）昭和三九年五月、筑摩書房
中村稔『斎藤茂吉私論』昭和五八年一一月、朝日新聞社
西尾幹二『ニーチェ』第一部・第二部　昭和五二年五月・六月、中央公論社
新田章『ヨーロッパの仏陀——ニーチェの問い——』平成一〇年一〇月、理想社
日本文学研究資料刊行会編『萩原朔太郎』（日本文学研究資料叢書）昭和四六年一月、有精堂
——『近代短歌　正岡子規・与謝野晶子・斎藤茂吉・北原白秋』（日本文学研究資料叢書）昭和四八年五月、有精堂
——『斎藤茂吉』（日本文学研究資料叢書）昭和五五年九月、有精堂
ハイデッガー、M『ニーチェ、芸術としての力への意志』薗田宗人、セバスティアン・ウンジン訳、ハイデッガー全

集43、平成四年三月、創文社
――『ニーチェ』（全二冊、Ⅰ「美と永遠回帰」・Ⅱ「ヨーロッパのニヒリズム」） 細谷貞夫監訳（平凡社ライブラリー）
平成九年一月・二月、平凡社
長谷川義記『樗牛――青春夢残 高山林次郎評伝』昭和五七年一一月、暁書房
氷上英広『ニーチェの問題』昭和二三年一二月、創元社
――『ニイチェ 運命と意志』（生ける思想叢書）昭和二四年六月、新潮社
――『ニーチェの顔』昭和五一年一月、岩波書店
――『大いなる正午 ニーチェ論考』昭和五四年一二月、筑摩書房
――『ニーチェとその時代』昭和六三年一一月、岩波書店
――『ニーチェとの対話』昭和六三年一二月、岩波書店
久松潜一・実方清編『近代の歌人』Ⅰ・Ⅱ・Ⅲ（日本歌人講座6・7・8）昭和四四年二月・三月・五月、弘文堂
平野謙他編『現代日本文学論争史』下巻 昭和三二年一〇月、未来社
平野仁啓『斎藤茂吉』昭和一八年九月、構成社
――『子規と茂吉』（以文選書13）昭和五一年一二月、教育出版センター
平野仁啓・本林勝夫編著『斎藤茂吉研究』（近代日本文学作家研究叢書）昭和五五年六月、右文書院
フィンク、オイゲン『ニーチェの哲学』 吉沢伝三郎訳、ニーチェ全集別巻、昭和三八年五月、理想社
藤岡武雄『評伝 斎藤茂吉』昭和四七年九月、桜楓社
――『新訂版・年譜斎藤茂吉伝』平成三年六月、沖積舎
――『ヨーロッパの斎藤茂吉』平成六年六月、沖積舎
――編『斎藤茂吉二百首』平成六年一一月、短歌新聞社
藤森明夫編『斎藤茂吉の人間と芸術』昭和二六年一月、羽田書店

船越清『ニーチェの芸術観』平成一二年六月、近代文芸社
ブランデス、G『ニーチェの哲学』　宍戸儀一訳、昭和一〇年九月、ナウカ社
古川哲史『定本　斎藤茂吉』昭和四〇年七月、有信堂
ヘーゲル『精神現象学』　長谷川宏訳、平成一〇年三月、作品社
ベルトラム、E『ニーチェ』上・下　浅井真男訳（筑摩叢書163・164）昭和四五年四月・四六年九月、筑摩書房
ボルノー、O・F『生の哲学』　戸田春夫訳、昭和五〇年一〇月、玉川大学出版部
細川謙三『アララギの流域』昭和五三年九月、短歌新聞社
真壁仁『斎藤茂吉の風土　蔵王・最上川』（歴史と文学の旅）昭和五〇年二月、平凡社
松井貴子『写生の変容――フォンタネージから子規、そして直哉へ』平成一四年二月、明治書院
松林尚志『斎藤茂吉論　歌にたどる巨大な抒情的自我』平成一八年六月、北宋社
マルティーニ、フリッツ『ドイツ文学史――原初から現代まで――』　高木実他訳、昭和五四年一二月、三修社
三島憲一『ニーチェ』（岩波新書）昭和六二年一月、岩波書店
――『ニーチェとその影――芸術と批判のあいだ――』平成二年三月、未来社
峰島旭雄編著『概説　西洋哲学史』平成元年二月、ミネルヴァ書房
三好行雄『日本文学の近代と反近代』昭和四七年九月、東京大学出版会
――『近代の抒情』平成二年九月、塙書房
本林勝夫『斎藤茂吉の短歌観――歌人的自己形成への一考察――』昭和三八年三月、共立女子大学
――『斎藤茂吉』（短歌シリーズ　人と作品12）昭和五五年六月、桜楓社
――『近代歌人』（短歌シリーズ　人と作品21）昭和五七年三月、桜楓社
――『斎藤茂吉の研究――その生と表現――』平成二年五月、桜楓社
――『論考　茂吉と文明』平成三年一〇月、明治書院

――『茂吉遠望――さまざまな風景』平成八年七月、短歌新聞社
森脇一夫監修『アララギ総目次』昭和四四年六月、桜楓社
ヤスパース、K『ニーチェ』上・下　草薙正夫訳、ヤスパース選集18・19、昭和四一年一一月、四二年四月、理想社
安森敏隆『斎藤茂吉幻想論』昭和五三年三月、桜楓社
――『幻想の視覚――斎藤茂吉と塚本邦雄――』平成元年一二月、双文社
山形新聞社編集局編『生誕百年記念　茂吉秀詠』昭和五七年五月、深夜叢書社
山上次郎『斎藤茂吉研究』明治篇・大正篇　昭和二三年四月・二四年一〇月、明窗書房
――『斎藤茂吉の恋と歌』昭和四一年一〇月、新紀元社
――『斎藤茂吉の生涯』昭和四九年七月、文芸春秋
山崎庸佑『ニーチェと現代の哲学』昭和四五年一〇月、理想社
――『ニーチェ』（講談社学術文庫）平成八年一月、講談社
山中桂一『和歌の詩学』平成一五年三月、大修館書店
山根巴『斎藤茂吉の研究』平成八年三月、双文社出版
山本恵子『ニーチェと生理学――「芸術の生理学」構想への道――』平成二〇年三月、大学教育出版
湯田豊『ニーチェ『偶像のたそがれ』を読む』平成四年四月、勁草書房
吉田漱『『赤光』全注釈』平成三年四月、短歌新聞社
米田利昭『斎藤茂吉』平成二年一一月、砂子屋書房
ランゲ・アイヒバウム、W『ニイチェ』栗野竜訳、昭和三四年三月、みすず書房
レーヴィット、K『ニーチェの哲学』柴田治三郎訳、昭和三五年四月、岩波書店
和歌文学会編『秀歌鑑賞Ⅱ』（和歌文学講座11）昭和四五年五月、桜楓社
――『近代の歌人Ⅱ』（和歌文学講座9）昭和四五年一〇月、桜楓社

渡辺二郎『ニーチェと実存思想』渡辺二郎著作集6、平成二三年一一月、筑摩書房
——編『ニーチェ・セレクション』(平凡社ライブラリー551)平成一七年九月、平凡社

単行本所載文献

鮎川信夫「最晩期の斎藤茂吉——『つきかげ』について」(『すこぶる愉快な絶望』所収)、『鮎川信夫全集7　自伝、随筆』平成一三年四月、思潮社
臼井吉見「斎藤茂吉」、『人間と文学』昭和三二年五月、筑摩書房
小田切秀雄「斎藤茂吉——「悲しきWonne」をめぐつて——」、『近代日本の作家たち(正)』昭和二九年四月、厚文社
加藤周一「斎藤茂吉の世界」、加藤周一著作集17(全24巻)『日本の詩歌・日本の文体』平成八年一〇月、平凡社
唐木順三「斎藤茂吉写生説の指示するもの」(『詩と哲学の間』昭和三二年五月、創文社)、『唐木順三全集4』昭和五六年一〇月増補版、筑摩書房
木俣修「茂吉と白秋——白秋に宛てた斎藤茂吉の手紙——」、『白秋研究Ⅱ　白秋とその周辺』昭和三〇年四月、新典書房
衣笠正晃「「詠み手」と「読み手」の距離　斎藤茂吉『作歌四十年』」、大沢吉博編『テクストの発見』(叢書　比較文学比較文化6)平成六年一〇月、中央公論社
佐藤通雅「『つきかげ』の茂吉　斎藤茂吉」、『横書きの現代短歌』(五柳叢書21)平成二年五月、五柳書院
竹盛天雄「少年の流されびと——茂吉ノート——」・「夜・仮面・覚悟——茂吉と鷗外——」・「二人の父と狂える母——芥川の眼——」、『介山・直哉・龍之介——一九一〇年代　孤心と交響——』昭和六三年七月、明治書院
谷沢永一「斎藤茂吉歌論発育史の問題」・「茂吉の方法的自覚」、『明治期の文芸評論』(近代文学研究双書)昭和四六年五月、八木書店
平木幸二郎「ニーチェの「運命愛」について」、実存思想協会編『ニーチェ』(実存思想論集Ⅸ)平成六年六月、理想社

満田郁夫「ハイカラと臭味と　大正二年前後の茂吉」、日本文学協会編『日本文学講座10　詩歌II（近代編）』昭和六三年八月、大修館書店
山本健吉「茂吉と左千夫との黙契」、『雪月花の時』昭和六三年六月、角川書店
湯浅弘「『悲劇の誕生』の思想圏にかんする試論――言語・認識・芸術を中心に――」、実存思想協会編『実存のパトス』（実存思想論集II）昭和六二年六月、以文社
――「ディオニュソス的なものの解釈学――ニーチェの文化批判再考のために――」、実存思想協会編『ニーチェ』（実存思想論集IX）平成六年六月、理想社

雑誌・紀要等所載文献

饗庭孝男「西欧における〈自然〉」、「国文学　解釈と教材の研究」昭和四七年六月〈特集　近代日本文学と〈自然〉〉
浅井真男「『ツァラトゥストラ』と《解釈》」、「理想」昭和三八年一〇月〈ニーチェの思想（秋季特集）〉
有田静昭「茂吉の歌――その仏教的感覚――」、「短歌」昭和五七年六月
粟津則雄「斎藤茂吉論――混沌の劇――」、「短歌」平成元年五月〈特集・斎藤茂吉〉
飯島耕一「生存の義務――四十代の茂吉」、「短歌」昭和五三年五月〈没後二十五年記念特集　斎藤茂吉の愛と夢〉
今井泰子「茂吉のヨーロッパ――ウィーンを中心に」、「国文学　解釈と教材の研究」平成五年一月〈没後四十年斎藤茂吉特集〉
今西幹一「斎藤茂吉短歌をどう読むか――斎藤茂吉は人生の危機をどう詠んだか」、「国文学　解釈と鑑賞」平成一七年九月〈特集　巨人斎藤茂吉総点検〉
岩城之徳「青年期の茂吉と啄木　一九一〇年代歌人への道」、「国文学　解釈と教材の研究」昭和四七年八月〈特集　斎藤茂吉〉
上田博「明治の短歌雑誌――「明星」発行まで」、「国文学　解釈と教材の研究」平成一四年六月〈短歌の争点ノート〉

梅原猛「斎藤茂吉における伝統」、「国文学　解釈と教材の研究」昭和四七年八月〈特集　斎藤茂吉〉
海老井英次「芥川龍之介から斎藤茂吉へ」、「国文学　解釈と教材の研究」昭和五四年一一月
大島史洋「『つきかげ』」・「未完歌集『くろがね』『万軍』など」（茂吉歌集総解説）、「国文学　解釈と鑑賞」平成一七年九月〈特集　巨人斎藤茂吉総点検〉
大塚雅彦「茂吉と古典」、「短歌」平成元年五月〈特集・斎藤茂吉〉
——「茂吉研究の四十年」、「国文学　解釈と教材の研究」平成五年一月〈没後四十年斎藤茂吉特集〉
大成龍雄「茂吉の美学思想」、「短歌」昭和四三年五月〈特集　白秋・茂吉の文学〉
岡崎義恵「近代詩人としての斎藤茂吉」、「文学」昭和二八年七月〈斎藤茂吉研究〉
岡野弘彦「茂吉随筆の中の風土と神——『念珠集』と「滞欧随筆」など」、「国文学　解釈と教材の研究」平成五年一月〈没後四十年斎藤茂吉特集〉
——「茂吉の生と「いのちのあはれ」」、「短歌」平成元年五月〈特集・斎藤茂吉〉
岡村俊史「パースペクティヴ的批判の可能性——「自己超克」の場としてのニーチェ哲学——」、「理想」平成二二年二月〈特集　哲学者ニーチェ〉
小倉真理子「初版『赤光』の特異性」、「短歌」平成二四年五月〈生誕130年総力特集　斎藤茂吉——その大河の源流へ〉
桶谷秀昭「存在と自然　小林秀雄ノオト」、「国文学　解釈と教材の研究」昭和四七年六月〈特集　近代日本文学と〈自然〉〉
越智治雄「茂吉と近代作家たち」、「国文学　解釈と鑑賞」昭和四〇年四月〈特集　斎藤茂吉＝人・生活・文学〉
金子馬治「ニイチエ復活の意義」、「理想」昭和一一年一月〈ニイチェとキェルケゴール〉
川原栄峰「ニーチェの永劫回帰説に関する諸説をめぐって」、「理想」昭和三八年一〇月〈ニーチェの思想（秋季特集）〉
——「和辻哲郎『ニイチェ研究』」、「実存主義」昭和四八年六月〈特集　日本におけるニーチェ研究〉
茅野良男「明治時代のニーチェ解釈——登張・高山・桑木を中心に三十年代前半まで——」、「実存主義」昭和四八年六

月〈特集　日本におけるニーチェ研究〉

北川透「言語と自然　〈仮構〉としての主体」、「国文学　解釈と教材の研究」昭和四七年六月〈特集　近代日本文学と〈自然〉〉

北住敏夫「茂吉の文芸理論——写生説の美学的基礎——」、「国文学　解釈と鑑賞」昭和四〇年四月〈特集　斎藤茂吉＝人・生活・文学〉

鬼頭英一「ニーチェの超人思想について」、「理想」昭和一一年一月〈ニイチェとキェルケゴール〉

木股知史「表現としての茂吉短歌——写生と象徴の交錯」、「国文学　解釈と鑑賞」平成一七年九月〈特集　巨人斎藤茂吉総点検〉

窪田章一郎「斎藤茂吉の歌論」、「文学」昭和二八年七月〈斎藤茂吉研究〉

久保田正文「斎藤茂吉とニイチェ」、「アララギ」平成八年一月

香西照雄「近代化における「写生」の意義」、「短歌」昭和五七年五月〈特集・斎藤茂吉〉

高坂正顕「ニイチェと現代」、「理想」昭和二五年七月〈ニイチェと現代——歿後五十年記念——〉

神品芳夫「茂吉とドイツ」、「短歌」昭和五七年五月〈特集・斎藤茂吉〉

小高賢「老いという切断」、「短歌」平成二四年五月〈生誕130年総力特集　斎藤茂吉——その大河の源流へ〉

小堀桂一郎「斎藤茂吉の戦時詠」、「短歌」昭和五七年五月〈特集・斎藤茂吉〉

五郎丸仁美「悲劇的思想としての力への意志——ニーチェ哲学の両義性を読み解く試み——」、「理想」平成二二年二月〈特集　哲学者ニーチェ〉

近藤芳美「敗戦後の茂吉作品について」、「文学」昭和二八年七月〈斎藤茂吉研究〉

斎藤正二「「小園」「白き山」時代——伝統的和歌文芸の本体——」、「国文学　解釈と鑑賞」昭和四〇年四月〈特集　斎藤茂吉＝人・生活・文学〉

——「斎藤茂吉全歌集　小園・白き山・つきかげ」、「国文学　解釈と教材の研究」昭和四七年八月〈特集　斎藤茂吉〉

斎藤直樹「ツァラトゥストラの「言語」――情動的言語使用の音楽的基礎――」、「理想」平成二二年二月〈特集　哲学者ニーチェ〉
佐伯彰一「知られざる神を索めて　近代日本人にとっての自然」、「国文学　解釈と教材の研究」昭和四七年六月〈特集　近代日本文学と〈自然〉〉
三枝昂之「逆白波の敗戦歌」、「短歌」平成二四年五月〈生誕130年総力特集　斎藤茂吉――その大河の源流へ〉
佐佐木幸綱「歌人斎藤茂吉の感性『赤光』断想」、「国文学　解釈と教材の研究」昭和四七年八月〈特集　斎藤茂吉〉
――「短歌の謎」、「国文学　解釈と教材の研究」平成一〇年一一月臨時増刊号〈短歌の謎　近代から現代まで〉
佐藤春夫「斎藤茂吉の人及び文学」、「短歌」昭和二九年三月〈斎藤茂吉特輯〉
重松泰雄「茂吉と狂気」、「国文学　解釈と教材の研究」昭和四七年八月〈特集　斎藤茂吉〉
篠弘「「短歌滅亡私論」と自然主義」、「歌壇」平成二二年一〇月
――「「深処の生」を求めて」、「短歌」平成二四年五月〈生誕130年総力特集　斎藤茂吉――その大河の源流へ〉
島田修三「具象志向と抽象志向（窪田空穂と茂吉）」、「短歌」平成二四年五月〈生誕130年総力特集　斎藤茂吉――その大河の源流へ〉
清水孝純「明治・大正期におけるドイツ的知性の系譜――鷗外・杢太郎・茂吉など――」、「Fukuoka UNESCO」第三三号　平成九年四月、福岡ユネスコ協会
清水房雄「「ともしび」時代――生活的破綻と多力者――」、「国文学　解釈と鑑賞」昭和四〇年四月〈特集　斎藤茂吉＝人・生活・文学〉
吹田順助「ニーチェと現代の文学」、「理想」昭和一一年一月〈ニイチェとキェルケゴール〉
鈴木三郎「ニヒリズムの論理」、「理想」昭和二五年七月〈ニイチェと現代――歿後五十年記念――〉
須藤訓任「ニーチェの「正義」論再考――「力への意志」の尺度をめぐって――」、「理想」平成二二年二月〈特集　哲学者ニーチェ〉

田井安曇「茂吉の到達　老と死、＝生のはての把握」、「短歌」平成元年五月〈特集・斎藤茂吉〉
平辰彦「斎藤茂吉の「写生」説とドイツ文芸――ニーチェの影響をめぐって――」、「文芸論叢」第二九号　平成五年三月、文教大学女子短期大学部
高尾亮一「鷗外・露伴と茂吉」、「国文学　解釈と鑑賞」昭和四〇年四月〈特集　斎藤茂吉＝人・生活・文学〉
高木市之助「斎藤茂吉の人麿追究」、「文学」昭和二八年七月〈斎藤茂吉研究〉
高野公彦「『白桃』『暁紅』『寒雲』二本の緋色の糸――昭和十年代」、「国文学　解釈と教材の研究」平成五年一月〈没後四十年斎藤茂吉特集〉
――「荒削りの木地のまま――白秋の茂吉評」、「短歌」平成二四年五月〈生誕130年総力特集　斎藤茂吉――その大河の源流へ〉
高安国世「若き茂吉における西欧」、「短歌」昭和三七年二月〈特集「若き日の茂吉」〉
竹盛天雄「『赤光』――明治末期から大正初期、『あらたま』へ」、「国文学　解釈と教材の研究」平成五年一月〈没後四十年斎藤茂吉特集〉
玉井清弘「日常生活の苦悩の果に」（歌集研究『白桃』『暁紅』）、「短歌」平成元年五月〈特集・斎藤茂吉〉
玉城徹「茂吉写生論についての序説」、「短歌」昭和五七年五月〈特集・斎藤茂吉〉
塚本邦雄「茂吉の「近代」について」、「国文学　解釈と教材の研究」平成五年一月〈没後四十年斎藤茂吉特集〉
坪野哲久「『赤光』と『あらたま』について――わが断想」、「短歌」昭和三七年二月〈特集「若き日の茂吉」〉
寺尾登志子「『暁紅』・『寒雲』」（茂吉歌集総解説）、「国文学　解釈と鑑賞」平成一七年九月〈特集　巨人斎藤茂吉総点検〉
土井虎賀寿「永遠に道化的なもの」、「理想」昭和二五年七月〈ニイチェと現代――歿後五十年記念――〉
――「はかなきものの美しさについて――ヘラクレイトスの生成流転とニーチェの永劫回帰」、「思想」昭和二六年一二月

中村正雄「ニーチェとキリスト教」、「理想」昭和三八年一〇月〈ニーチェの思想（秋季特集）〉
中村光夫「樗牛とニーチェ」、「新潮」昭和五三年五月
新名隆志「快は自己を欲するがゆえに苦をもまた欲する――永遠回帰と力への意志の核心――」、「理想」平成二二年二月〈特集　哲学者ニーチェ〉
野入逸彦「茂吉短歌にあらわれたドイツ」、「福岡大学総合研究所報 人文・社会科学編」巻一四九号（通巻二二〇号）平成一一年三月、福岡大学研究所
野山嘉正「斎藤茂吉と同時代作家」、「国文学　解釈と教材の研究」平成五年一月〈没後四十年斎藤茂吉特集〉
芳賀徹「偉大なる母の死――茂吉連作の読みの試み」その一・その二、「短歌研究」平成五年四月・五月
馬場あき子「違和と融和」（歌集研究『赤光』）、「短歌」平成元年五月〈特集・斎藤茂吉〉
菱川善夫「斎藤茂吉全歌集　白桃・暁紅・寒雲・のぼり路・霜」、「国文学　解釈と教材の研究」昭和四七年八月〈特集　斎藤茂吉〉
――「『ともしび』前後――大正から昭和へ」、「国文学　解釈と教材の研究」平成五年一月〈没後四十年斎藤茂吉特集〉
平岡敏夫「『のぼり路』『霜』――戦中」、「国文学　解釈と教材の研究」平成五年一月〈没後四十年斎藤茂吉特集〉
平畑静塔「茂吉・誓子・草田男――戦争前後について――」、「国文学　解釈と鑑賞」昭和四〇年四月〈特集　斎藤茂吉＝人・生活・文学〉
藤岡武雄「茂吉研究の変遷・受容史」、「短歌」平成二四年五月〈生誕130年総力特集　斎藤茂吉――その大河の源流へ〉
分銅惇作「叙情と方法　『赤光』『あらたま』の作風をめぐって」、「国文学　解釈と教材の研究」昭和四六年三月〈特集　晶子・啄木・茂吉〉
細川亮一「永遠回帰の世界」、「哲学年報」第六二輯　平成一五年三月、九州大学大学院人文科学研究院
――「『ツァラトゥストラ』における永遠性」、「哲学年報」第六三輯　平成一六年三月、九州大学大学院人文科学研究院

桝田啓三郎「単独者と超人――キルケゴールとニーチェ――」、「理想」昭和二五年七月〈ニイチェと現代――歿後五十年記念――〉
武川忠一「茂吉の短歌観をめぐって」、「短歌」昭和四八年五月〈没後二十年、斎藤茂吉特集〉
――「茂吉の恋愛」、「短歌」平成元年五月〈特集・斎藤茂吉〉
松井貴子「生命の写生――東洋的平淡」、「短歌」平成二四年五月〈生誕130年総力特集 斎藤茂吉――その大河の源流へ〉
松田修「〈自然〉と日本の伝統」、「国文学 解釈と教材の研究」昭和四七年六月〈特集 近代日本文学と〈自然〉〉
水野昌雄「『白き山』『つきかげ』――傷痕とその純化の結晶――」（歌集研究）、「短歌」平成元年五月〈特集・斎藤茂吉〉
持田鋼一郎「『白桃』の一首」、「短歌現代」昭和五九年一一月
森一郎「生への愛、知への愛――『ツァラトゥストラ』の筋立て――」、「理想」平成二二年二月〈特集 哲学者ニーチェ〉
森岡正辰「斎藤茂吉の短歌写生の説について」、「東大阪短期大学研究紀要」第二号 昭和五二年一月
森本治吉「柿本人麿論」、「国文学 解釈と鑑賞」昭和四〇年四月〈特集 斎藤茂吉＝人・生活・文学〉
森本哲郎「近代における花鳥諷詠」、「国文学 解釈と教材の研究」昭和四七年六月〈特集 近代日本文学と〈自然〉〉
安田純生「茂吉の歌語」、「国文学 解釈と鑑賞」平成一七年九月〈特集 巨人斎藤茂吉総点検〉
安森敏隆「茂吉の短歌享受史」、「短歌」昭和五七年五月〈特集・斎藤茂吉〉
――「歌論の成熟」、「短歌」平成元年五月〈特集・斎藤茂吉〉
――「『小園』『白き山』『つきかげ』蔵王と最上川と――戦中から戦後」、「国文学 解釈と教材の研究」平成五年一月〈没後四十年斎藤茂吉特集〉
山口諭助「神の死――ニーチェと東洋思想――」、「理想」昭和二五年七月〈ニイチェと現代――歿後五十年記念――〉
山田輝彦「茂吉の写生説――その生成過程――」、「福岡教育大学紀要」第二二号 第一分冊 文科編、昭和四七年
山元一郎「運命愛」、「理想」昭和二五年七月〈ニイチェと現代――歿後五十年記念――〉
山本成雄「「赤光」時代――歌人的自己形成――」、「国文学 解釈と鑑賞」昭和四〇年四月〈特集 斎藤茂吉＝人・生活・

文学〉
吉井勇「観潮楼歌会の頃――斎藤茂吉君追憶断片――」、「短歌」昭和二九年三月〈斎藤茂吉特輯〉
吉沢伝三郎「ニーチェ哲学の根本問題――永遠回帰思想の体験――」、「理想」昭和三八年一〇月〈ニーチェの思想（秋季特集）〉
吉田漱「茂吉における自然」、「短歌」平成元年五月〈特集・斎藤茂吉〉
吉本隆明「「赤光」論」、「短歌」昭和三七年二月〈特集「若き日の茂吉」〉
――「茂吉短歌の初期――『赤光』について」、「国文学　解釈と教材の研究」平成五年一月〈没後四十年斎藤茂吉特集〉

その他の資料・事典類

『岩波　現代短歌辞典』平成一一年一二月、岩波書店
『岩波　西洋人名辞典』増補版　昭和五九年六月第四刷、岩波書店
『近代日本哲学思想家辞典』昭和五七年九月、東京書籍
『現代短歌大事典』平成一二年六月、三省堂
『現代日本文学大年表』明治篇・大正篇・昭和篇Ｉ　昭和四三年五月・四五年一月・四六年九月、明治書院
『研究資料現代日本文学』第五巻「短歌」昭和五六年三月、明治書院
『コンサイス外国地名事典』第三版　平成一〇年四月、三省堂
『増補訂正　新潮日本文学辞典』昭和六三年二月二刷、新潮社
『ニーチェ事典』平成七年二月、弘文堂
『日本近代文学大事典』全六巻　昭和五二年一一月～五三年三月、講談社

初出一覧

第一章

「斎藤茂吉写生説の形成――ニーチェの芸術観との関連において――」、「比較文学」第五四号、平成二四年三月

第二章

「茂吉とニーチェ――「柿本人麿私見覚書」における「ディオニュソス的」の意味〈一〉――」、「近代文学論集」第三六号、平成二二年七月

「茂吉とニーチェ――「柿本人麿私見覚書」における「ディオニュソス的」の意味〈二〉――」、「近代文学論集」第三七号、平成二三年一一月

第三章

「形式へ向かう力――「我が母よ」の歌における茂吉の試み――」、「COMPARATIO」Vol.12、平成二〇年一一月

「茂吉における「力」――「多力者」についての考察――」、「COMPARATIO」Vol.13、平成二一年一二月

第五章

「茂吉のニーチェ受容――「古代芸術の讃」を視座に――」、「COMPARATIO」Vol.17、平成二五年一二月

第七章

「茂吉の夕映え――遺稿歌集『つきかげ』巻軸歌を中心に――」、「近代文学論集」第三四号、平成二〇年一一月

いずれも博士論文としてまとめる際、大小の加筆、修正を行った。右以外は、博士論文の執筆にあたり、新たに書き下ろしたものである。

あとがき

本書は、平成二六年九月に九州大学より博士（比較社会文化）の学位を授与された論文を改稿したものです。博士論文では、斎藤茂吉のニーチェ受容の初期に影響を及ぼした高山樗牛の文筆活動に注目し、「茂吉とニーチェ――高山樗牛を機縁として――」（初出は、「近代文学論集」第三五号、平成二一年一一月）の一章を立てましたが、本書では、紙数の都合のため割愛しました。

福岡女学院大学大学院では、東茂美先生にご指導を賜りました。東先生は演習を通して文献の読み方を丁寧に教えてくださいました。九州大学大学院への編入を勧めてくださったのは、清水孝純先生です。清水先生は、博士論文の研究テーマについてもご助言くださいました。日本の近代におけるニーチェ受容の問題、特に、斎藤茂吉におけるニーチェの問題を示唆してくださったのは、私がコスモス短歌会の会員であり、短歌の実作者ということをご存じであったからでしょう。

九州大学大学院では、西野常夫先生のご指導を賜りました。単位修得退学後、非常勤講師を務めながら博士論文を書き上げることができたのは、西野先生の寛容で的確なご指導のお蔭です。松本常彦先生には、大学院の総合演習の時間に、多様な視点から質問を投げかけていただき、これは外側から考えを捉えかえす機会となりました。

博士論文の審査を引き受けてくださった九州大学大学院の嶋田洋一郎先生、波潟剛先生、清水孝純先生（九州大学名誉教授）、有村隆広先生（九州大学名誉教授）には、数々の貴重なご意見、ご教示を賜りました。

先生方の惜しみないご指導には言葉で言い表わせないほど深く感謝しております。心より御礼申し上げます。

本書の出版に際して、火野葦平資料館館長の坂口博氏が校正を手伝ってくださり、花書院の仲西佳文氏は、編集の細かいところまで相談にのってくださいました。ありがとうございます。

このように記してくると、本書が、どれほど多くの方のご指導ご鞭撻、ご助力やご厚意に支えられているかということに思い至ります。ここに名前を記すことのできなかった方々にも、改めて感謝の意を表します。

本書が今後の斎藤茂吉研究の一助となることを願っています。

平成三一年二月

前田知津子

■ **著者略歴**

前田知津子（まえだちづこ）
1969年、長崎県生まれ。2008年、福岡女学院大学大学院人文科学研究科比較文化専攻修士課程修了。2012年、九州大学大学院比較社会文化学府日本社会文化専攻博士後期課程単位修得退学。2014年９月、博士（比較社会文化）九州大学。現在、福岡工業大学、北九州工業高等専門学校非常勤講師。

比較社会文化叢書 Vol.43

斎藤茂吉研究
―詩法におけるニーチェの影響―

2019年２月13日　第１刷発行

著　者―― 前田知津子
発行者―― 仲西佳文
発行所―― 有限会社 花 書 院
〒810-0012 福岡市中央区白金2-9-2
電　話（092）526-0287
ＦＡＸ（092）524-4411
振　替―― 01750-6-35885
印刷・製本―城島印刷株式会社